Du même auteur

Le Tram de Noël, Notabilia, 2020
Borgo Vecchio, Notabilia, 2019
Urbi et Orbi, Notabilia, 2017
Conte du Bidonville, Les Allusifs, 2009
Malacarne, Les Allusifs, 2007
Passes noires, Les Allusifs, 2005

Sur l'auteur

Giosuè Calaciura est né à Palerme en 1960, il vit et travaille à Rome. Journaliste, il écrit aussi pour le théâtre et la radio. Sept de ses romans ont été traduits en français. Parmi eux, *Borgo Vecchio*, paru en 2019 chez Notabilia, classé en huitième place du palmarès des libraires *Livres Hebdo*, a reçu un accueil exceptionnel : finaliste des prix Femina Étranger 2019 et Libraires en Seine 2020, il est lauréat des prix Marco Polo Venise et Méditerranée Étranger. Son dernier roman, *Je suis Jésus*, a remporté en Italie le prix Stresa.

JE SUIS JÉSUS

Giosuè Calaciura

JE SUIS JÉSUS

Roman

Traduit de l'italien
par Lise Chapuis

NOTABILIA

Cet ouvrage a été traduit avec le soutien
du Centre pour le livre et la lecture
du ministère de la Culture italien

CENTRO
PER IL **LIBRO**
E LA **LETTURA**

ISBN : 978-2-88250-786-0

1

Je suis né à Bethléem, il y a trente ans. Ma mère, quand j'étais enfant, racontait la nuit légendaire de mon épiphanie pour me rendre supportables les longs voyages à dos d'ânesse, lorsqu'elle n'avait pas d'autres merveilles à m'indiquer dans l'horizon du désert, ni animaux, ni profils de roches et de pierres, pas même des nuages qui auraient pu attiser ma curiosité par des chimères de visages humains, ceux des parents jamais connus que ma mère évoquait pour moi dans cette aridité afin de me rendre plus familier le destin de l'exil.

Il ne nous était pas donné d'être sédentaires. Errants, persécutés par des dangers réels et même imaginaires, par les hommes, par la nature, du moins jusqu'à mes cinq ans. Ma mère racontait ma première aube pour alléger la douleur du crépuscule, qui provoquait chez moi des crises de mélancolie et des effusions de larmes. La nuit tombait, je demandais le matin. Et quand mes larmes perlaient, ma mère entamait son récit. Elle me racontait à moi-même, pour me consoler.

Je devais avoir à peine plus de deux ans, c'est là mon plus ancien souvenir, la première fois qu'elle tenta d'apaiser ma terreur du noir en racontant la magie de ma naissance. Elle chuchotait ses paroles dans ce tourment de vent et de pluie d'une horrible nuit égyptienne qui semblait ne jamais prendre fin. Le démon de la peur était apparu, il rugissait d'obscurité, tonnait de menaces, montrait les éclairs de ses dents. Je m'agrippais au tissu de la robe de ma mère, je le serrais dans mes poings. À chaque coup de tonnerre, je plongeais la tête dans le parfum de son aisselle. Et plus le noir se faisait impénétrable, plus elle remplissait d'étoiles, de comètes et de présages ma nuit natale.

Qui sait ce qu'elle tissait d'autre dans cette obscurité, quel pacte elle scellait avec Dieu pour que je cesse enfin de pleurer, quelle promesse et quel sacrifice, quel projet elle avait pour moi, cette mère enfant qui, quelques jours auparavant encore, jouait avec les poupées sculptées pour elle par mon père afin de la distraire de l'inconfort du voyage et de ses douleurs de parturiente. Leur promettait-elle, à elles aussi, ce qu'il n'est pas possible de promettre ? Leur parlait-elle de royaumes qui ne sont pas de ce monde, de parentés avec des souverains célestes et de l'omnipotence comme jeu ? Les poupées en étaient glacées, dans leur regard de bois. Ma mère, qui jouait encore à la mère, avait l'impression qu'elles tremblaient et les réchauffait à l'abri de sa mante. La vérité, c'est que même leur matrice végétale, au plus profond des fibres du bois dans lequel elles avaient été dégrossies par le travail de mon père, trouvait insoutenable le poids de cette promesse.

Quand le son de ses paroles ne suffisait plus à décourager mes pleurs – et, inaudibles, ceux des poupées –, elle chantait une chanson très douce de petits d'animaux qui, dans chaque tanière, à l'abri de leurs poils ou de leurs plumes, qu'il vente ou qu'il tonne, s'endormaient dans la quiétude de leur mère.

Cette peur d'enfant ne m'a jamais quitté. Aujourd'hui encore, dans ces nuits d'homme désormais mûr, je souffre toujours de cette terreur de l'obscurité dont je souffrais enfant. Mais je ne suis plus l'enfant Jésus, je ne peux plus me consoler en me pelotonnant sous l'aisselle de ma mère. Elle est adulte, presque vieille. Son odeur aussi est ancienne. Elle confond les époques et les dates, elle ne se souvient plus si nous étions sur le chemin de l'aller ou celui du retour, elle ne se rappelle plus les degrés de parenté, quand j'ai fait les choses que j'ai faites, celles que j'aurais dû faire. Elle ne dit rien de ce que je n'ai pas fait. Entre ma mère et moi, il ne reste, en suspens et muette, que l'irréalisable vérité : seul mon père pourrait accomplir pour nous le miracle de nous restituer notre mémoire. Mais mon père n'est plus là, il est parti il y a tant d'années.

Privé de souvenirs et de témoignages fiables, pour me consoler, pour comprendre, je me raconte ma naissance avec les mots que prononçait ma mère, des mots tendres et résolus à la fois, pour vaincre le fracas de la bourrasque. Peut-être, tempête après tempête, ai-je ajouté des détails qui n'appartiennent qu'à moi, comme si je pouvais avoir moi aussi souvenir du miracle de cette nuit-là, et un point de vue personnel, autonome, libre du regard et du souvenir des adultes qui m'entouraient : mon père, ma mère, les bergers qui apportaient des couvertures, du lait, du fromage, et puis des esclaves, hommes et femmes, même des prostituées, et les animaux retenus par le mors ou paissant librement. Et d'autres encore, des rois même – racontait ma mère – arrivaient en suivant qui sait quel pressentiment de la réincarnation de dieux très anciens, qui sait quelle prophétie et espérance en une nuit au cœur de l'hiver. Et si tous ces gens s'étaient assemblés parmi les collines de Bethléem pour m'attendre avec une ardeur pleine d'espérance, pourquoi ma mère n'aurait-elle pu m'accueillir avec la même confiance ?

Elle me racontait que j'avais apporté un printemps précoce de bourgeons et d'amandiers en fleur. Et je ne sais plus si ce sont mes yeux qui ont vu la merveille d'une comète dans le ciel de cette nuit-là, ou les yeux des autres. Tout se mêle comme en un vertige. Mais je n'ai que cette naissance-là à me raconter. Dans la seule version que je connais, celle de ma mère. J'ai compris que chaque mère, et pas seulement la mère de Jésus, raconte à son fils sa naissance comme un conte, l'unique miracle dont nous soyons certains, pour qu'il ne soit pas trop cruel d'être au monde les nuits féroces de tempête.

Et à travers ce récit de l'épiphanie, je reconstruis pas à pas le chemin qui m'a conduit à ce prélude d'une énième insupportable aube : j'ai trente ans, la nausée pour les trahisons que j'ai subies, du dégoût pour l'absence de la moindre justice, parmi les hommes et dans la nature. Avec pour seules qualités de savoir courber le bois selon les rudiments appris de mon père – j'ai pour ainsi dire hérité de ses quelques outils, certains rouillés ; les manches, à force d'être utilisés, portent l'empreinte de ses mains, plus grandes et plus fortes que les miennes, qui sont plus timides – et de pouvoir affabuler ou raisonner selon l'écriture des textes sacrés et des prières. Une grande partie de mes après-midi se passait à la table de la cuisine, auprès de ma mère. Ayant fait cesser les jeux, de son doigt elle m'indiquait dans ces signes la discipline de la lecture. C'est ainsi que j'ai appris, percevant douloureusement le temps qui se consumait dans la flamme du crépuscule.

Mon père ne me raconta jamais ma naissance. Il écoutait la version de ma mère tout en s'affairant à alléger notre fatigue, à nous couvrir avec des peaux de mouton, à raviver les braises ; il sortait et rentrait au rythme de l'huile qui se consumait dans la lampe. « Où va mon père ? » demandais-je à ma mère. Et elle, les yeux fixés sur la petite flamme, me mentait : « Faire du bois. »

En silence je m'enfouissais plus profondément dans son odeur, je me demandais comment mon père allait faire dans la nuit noire pour choisir, abattre et équarrir, avec le vent et la pluie qui brouillaient la vue, la voix glacée de Dieu qui tonitruait de coups de tonnerre et d'éclairs de colère contre tout et tous. En réalité, mon père sortait pour se lancer dans une nouvelle tournée d'inspection et de surveillance, traçant avec son angoisse un lacis de sécurité autour de la maison pour que seule la nature soit une menace.

Des soldats nous avaient cherchés. Ils venaient du septentrion et n'avaient pas craint de franchir les frontières du pharaon. Mais ils ne nous trouvèrent pas. Mon père, Joseph, était devenu expert dans l'art d'effacer toute trace de notre passage et de nos haltes. Quand était venu le moment de partir de nouveau, de fuir parce qu'on avait vu des soldats dans les parages, il inspectait l'intérieur et l'extérieur de ma couche, l'endroit où je jouais, celui, près du feu, où le soir, dans les bras de ma mère, je m'endormais au récit de ma naissance, et jusqu'au puits où j'aimais écouter le bruit des pierres qui mettaient du temps à toucher l'eau quand je les lançais. Il cherchait les jouets que je perdais de-ci, de-là et qu'il avait lui-même dégrossis dans les bois et les racines. Il sculptait des animaux, des lions et des chameaux, mais aussi des chats égyptiens, des moutons et des loups, afin que je ne me sente pas trop seul. La veille du départ, il récupérait un à un ces jeux dispersés, abandonnés parce que ma mère m'avait appelé pour le dîner ou pour la prière dans la langue des aïeux afin que je n'en perde pas les accents ni les cadences. Ou peut-être les avais-je laissés tomber, distrait par quelque autre chose, les grues qui volaient bas au-dessus des marécages vers le fleuve, les cigognes qui se perdaient par-delà les roseaux, vers la mer. « N'oublie jamais tes animaux », se fâchait-il en me les rapportant tandis que j'étais déjà sur le dos de l'ânesse, prêt pour un nouveau déplacement, une autre fuite. Il avait cousu une sacoche pour que je les garde tous ensemble et ne les perde pas durant nos déplacements. Plus tard j'ai compris qu'il ne voulait pas laisser de traces du passage d'un enfant.

À ma mère et à mon père, je demandais des frères et des sœurs, balbutiant ce désir dans la langue de ceux qui nous accueillaient, car je passais mes journées pieds nus avec les gamins du fleuve et j'apprenais vite, surtout les malédictions enfantines que mon père et ma mère ne comprenaient pas. Quand on nous appelait pour le repas du soir, les autres enfants rentraient chez eux en se tenant par la main. J'étais sûr qu'ils allaient continuer à jouer et à refermer, dans la complicité du lit fraternel, la parabole des récits et des amusements interrompus. Alors, quand l'obscurité commençait à me serrer la gorge, préludant aux pleurs, j'émettais la demande d'un petit frère, d'une petite sœur. Le sujet ne leur plaisait pas. Ma mère faisait semblant de ne pas comprendre, elle essayait habilement de m'orienter vers des désirs plus urgents et s'éloignait pour aller me chercher de l'eau. Je l'entendais qui faisait de grands cercles de perte de temps dans la maison, espérant que j'oublierais vite ce caprice et m'endormirais. Pour retarder un peu plus le moment de son retour, elle demandait à mon père s'il voulait de l'eau lui aussi et Joseph, qui ne comprenait pas tout de suite ses appels à l'aide voilés, répondait : « Non, merci, j'ai déjà bu. » Réduite au silence, ma mère était obligée de revenir vers moi qui n'attendais que cela pour répéter obstinément mon souhait : « Je veux un frère. »

Les premières fois, elle avait répondu avec la douceur naïve des mères jeunes et sans expérience : « Mais qu'est-ce que tu en ferais, d'un frère ? Tu as maman et papa rien que pour toi. » Ma mère avait dix-sept ans. Mais lorsque je me fis plus insistant et intransigeant, énervé sans doute par la venue simultanée de la peur de la nuit et du sommeil qui émoussait mes résistances, ma mère contraignit mon père à prendre sa part : à son tour, maintenant, de s'occuper de son fils. Alors mon père, gêné de devoir inventer une excuse, préoccupé par les gros yeux que lui faisait ma mère, s'approchait pour m'apaiser avec sa rude nature d'équarrisseur de bois et me prenait dans ses bras, essayant de me bercer comme il l'avait fait quand je venais de naître, dans cet âge sans mémoire et sans conscience. Je sentais son odeur que je ne savais pas encore déchiffrer – ce n'était pas l'odeur qui avait chaque nuit favorisé mon sommeil – et je m'entêtais dans cette demande d'un frère en la répétant à l'infini pour remplacer la voix de ma mère, comme une berceuse, une consolation. Mon père, qui ne savait plus quoi trouver, me chuchotait en m'étreignant :

« Arrête, tu veux faire pleurer ta maman ? » Moi, déjà plongé dans un demi-sommeil inquiet, je percevais cela comme une menace et, tout en pleurant, je lâchais les malédictions en langue égyptienne que j'avais apprises dans l'après-midi : « Que tes pieds puissent s'enfoncer dans le limon ! » Après quoi je partais en vrille dans un sommeil questionneur : « Pourquoi ? » Pourquoi ma mère devait-elle pleurer si je continuais à réclamer ? Pourquoi ne pouvait-elle être la mère d'autres enfants, mes frères et sœurs ?

Durant notre séjour en Égypte, une des femmes du fleuve, déjà mère de quatre enfants avec lesquels je gambadais parmi les roseaux durant les longs après-midi sur la rive, une femme que j'avais connue avec le ventre gonflé par une naissance proche, avait perdu son bébé, mort-né. Un événement qui me troubla et que j'appris en écoutant mon père et ma mère au coin du feu.

Il était possible de ne pas naître. Arriver jusqu'à la nuit que chaque mère raconte à son enfant pour le consoler de la tempête, et en un instant retourner en arrière. Il aurait fallu démonter la merveille et la magie toutes prêtes pour le récit de la nuit de la naissance, le cirque et la foire du mensonge déguisé en mystère, puis renvoyer tout le monde à la maison, au froid des bergeries, dans la solitude des chaumières, tous ceux qui s'étaient présentés avec leurs dons, leur dire adieu, éteindre la flamme, faire rebrousser chemin à la comète ct fermer la porte. En ces jours de deuil, j'avais écouté les rares phrases que mon père et ma mère échangeaient avec les voisins pour commenter l'événement et dire leur tristesse. Une phrase revenait toujours quand ils prenaient congé : « Les enfants sont une richesse. » Pourquoi ma mère et mon père, dans la pauvreté de l'exil, renonçaient-ils à une nouvelle richesse ?

Pour m'ôter de la tête ce désir d'une famille plus grande, mon père sculptait de nouveaux oiseaux, puis il cousait de petits coquillages du fleuve sur chacune des plumes qu'il ramassait sous les nids. Il assemblait les plumes en éventail et en faisait des queues de paon qu'il déployait devant mes yeux en me révélant que, au jardin du pharaon, les oiseaux savaient parler les langues des hommes et racontaient des histoires pour divertir les notables qui s'ennuyaient. Moi, je m'amusais à imiter les cris de tous les animaux en me racontant les histoires défendues de frères et sœurs dans la langue de la faune que je connaissais, vêtu d'un simple tissu autour des reins.

Mon père. Quand nous arrivâmes en Galilée, à Nazareth, parce que régnait en Judée le fils du roi qui haïssait les enfants, il voulut tout de suite m'avoir à ses côtés, sous l'auvent derrière la maison où il avait son atelier. « Aujourd'hui, tu vas m'aider », disait-il. Il me demandait de prendre ses outils, la cruche d'eau quand il avait soif, de tenir la planche tandis qu'il la coupait. Déjà, à l'époque, je comprenais qu'il aurait pu faire tout cela seul, sans mon aide d'enfant. Mais il voulait que je sois là, à portée de son regard, une façon aussi de tenir en respect son inquiétude. Lorsque quelqu'un, un voisin, un passant, un client, s'arrêtait devant la porte de la maison, j'étais tout prêt à m'élancer, rapide et avide de curiosité. Mon père me retenait d'une main, d'un geste il m'imposait le silence. C'est lui qui allait le premier voir qui était là. J'étais troublé par son appréhension, si bizarre, excessive. Tandis que je l'aidais sous l'auvent, j'apercevais les jeunes de mon âge qui couraient libres et sans surveillance. Ma mère m'expliqua que l'inquiétude de mon père s'était manifestée dès ma naissance. Des soldats cherchaient les enfants. Et ils avaient fait du mal à beaucoup d'entre eux, me dit-elle. Mon père en avait été bouleversé. Il avait décidé qu'il fallait partir sur-le-champ. C'est ainsi qu'avaient commencé notre fuite et la terreur de mon père. Pourtant, c'était ce même regard apeuré et inquiet que je voyais toujours dans ses yeux quand ma mère, en fin d'après-midi, au moment où le soleil commençait sa descente vers le soir, m'imposait les lectures sacrées. Mon père restait à l'extérieur, à distance, et nous regardait tandis qu'il plongeait les bras dans une bassine pour en ôter la sciure et se rafraîchir le cou et les aisselles. Ce faisant, il nous observait dans notre intimité de paroles soustraites aux pages de la Torah. De ces dernières aussi, il avait peur.

Mon père était heureux quand il travaillait. Ses yeux devenaient lumineux, patients, intelligents. Dénués de peur. Il m'asseyait au bord de son établi et me laissait regarder ses mains. Elles couraient sur le bois pour en sentir l'élasticité et la destination, en découvrir les nœuds qui semblaient les yeux stupéfaits de la nature observant le monde, écarquillés sur la merveille des mains industrieuses des hommes. La coupe ne devait pas tomber sur le regard des nœuds, tout travail futur en aurait été rendu difficile, car leur dureté cachait en réalité le point le plus fragile du bois. Voilà ce que m'enseignait mon père. Ce qu'il reste du peu d'années qu'il a passées avec nous, le temps de mon enfance, ce sont ses paroles de charpentier, précises, simples comme ses gestes. Après avoir scié une planche, il en observait attentivement la tranche, puis il repassait les doigts dessus pour percevoir la densité d'une bosse dans l'indécision de la lame dentée, le défaut d'une veine dans le bois, un trou de ver ancien d'une Création distraite. Mon père, rien ne lui échappait.

Il conservait, enveloppés dans un morceau de tissu, de précieux tessons de verre vert qu'il portait à la lumière d'un geste économe et délicat afin qu'ils ne s'ébrèchent pas. Ils nous avaient accompagnés, avec la sacoche des jouets sculptés et ses outils – fardeau encore mystérieux pour moi : combien de fois les ai-je entendus rouler et cliqueter sur le flanc de l'ânesse –, dans tous nos voyages. Parmi ces verres, il en choisissait un, parce qu'il en avait un pour chaque bois, et pour raboter le passait et le repassait avec légèreté sur la partie coupée afin de ne pas fêler le verre, de ne pas entailler le bois, d'un mouvement des bras et des épaules qui est resté pour toujours mon souvenir de lui le plus net.

Il m'expliquait comment tenir la planche entre mes petites mains, et j'y mettais toutes mes forces sans m'apercevoir que le bois était déjà coincé par l'étau. Mon père rabotait avec le verre, et des corolles de bois, des boucles, de la sciure fleurissaient du néant, couvraient le sol jusqu'au moment où nous avions l'air nous aussi d'arbres sortis du terreau des copeaux. Quand la journée était finie et que la lumière manquait pour éclairer le travail, il prenait un moment pour jouer avec moi. Écartant outils et colles, il choisissait les copeaux les plus beaux et les mettait dans mes cheveux, boucles supplémentaires de tendresse. Il restait quelques minutes à me regarder, à fouiller du regard, à chercher quelque chose le long de mon profil dans la lumière douce du couchant. Je ne ressemblais pas à mon père. Rien de son visage ne m'appartenait. Il me portait à ma mère dans la maison, encore tout orné de copeaux, pour qu'elle admire.

Ma mère elle aussi, je m'en souviens, restait parfois un moment à me regarder. C'étaient des regards obliques, furtifs ; elle aussi cherchait quelque chose dans mon visage, peut-être le reflet d'une ressemblance, un geste qui aurait appartenu à sa famille, une nuance dans mes yeux évoquant son père, mon grand-père, sa mère. Elle m'observait tandis que je mangeais, et avec plus d'attention encore quand elle me lavait. Elle frottait très fort mon menton et mes lèvres pour en ôter les restes de fruit, pour effacer quelque chose du passé ou reformuler mon visage futur. Ensuite elle me regardait dans les yeux, longuement, scrutant au plus profond de mon regard jusqu'au moment où, contente de ce qu'elle y avait trouvé, elle me souriait et m'essuyait.

Au fur et à mesure que je grandissais, cette curiosité de ma mère et de mon père pour mon visage s'émoussa. Je me rappelle cependant leurs regards figés, inquisiteurs, quand ils m'observaient dans le silence des repas, tandis que je mordais dans le pain, penché sur mon assiette, ou buvais le menton en l'air. Je voyais au-delà du bol leurs yeux avides de curiosité et je demandais : « Qu'est-ce qu'il y a ? Pourquoi vous me regardez ? » Ma mère, avec une mimique gênée, répondait : « Tu as les cheveux trop longs, il est temps de les couper. »

Je n'avais pas envie de perdre mon temps, de refréner mon agitation d'enfant déjà grand en attendant que mon père ait fini de couper mes boucles. Il empruntait la cisaille pour la tonte des moutons au berger dont il avait arrangé la porte de la bergerie renversée par le bélier, un échange de bons procédés. Je prétextais des activités prévues l'après-midi, des visites de camarades, des jeux impossibles à retarder. Mais rien n'y faisait. Il me fallait rester assis à voir s'enfuir l'après-midi pendant que mon père coupait. Je sentais ses mains sur ma tête, une caresse avant chaque morsure de la cisaille. Je voudrais encore tes mains perdues sur ma tête, père, encore une caresse, une bénédiction, encore ta paume qui glisse jusqu'au front pour vérifier que je n'ai pas de fièvre. Ma fièvre d'enfant inexplicable, qui éclatait sans signe avant-coureur et sans cause.

On me pensait de santé délicate, et cela coïncidait avec la légende familiale d'une tare héréditaire, marque des prédestinés, décelable à travers une maladie, une petite différence, de légères malformations évoquées en chuchotant par les parents qui nous rendaient visite ou durant nos déplacements à Jérusalem, dans la maison de nos cousins, à l'occasion de la Pâque. Bien souvent, pendant les jeux de force et de domination entre enfants, Jean montrait son bizarre troisième téton comme un héritage direct de Dieu encore incertain quant aux modèles de la Création. En fait, j'étais un enfant normal, sain et robuste. Après les premières alarmes, mon père et ma mère s'étaient habitués à cette fièvre et ils me soignaient par le remède de la tendresse, sûrs qu'elle allait vite passer. Elle durait deux jours, trois au plus. Mon père me prenait dans ses bras et me déposait dans sa couche, il ouvrait la fenêtre pour faire entrer de l'air frais, ma mère me déshabillait, m'humectait les tempes et les lèvres avec un linge humide, me caressait la paume des mains et les pieds. Je restais dans la pénombre, dans un délire paisible d'hallucinations, et, tandis que ma mère étreignait mes pieds posés l'un sur l'autre, j'écartais les bras en croix, comme des ailes d'oiseau, dans ce lit qui n'était qu'à moi, et je volais dans le sommeil.

Avec la fin de l'enfance, la fièvre inexplicable disparut elle aussi. Il me reste, comme des cicatrices, des lueurs de vertige, des formes confuses de ces cauchemars où je haletais de chaleur, des odeurs et des lumières, la sensation de contrainte provoquée par le lit, la gêne sur ma peau du tissu moite de sueur qui laissait imprimée la mesure de mon corps, suaire précoce d'un jeune mort.

Comme chaque année, à l'approche de la Pâque, nous nous préparions pour partir à Jérusalem. Mon père, Joseph, avait vidé la sacoche de mes animaux d'enfant, car j'avais depuis longtemps remplacé ces jeux par les lectures vespérales des textes sacrés auprès de ma mère, et il y avait mis ses outils les plus simples parce que, disait-il, on ne sait jamais, il peut y avoir une urgence, un travail à faire pour les gens de la famille ou leurs connaissances. C'est ainsi que nous partions, avec l'espoir de travailler un peu aux environs de la Pâque, parce que nous étions pauvres dans une terre pauvre.

Le paiement en argent était rare. Inutile également, car on préférait la formule du troc ou du travail en échange de pain, de viande et de lait. À Nazareth, l'argent avait la valeur réduite des choses inertes : nourriture, vêtements, objets, tout se fabriquait et s'échangeait. Seuls les riches payaient avec de l'argent – à Nazareth, il n'y en avait pas –, ou alors les très pauvres et ceux qui demandaient l'aumône à cause de la maladie, les estropiés et les fous. Les quelques pièces que nous avions à la maison étaient le fruit de la générosité de mon père envers les veuves sans enfants qui avaient besoin de réparations urgentes. Elles payaient avec des pièces d'autrefois qui n'avaient plus cours, à l'effigie de rois défunts, car c'étaient les seules qu'elles avaient. Nous les portions pour la Pâque à Jérusalem, parce que la ville vit d'argent. Elles tintaient dans la sacoche à côté des outils de mon père. Ce bruit nous rassurait : nous pourrions nous aussi contribuer au repas. Plus tard, je comprendrais que l'argent entérine toutes les différences et toutes les injustices. C'est l'argent qui condamne les esclaves et sauve les maîtres.

J'avais douze ans et je ne voyageais plus sur le dos de l'ânesse, mais aux côtés de mon père. Des jours et des nuits de marche et de peine. Il me fallait m'occuper de la bête, la soulager de son fardeau pour la nuit dans les auberges, aider ma mère à monter en selle et à descendre. Je savais que ce déplacement annuel en direction de Jérusalem était semblable à ceux qui avaient précédé le récit de ma naissance. J'étais curieux de comprendre ce que mon père et ma mère avaient vu quand moi je n'étais pas encore là, comment était le monde avant moi, comment il m'avait accueilli. Ce voyage de la Pâque suscitait en moi une curiosité supplémentaire. J'avais demandé s'il était possible de passer par Bethléem pour voir la grotte, la cabane, l'étable, voir le lieu où j'étais venu au monde. J'avais supplié, et j'étais parvenu à vaincre la contrariété causée par cette courte déviation. Depuis que j'avais cessé de réclamer des frères et sœurs, je n'avais d'autre caprice que celui-ci. Je n'étais pas un enfant entêté. Mon père et ma mère me contentèrent. J'avais éveillé en eux la curiosité de revoir ces lieux.

Je n'imaginais pas à quel point l'endroit était inaccessible, extrême, âpre, chaque pierre affilée comme une lame, sans aucune végétation, sans abri. On aurait dit de la roche volcanique érodée par le vent, rongée par les pluies. Mon père et ma mère se déplaçaient eux aussi avec précaution, car le terrain n'était propice ni aux pèlerinages ni aux promenades. Ni aux excursions : il n'y avait rien dans ce désert pour éveiller la moindre curiosité. Parvenu désormais à l'âge des provocations, je demandai à ma mère : « C'est ici que tu m'as enfanté ? C'est ça, le lieu de tes récits de légende ? » Ma mère ne répondit pas ; avec l'aide de mon père, elle s'efforçait de ne pas trébucher. Eux aussi regardaient alentour et se posaient des questions. Moi, j'avais décidé de revenir en arrière. Non par déception – je ne savais pas quelle réaction attendre à la vue du lieu de ma naissance –, mais par cet instinct hardiment provocateur et pas encore taciturne de la préadolescence. J'étais en colère parce que, pensai-je, il me fallait commencer à ne plus me fier aux récits de ma mère ni aux signes d'approbation de mon père. Ce n'était là que leur version, non la vérité. Les mères et les pères ont mille raisons de mentir par amour à leurs enfants. Je n'étais plus un petit garçon. Voilà, je m'en souviens parfaitement. Au moment précis où je constatais la misère de ce lieu, la mesure exacte de ma déception, je compris que je n'étais plus un enfant.

J'avais décidé de revenir vers l'ânesse, de faire en sorte que mon père et ma mère me trouvent dans une pose silencieuse et pensive, adulte. Je venais de faire quelques pas incertains en direction de l'animal, sur les pierres coupantes, lorsque ma mère m'appela. La voilà la cabane, la grotte, la masure où je suis né et continue de naître à chaque récit, avec une cloison de roseaux qui ferme la bergerie et une espèce de porte en bois toute de guingois pour décourager les curieux, un refuge offert par la nature à dos de colline, installé par les hommes pour des nécessités qui leur appartiennent : refuge de troupeaux et abattoir d'agneaux, entrepôt d'outils ou de harnais et auberge pour parturientes, berceau pour nouveau-nés. La dimension même, le destin du monde. La curiosité l'emporta finalement sur ma réticence. Je m'approchai en essayant de lorgner entre les roseaux, tandis que mon père retournait vers l'ânesse pour prendre la sacoche des outils et redonner une dignité à cette porte, gardienne du souvenir de ma naissance. Puis, juste au moment où je regardais, un œil écarquillé et furieux me fixa à travers cette cloison, la porte s'ouvrit et le berger sortit en brandissant un bâton, prêt à l'offense. Il me vit, ainsi que ma mère, et sembla se calmer. Il nous expliqua qu'il sentait le troupeau agité par des présences étrangères et avait pensé à un prédateur, un loup, un voleur. Je répondis, devançant ma mère et en l'absence de mon père : « Je suis né ici. » Le berger me regarda, regarda ma mère, et abaissa son bâton. C'est lui qui poursuivit le récit de ma naissance. « Il y a douze ans, par une nuit d'hiver, durant les jours de la comète... » Il raconta qu'il avait été lui aussi averti cette nuit-là d'une naissance de fortune sur le point d'avoir lieu dans la bergerie, et qu'il avait accouru avec les autres pour apporter du secours et du lait de chèvre à peine trait. À cet instant, mon père arriva avec ses outils. Le berger lui donna le premier l'accolade, comme c'est l'usage entre hommes, et raconta encore comment, tandis qu'il se hâtait dans ce désert nocturne et glacé de pierres affilées, impatient d'arriver à temps, il était tombé en renversant le lait et, gravement blessé à la cuisse, n'avait pu parvenir jusqu'à l'étable. La lame d'un rocher lui avait déchiré la cuisse jusqu'à l'os. Impossible de se relever. Il avait arrêté le sang à l'aide d'une corde de chanvre. Il avait appelé à l'aide, mais personne n'était venu. Il était resté la nuit entière à regarder le mystère du ciel, le passage de nuages rapides et bas, les oiseaux nocturnes et le feu follet de la comète comme une braise dans l'obscurité, une promesse de chaleur impossible à atteindre. C'est à l'aube seulement que l'avaient retrouvé les bergers qui s'en revenaient de la grotte.

Jamais je n'avais vu un homme adulte pleurer. Ce berger fut le premier. Il pleurait en se rappelant comment, par ma naissance, j'avais gâché sa vie à cause de cette blessure jamais refermée qui le gênait encore dans ses mouvements quand il poussait son troupeau de l'autre côté de la crête, quand il devait le freiner dans la descente. Chaque nuit, sur les fagots qui lui servaient de couche, il lui fallait changer de position pour atténuer la douleur. Il avait été répudié par sa fiancée quelques jours avant le mariage ; elle n'avait jamais donné la raison de ce refus, mais il pensait que c'était à cause de la blessure qui lui donnait une allure bancale, surtout au début. Et un berger boiteux n'est pas un bon parti.

Il fit asseoir ma mère à l'intérieur pour qu'elle prenne du repos, juste devant la mangeoire qui m'avait servi de berceau, façon pour lui de se dédommager de cette privation de souvenirs qui l'avait exclu de la contemplation de ma naissance. Mon père, pendant ce temps, réparait la porte de la bergerie. Le berger et moi restâmes assis à l'extérieur, sur deux pierres munies d'anneaux de fer où attacher les bêtes. Il prit mes mains entre les siennes et continua à me narrer l'écho de ma naissance, qui résonna pendant des jours jusqu'à Jérusalem, parce que jamais un enfant n'était né dans cette condition extrême, non comme les hommes mais comme les animaux, comme les agneaux et les chevreaux à peine mis bas qui vivent le souffle d'un instant quand vient déjà le moment de les égorger. Les jours suivants, on avait continué à relater cette naissance, à déplorer la terrible aridité de ce monde où aucune auberge n'avait cette nuit-là ouvert sa porte à une femme sur le point d'accoucher, la laissant enfanter comme une bête, et tous, même les aubergistes, en frémissaient d'indignation. L'antique, indélébile hypocrisie du monde. Après notre fuite de Bethléem, ma mère sur l'ânesse avec moi dans les langes, mon père à pied pour découvrir les sentiers les plus reculés et dissimulés, le pèlerinage des inconnus avait continué au milieu de ces pierres semblables à des lames. Les gens n'avaient cessé de laisser des denrées de première nécessité, même quand ils n'avaient plus trouvé personne sur place, la bergerie ayant été abandonnée elle aussi par les animaux qui, dans ce fracas de nouveauté, s'étaient sentis libérés de tout joug et paissaient librement dans la nature. Il fallut des mois pour récupérer les troupeaux. Beaucoup d'animaux étaient perdus, dévorés par les bêtes de proie.

Les bergers retrouvaient des objets mystérieux, des amulettes peut-être, des tissus colorés, des fibres de chanvre, du coton aussi bien que des pages de livres portant des caractères de langues inconnues tout de suite effacées par les pluies, et puis des dents, des os de sacrifices selon l'usage de religions tellement éphémères qu'elles n'existaient déjà plus, et des poupées d'étoupe, parce que personne n'avait fait savoir si le nouveau-né était un garçon ou une fille. Le berger lui-même avoua avoir effacé le moindre signe des dons et des passages, parce que les moutons et les chèvres mangeaient tout et risquaient de s'étouffer.

Il ouvrit sans pudeur sa tunique pour me montrer l'horrible balafre sur sa cuisse qui suppurait encore en cycles de douleurs et de fièvres et l'empêchait de rentrer au village, le contraignant à demeurer à la bergerie où il s'agitait en un demi-sommeil sans repos. Et après chaque nuit, au matin, il trouvait devant la porte branlante du lait, des fromages et du pain que quelqu'un lui laissait par bonté, sachant son malheur, ou rongé par un remords ancien. Mais il soupçonnait qu'il s'agissait en réalité de dons tardifs qui m'étaient destinés, à moi, à ma naissance qui, semblait-il, avait fait date.

Lorsque mon père eut fini la réparation, le berger lui donna de nouveau l'accolade. Il rentra dans la bergerie et revint avec un agneau qu'il avait égorgé le matin et laissé saigner, suspendu à un crochet. Malgré le refus de mon père et de ma mère, le berger ne voulut rien entendre et nous obligea à le prendre. Il voulait refermer la parabole de ce don manqué, deux lustres de malédictions, et il considérait cette rencontre comme une chance.

Nous prîmes la route de Jérusalem avec l'agneau attaché sur le dos de l'ânesse. Quand nous fûmes en vue des portes de la ville, je me retournai pour regarder derrière moi le chemin parcouru : nous avions eu beau l'envelopper dans un linge et l'enfermer dans un sac, l'agneau perdait encore du sang. Le sillage nous suivit jusqu'à la maison de mon oncle et de sa famille. C'est à l'issue de cette Pâque que mon père et ma mère me perdirent.

Nous avions traversé les festivités selon la règle, mais avec un imprévu. Au cours de notre séjour, une cousine de maman accoucha de son premier garçon, et je fus convié moi aussi à la cérémonie de la circoncision. J'étais grand maintenant, cette invitation marquait mon passage à un nouvel âge. Mon père, pendant que nous marchions avec tous les hommes de la famille, m'arrêta et laissa les autres nous dépasser. Il me dit que, si je n'avais pas envie d'y aller, je pouvais rester avec maman. Moi, j'avais vu le sillage du sang de l'agneau et je ne craignais aucune autre vision. Au contraire, ma curiosité l'emportait sur la peur. Et surtout, je voulais faire comprendre que je n'étais plus l'enfant au destin à jamais marqué par cette naissance aventureuse, venu au monde dans l'étable, la nuit de la comète. Alors, nous rejoignîmes les autres. J'étais le plus jeune, ensuite il y avait mon cousin Jean, le fils de mon oncle Zacharie, le prêtre, le muet. C'est ainsi qu'on le surnommait – en cachette – quand il ne pouvait entendre, à cause de cette impénétrable décision de ne plus parler qu'il avait prise lorsque sa femme, âgée désormais, était tombée enceinte. Le sacrifice du silence. C'est seulement à la naissance de son fils aîné que le don de la parole lui était revenu. Dans la famille, la bizarrerie, l'originalité de Zacharie est citée, entre appréhension et clins d'œil complices, comme un exemple du sang fou qui court dans nos veines.

Jean et moi prîmes part au rite au premier rang, les yeux écarquillés sur les instruments tranchants. Mais au cours de la cérémonie, nous nous glissâmes peu à peu vers l'arrière, dans le dos des officiants. Non parce que nous avions été impressionnés par le jet de sang, les cris du nouveau-né, la cruauté de ces adultes qui, de leurs mains gigantesques, maintenaient l'enfant immobile, les petites jambes agitées par la douleur et la peur, les cuisses souillées de sang et inondées de l'urine que le traumatisme avait fait jaillir. Nous nous cachions parce que nous retenions à grand-peine nos hoquets de rire, nos larmes d'horreur devant le comique grotesque de tous ces adultes pommadés, parés d'étoles, pris dans leur rôle de bouchers de Dieu, qui s'acharnaient sur le petit pénis rabougri par la terreur. Malgré les gros yeux que faisait mon père, le premier à s'apercevoir de notre impiété, nous ne parvenions pas à nous calmer. Lorsque, à son tour, Zacharie, officiant du Temple, s'arrêta un instant pour demander à son fils Jean, sur un ton de colère rentrée à cause des étrangers présents, s'il allait le laisser terminer, il nous fut impossible d'endiguer notre impudeur et nous lâchâmes un éclat de rire sonore, irrépressible. Nous fûmes éloignés, chassés avec ordre d'attendre à l'extérieur du Temple. On nous réglerait notre compte plus tard, à la maison.

On nous sépara. Durant les trois jours qui précédaient notre retour à Nazareth, je ne vis plus Jean. Pour mon cousin, fils du prêtre, la peine à purger fut plus sévère : il dut aider à laver les morts, à les préparer pour le rite funéraire. À moi, on m'imposa, comme réparation de notre blasphème, de passer tout mon temps plus près du Dieu que nous avions offensé. Sur la recommandation de Zacharie, je fus chargé de balayer les ordures au milieu des estropiés et des misérables qui assiégeaient le Temple, de ramasser les restes des restes des repas d'aumône que même les plus affamés ne jugeaient plus comestibles, de faire briller avec des chiffons les colonnes et les marbres, de recueillir les offrandes pour les sacrifices. Je devais assister le vieux qui s'occupait depuis toujours des autels. Mon devoir, durant ces trois derniers jours à Jérusalem, était de le soulager des tâches les plus lourdes et les plus ingrates. Et de réciter les psaumes. Mais cela devint rapidement le cadet de mes soucis.

Je découvris que tout se payait dans le Temple. Les circoncisions, la lecture des psaumes, les prières, les sacrifices. Tout le monde se confiait aux mains du vieux gardien afin qu'il intercède auprès du prêtre quant aux délais d'attente pour les cérémonies et à la qualité du service, ou pour une ristourne sur le prix exorbitant des offrandes qui devaient, aux yeux de Dieu, sembler naturelles et spontanées. Peut-être était-ce pour cela que le prêtre mettait le vieux en avant comme intermédiaire, afin que rien ne passe par ses saintes mains à lui, toujours ouvertes en prière. Et que Dieu ne s'aperçoive pas du prix auquel on le bradait.

C'était le vieux qui tenait le registre des réservations. Il notait à côté de chaque nom la requête avec la somme d'argent correspondante. Il connaissait parfaitement l'état des finances de tout un chacun : celui qui possédait le plus payait le plus. Le rabbin et le vieux, lorsqu'ils m'accueillirent, pensaient que je ne savais pas lire. Le vieux était le seul à tenir à jour la liste des sommes convenues entre eux durant leurs conciliabules, et il y ajoutait une pièce pour son propre profit. Je lorgnais cette liste et je comprenais : d'un côté, le tarif ordinaire gonflé ; de l'autre, l'argent officiel destiné au prêtre. Le vieux me chargeait de communiquer le compte aux familles et d'encaisser l'argent. Je me sentais tellement indigné, je le suis encore, peut-être encore plus, par cette fraude d'adultes – je la comparais à l'impiété enfantine et naïve de nos éclats de rire, à notre péché et notre punition – que, de colère, je décidai d'ajouter une pièce rien que pour moi à la somme finale. J'étais vexé quand le vieux contrôlait, sou après sou, l'argent que je lui remettais : il n'avait pas confiance. J'étais alors encore plus satisfait quand, mettant mes mains dans mes poches, je sentais entre mes doigts le petit butin amassé dans la journée. C'était tellement simple d'extorquer de l'argent aux croyants. L'ajout d'une pièce, la mienne, ne les troublait pas, et ils ne demandaient jamais d'explication, n'hésitaient pas au moment de la tirer de leur bourse : le compte avec Dieu restait toujours ouvert, et le solde n'était jamais réclamé.

Le soir, je rentrais chez mon oncle, pensif. Je voulais remettre ces pièces frauduleuses à ma mère, mais je ne pouvais pas : comment aurais-je justifié tout cet argent ? D'autres punitions me seraient tombées dessus, plus sévères, définitives peut-être. Je me posais des questions sur le silence du vieux, qui s'était certainement aperçu de mon petit profit. Il ne dirait rien pour ne pas mettre en péril l'assurance de toucher sa pièce. Et cette tristesse silencieuse, à mon retour du Temple, était interprétée par mon père et ma mère, par tous les parents, comme un sérieux tout nouveau, du repentir peut-être, vu la qualité de cette punition, et du remords.

Était-ce cela, devenir adulte ? Cette fraude et ce silence ?

Mon père et ma mère préparaient nos maigres bagages pour le voyage de retour. Nous devions partir le lendemain pour Nazareth, en caravane. À l'aube déjà, on chargeait l'ânesse. Profitant du désordre des préparatifs, des adieux prolongés, des larmes des parents qu'il fallait consoler, je réussis à filer jusqu'au Temple à l'insu de tous. Une gratification double m'attendait pour un double sacrifice : une mère riche avait accouché de jumeaux et le mari n'allait pas sacrifier deux tourterelles – comme mon père l'avait fait pour moi –, mais deux agneaux. L'aisance de la famille le permettait. Je ne pouvais pas abandonner ce butin. J'étais certain de réussir à empocher mes deux pièces et de revenir à temps. Les choses se passèrent mieux encore. La famille se montra généreuse : non seulement elle paya ce qui était prévu, plus le double supplément sur le sacrifice en l'honneur des jumeaux, mais elle me fit aussi cadeau d'une pièce pour tout solde du peu de peine que cela m'avait coûté. J'empochai sans tarder les trois pièces et m'élançai hors du Temple. J'allais être en avance sur l'heure du départ.

Quand je repense à ce matin-là, j'éprouve une sorte de tendresse parfois intolérable. Tendresse pour cet enfant à peine devenu garçon, brisé dans sa pureté par la vieillesse des hommes qui ne savent aller de l'avant qu'en grinçant dans la rouille de leurs pièces de monnaie, dans leur injustice muette. Je n'étais pas troublé par le caractère habituel de la malhonnêteté. Ce qui me préoccupait, c'était que la survie d'un vieillard et d'un prêtre soit cramponnée au piège de la tromperie. À un mensonge. Je me vois dans ma colère enfantine, avec ma petite vengeance de quelques pièces, tandis que je cours chez mon oncle où papa et maman en sont maintenant aux dernières embrassades.

Je les imaginais sur le départ. Je pensais, voilà, ils sont en train de me chercher, où est Jésus ? La caravane est déjà en bas de la maison et n'a pas le temps d'attendre les caprices d'un gamin vexé, ma mère les retient, « juste une minute, il va arriver », mon père me cherche dans la maison et dehors dans la rue, il demande aux voisins « vous avez vu Jésus ? ». Je les imaginais effrayés, pressés.

Au moment où je sortais du Temple, un des estropiés que j'avais connus m'appela. J'eus envie de m'enfuir, faire semblant de ne pas l'avoir vu, courir pour arriver à temps. Pourtant, je m'arrêtai et allai vers lui. Étendu sur une natte, il montrait son membre atrophié, une jambe petite et inutile, avec des doigts de pied à peine ébauchés, minuscules comme des pétales. Il me demanda si je pouvais remplir sa cruche. Je lui rendis ce service, allai en vitesse à la fontaine et revins. Pendant que je l'aidais à boire, le nain sans bras qui était en face de lui me demanda si je pouvais déplacer la tenture accrochée sur des cordes pour protéger du soleil ce nid de douleur à l'entrée du Temple. Je déplaçai la tenture. Le peuple des miséreux s'éveilla. Depuis son grabat, chacun me faisait signe d'approcher pour un besoin, une chose à me demander. Beaucoup n'avaient rien à demander, ils avaient juste besoin que j'écoute leur plainte, d'autres voulaient seulement me regarder dans les yeux : le garçon qui ne s'enfuyait pas. À tous j'offrais yeux et oreilles, pour tous je me prodiguais alors que le temps dont je disposais était dépassé. Je me rappelle la conscience lucide de ce matin-là, ma certitude d'avoir franchi un col, celui de mon enfance. Je regardais le monde d'en haut, depuis l'autre côté, et j'en comptais les rides une à une, je voyais les imperfections comme les injustices des hommes. Que de travail il restait à faire ! Ce que j'étais en train de vivre était le moment le plus heureux, quand la brume sur la vallée semble s'estomper et que tout apparaît net, clair, et la route éclairée. Comme je voudrais aujourd'hui avoir ce regard profond et dénué de peur. Comme je voudrais avoir douze ans.

Le soleil était déjà haut lorsque je me dirigeai vers la maison de mon oncle. Avant de tourner au coin de la rue, j'imaginais très exactement ce que j'allais trouver : l'ânesse chargée des bagages, mon père et ma mère inquiets de mon absence, mon oncle et ma tante gênés de voir combien j'étais peu fiable, la caravane toute frémissante à force d'attendre. Mais non, devant la porte, il n'y avait personne. Ils étaient partis. Sans moi.

Le temps de comprendre qu'ils m'avaient oublié et je repartis en courant vers le Temple. Je riais de l'étourderie de mon père et de ma mère, eux qui étaient tellement attentifs à ce qu'il ne m'arrive rien, tellement inquiets de ma croissance, tellement effrayés à l'idée que le vent de la vie m'emporte, ils m'avaient laissé seul à Jérusalem. Il ne me vint pas un instant à l'esprit de trouver refuge et secours auprès de mon oncle et de ma tante. J'étais seul et heureux.

Je repris possession de mon royaume d'estropiés et de mourants. Toute la journée, je lavai leurs haillons à la fontaine, les mis à sécher sur les cordes, arrangeai leurs grabats. Je courais de l'un à l'autre, je recueillais les aumônes et les repas, j'aidais les plus faibles qui n'arrivaient pas à porter la nourriture à leur bouche, d'un saut j'allais des plaies à soigner à des lèvres assoiffées, de la plainte de l'un au remerciement d'un autre au sourire édenté. Je faisais manger les déments, les pauvres d'esprit, parce que sans moi ils n'auraient pu se nourrir et d'autres auraient profité de leurs restes. Pour faire ouvrir la bouche aux récalcitrants, je chantais les chansonnettes égyptiennes de ma petite enfance, à l'époque où je regardais avec envie les aînés donner à manger aux plus petits. Je devais avoir l'air d'un fou. J'étais fou.

Le soir arriva avec le froid. Je me recroquevillai à côté de l'estropié et m'endormis contre lui. Dans la nuit glacée du Temple, je fus éveillé par la litanie funèbre de l'aveugle qui ne distinguait pas la lumière de l'obscurité mais savait reconnaître la mort. La vieille femme qui gisait à côté de lui et qu'il n'avait jamais pu voir avait cessé de respirer. Je restai avec lui et quelques autres à veiller le corps, un œil voilé, l'autre fermé, trois dents dans le rictus figé de l'agonie. Pour la première fois, je vis un cadavre, la rigidité de la mort qui prenait lentement possession des membres, le corps qui devenait chose, sans dignité et sans désespoir. Les vêtements ne lui appartenaient plus, gauches et mous pour cacher un corps qui n'était plus leur. Nombreux furent ceux qui se levèrent de leur grabat pour subtiliser un tissu, des chaussures, l'écuelle ; personne ne criait à l'impiété, personne n'était coupable, ni innocent non plus. Il n'y avait plus rien à prendre. Restait seulement la natte du sommeil. L'un d'eux tenta de s'en emparer. Il n'avait jamais eu de grabat pour dormir, c'était la terre qui lui en tenait lieu, avec quelque tissu sale pour la tête. Il avait beau s'évertuer, tirer la natte de dessous le corps, il n'y parvenait pas. Les os fragiles du cadavre et ces quelques kilos de chair roidie étaient trop lourds pour lui. Il demanda de l'aide, que quelqu'un déplace la morte avec lui pour qu'il puisse récupérer la natte. C'était l'aube, je m'approchai. Je me rappelle avec quelle répugnance je touchai les bras du cadavre. Chair glacée sans vie. Tandis que je tentais de la soulever, les soldats arrivèrent. Quelqu'un avait entendu la litanie des défunts. Ils se frayèrent un passage sur l'esplanade du Temple et, de leurs lances pointées vers le bas, me firent signe de m'éloigner. Ils enroulèrent le corps dans la natte et l'emportèrent. Sans doute le jetèrent-ils dans la fosse commune à l'extérieur des murs.

Trois jours durant, je restai au Temple. Je continuai à soustraire ma pièce pour les offices et les sacrifices. J'en avais plus que jamais besoin pour le peuple sans patrie des estropiés. Pendant trois nuits, je parvins à les rassasier à la lumière des lanternes que j'avais achetées pour éloigner les ténèbres. À l'aube du quatrième jour, mon père et ma mère se présentèrent. Je m'attendais à leur retour rapide. Ils ne me trouveraient pas pris au dépourvu ni effrayé. C'est moi qui avais un regard sévère de reproche, et eux, dans les yeux, la gêne de m'avoir oublié.

Tout au long du voyage de retour, ils parlèrent peu. Au début seulement, ils tentèrent de se justifier. Ils me racontèrent qu'ils avançaient, séparés, le long de la caravane. Ma mère s'occupait d'une cousine âgée qui s'en allait vers le nord, mon père se tenait dans le groupe des hommes, des artisans. Il échangeait des trucs du métier avec un charpentier qui faisait le même trajet. Le plaisir de parler du travail lui avait fait oublier sa crainte perpétuelle des dangers du voyage. Me voyant toujours comme un petit garçon, il pensait que j'étais dans le groupe des femmes ; ma mère me croyait dans celui des hommes, me considérant comme un adulte désormais. Moi, je réfléchissais sans rien dire à cet incroyable oubli de mes parents. Je me rappelais les voyages, les fuites soudaines, le nomadisme de notre famille par habitude de la peur. Pourquoi m'avaient-ils oublié ? Pourquoi ne voyageaient-ils pas ensemble, l'un à côté de l'autre, comme ils l'avaient toujours fait durant nos déplacements de péril et de tempête ? Je comprenais enfin. La seule colle qui tenait unis mon père et ma mère, c'était moi. Mes urgences, mes besoins, l'angoisse de me soustraire à la furie des puissants et du monde. Maintenant qu'ils ne pressentaient aucun autre danger que la course du temps de leur vie, cette colle avait séché, elle ne les unissait plus.

De retour chez nous, lorsque nous reprîmes nos habitudes sédentaires, la chose me sembla encore plus claire. Ils ne se parlaient pas. Ils dissimulaient le silence et la solitude sous de brèves annonces à l'heure des repas, des saluts forcés le matin et les prières en famille le soir. Je fis l'erreur de ne pas interpréter les regards que me lançait mon père quand il pensait ne pas être vu, des regards déjà pleins de nostalgie et de tristesse, et de cette gêne douloureuse de se savoir découvert dans sa fragilité. Je sais maintenant que ma mère est coupable. Il n'y avait pas dans son projet de place pour ce père-là, vieux et incommode, hostile même aux leçons de religion du soir, quand il nous regardait sans nous comprendre. Il aurait voulu pour moi l'attention laborieuse des mains, la peine au travail et la sueur, et probablement des petits-enfants. Ma mère était d'un autre avis.

Cela se produisit peu après. Un matin, mon père n'était plus là. Vide, sa place sur son grabat. Disparus, ses sacoches cousues, ses verres à raboter, son gobelet. « Où est mon père ? » Ma mère me répondit sans me regarder, poursuivant ses occupations dans la maison : « En voyage pour son travail. – Et quand est-ce qu'il revient ? – Bientôt. » Les jours suivants, j'obtins toujours la même réponse. Au bout de deux mois, je décidai de ne pas en demander plus. Soudain, j'étais devenu l'homme de la maison. Me revinrent alors les tâches domestiques qui étaient celles de mon père, aller chercher de l'eau au puits, allumer le feu, donner le foin à l'ânesse. L'atelier resta vide. Les bruits qui avaient accompagné mon enfance disparurent d'un coup. Le crissement de la scie qui mordait le bois, le grincement de l'étau qui relâchait sa prise, le chuchotis légèrement crispé des rabots de verre, la voix de mon père. Silence. Une nuit, je m'éveillai avec la sensation de ces bruits coutumiers. Je me levai et allumai une torche. L'atelier était noir et vide. Je sortis. C'était le vent qui jouait capricieusement dans les branches. Au moment où je rentrais, une rafale balaya mon visage. Dans cette brise, je reconnus l'odeur de mon père. Qui sait quels ingrédients le vent avait amalgamés pour la reproduire de façon aussi précise, indiscutable. Je restai là à la respirer, à m'en emplir les poumons. Puis je revins dormir avec la consolation de son odeur. Mais dès le lendemain cette odeur de mon père commença à s'estomper, à s'éloigner, se perdre. Pour en raviver le souvenir, je cherchais ses vieux vêtements, les chiffons qu'il avait laissés. Je les portais à mon nez et j'aspirais le peu qu'il restait encore de mon père. Mais au bout de quelques jours, ce n'était qu'odeur de rance et de moisi.

Deux années passèrent sans autres nouvelles. Je décidai de partir à sa recherche.

Je cousis de mes mains une sacoche comme je l'avais appris en regardant les mains de mon père. Ma mère ne posa pas de questions, pensant que j'avais la nostalgie de ses gestes. Chaque jour, je glissais dans cette sacoche un vêtement que je subtilisais sur la corde à linge. À la fin, j'eus un rechange complet. Je pouvais partir. J'attendis la nuit. J'entendais la respiration endormie de ma mère. Comme je voulais courir dans son lit et m'enfouir sous son aisselle, respirer encore son odeur ! Mais je me levai en silence, pris la sacoche que j'avais cachée dans la paille et ouvris tout doucement la porte. Dans le ciel il y avait une lune immense, blanche et lumineuse. Ils seraient nombreux, ceux qui me verraient partir. Je montai en haut de la colline et m'attardai à regarder ma maison endormie. À la lumière du jour, ma fuite serait plus difficile, mais je voulais attendre l'aube pour apercevoir ma mère une fois encore. Au point du jour, quand la porte de la maison s'ouvrit, je la vis. Elle balayait la poussière de la nuit. Elle n'allait pas tarder à venir me réveiller. Il fallait que je m'en aille tout de suite, mais je restai encore à la regarder. Elle était jeune, et belle. Je ne savais pas si je la reverrais. Mère. Comme cela a été dur ! Quelle douleur cela m'a coûté de te tourner le dos, de partir ! Mais je devais retrouver mon père.

2

J'avais quatorze ans, le cœur partagé en deux : d'un côté, l'image de ma mère à peine abandonnée qui, au soleil levant, balayait le pas de porte, sans rien savoir encore de ma fuite ; de l'autre, l'excitation de l'aventure, de l'indépendance, le désir d'embrasser de nouveau mon père. Mais aussi la solitude. Aujourd'hui, à trente ans, je suis encore déchiré. Lourd de souvenirs, vide de tout projet. La fatigue, la torpeur de l'expérience, la déception silencieuse que je lis dans les yeux de ma mère. Pour elle, je suis une promesse manquée. Mon cœur, pour une moitié, est plein du désir de sommeil. Je me réfugie dans l'autre moitié, celle que j'ai déjà vécue.

J'avançais, loin de la maison désormais, poursuivant le souvenir vague de nos voyages familiaux à l'occasion de la Pâque. La mémoire comme une carte, mais surtout une consolation à la nostalgie et à la souffrance d'une famille qui n'existerait plus jamais. Ma première fuite. Je cherchais une orientation en calquant la cadence de mes pas sur celle du souvenir : le bruit des sabots de l'ânesse, avec ma mère assise à la manière des femmes, mon père tenant la bride et le mors afin que l'animal ne s'approche pas du précipice tandis que nous nous dirigions vers un carrefour dans la vallée, où rencontrer la caravane. Un bref repos, les embrassades avec ceux que nous reconnaissions des voyages précédents, les salutations polies aux nouveaux voyageurs. Et le départ, tous ensemble, en sécurité.

À présent j'étais seul. Sans le regard de mon père qui, par l'interdiction de m'éloigner, freinait mon ardeur d'enfant prêt à de petits circuits autonomes. Seul. Sans l'aide complice de ma mère qui intercédait auprès de mon père pour que je puisse pénétrer dans les fourrés dans une illusion de liberté. « Juste d'ici jusque là-bas, lui disait-elle, la distance d'une petite butte, d'une courbe, et nous le récupérerons sur la grand-route. »

Une fois, il consentit – peut-être pour ne pas avoir l'air trop sévère devant les voisins de caravane, lui qui craignait tant le futur, qui était si vieux – et, tandis que je grimpais, tout heureux, la pente d'une petite colline pour les retrouver sur l'autre versant, je me retournai et vis les yeux de mon père voilés par la panique, l'horreur de la perte, la frayeur de ce qui m'arriverait. Dans le bonheur que suscitait cette éphémère autonomie, il y eut en moi de la place pour un chagrin. Pour mon père et pour moi : je comprenais que toute indépendance serait une conquête, des batailles féroces, des disputes. La faute et l'insécurité. Au contraire, en m'abandonnant, Joseph a emporté une part de moi et de mon adolescence qui ne me sera jamais rendue.

Tout en éprouvant douloureusement le regard peiné de mon père, j'entrai dans le bois d'yeuses et d'oliviers. Je brûlais d'autant plus d'excitation que j'avançais vers l'obscurité. Depuis le plateau, en haut de la colline, je ne voyais pas la caravane, n'entendais pas les voix des gens ni les cris des animaux. Enfin seul et libre. Je m'arrêtai pour donner plus de temps à cette solitude, pour donner plus de souffle à mon courage. Celui-ci s'évanouit immédiatement : en face de moi, un gros chien grognait de peur et de faim. La queue courte dressée, souillé du sang de ses combats, il montrait les crocs. Je cherchais dans ces yeux enflammés de fureur un secours, une lueur de calme, de pitié, qui m'aurait rassuré. Je n'y trouvais rien, si ce n'est la faim et le reflet de ma peur. Je tirai de ma sacoche le pain de ma ration de voyage, le montrai à la bête et en arrachai un morceau. Je l'agitai pour qu'elle le voie, pour éveiller sa curiosité. Mais le chien grogna plus fort : il était prêt à s'élancer. Au moment où je lui jetai le pain, il attaqua. Je n'avais plus le temps de réfléchir ni de trouver d'autres moyens de persuasion : je me mis à courir dans la descente en direction de la route et de la caravane. J'entendais derrière moi le râle et la furie de l'animal lancé à ma poursuite, je sentais le souffle de son haleine, j'étais sûr qu'il allait me mordre et me blesser. Mais en un instant, je me retrouvai hors du bois, sur la route, au moment exact où la caravane me rejoignait. Je me retournai pour parer l'attaque du chien. Il n'était pas là. Je pensais qu'il s'était arrêté là où la végétation était plus dense, par peur des hommes et des sabots des ânes. Je revins me mettre à côté de mon père et de ma mère. Ils me demandèrent pourquoi j'étais si pâle. « J'ai couru », dis-je. Alors que nous nous éloignions, je jetai encore un coup d'œil vers la colline : aucune trace du chien et de sa férocité. Peut-être l'avais-je imaginé. Peut-être mes inquiétudes avaient-elles induit un réflexe de peur, de solitude, d'impuissance. De vision anticipée. Ces grognements de chien, je les affronterais de nouveau.

Sur le chemin de ma fuite à la recherche du père, il n'y avait personne. Pour m'orienter, je cherchais les points les plus saillants de mes souvenirs de voyage. La route tracée dans la poussière par les voyageurs et les animaux, la succession des lacets, les montées, les descentes. J'étais sur la bonne route, pensais-je, me rassurant à chaque pas. Mais tout à coup la route prit fin. Un éboulement obstruait le chemin. De grosses pierres avaient dévalé la colline à cause des pluies de la fin de l'été, peut-être. Je fis quelques pas incertains sur les rochers pour vérifier l'étendue de ce barrage. Je n'en voyais pas le bout, et il semblait infranchissable par endroits. Il me fallait abandonner le sentier tracé par les hommes – le devrais-je, aujourd'hui encore ? – et avancer d'instinct à travers les champs, à travers les fourrés du chaos végétal où ni Dieu ni les hommes n'ont mis la main, où ne règne aucune loi écrite, ni même orale. Rien que la tyrannie de la nature. J'eus peur, soudain. Le souvenir de ce chien aux aguets me fit faire volte-face pour réfléchir à un éventuel retour.

Je repense à cet épisode, car ce fut la première fois que je soupesai les coûts et les bénéfices de mes actions. J'ai continué à le faire jusqu'à aujourd'hui. Peur, fatigue, perplexité sur un plateau de la balance. Sur l'autre, rien qu'un espoir porteur de fatigue. Je réfléchissais lucidement à mon désir d'étreindre mon père. Pourquoi le cherchais-je ? Son abandon avait fait naître en moi un doute, instillé à diverses occasions par des sous-entendus entre les membres de la famille qui ne s'étaient pas aperçus de ma présence muette, par des regards fuyants, des phrases laissées en suspens, qui continuaient à flotter, pesantes, dans le silence. Je l'avais chassé tant de fois, ce doute : Joseph était-il vraiment mon père ? Trop vaste était le territoire de pensées et d'inquiétudes qui s'ouvrait devant moi, et j'étais trop jeune pour l'explorer. Aller de l'avant ou revenir en arrière, ce dilemme n'était qu'une maille du filet de frustrations et de désirs qui m'entravaient et dont la plupart m'étaient inconnus. J'allais apprendre à les découvrir. Parfois, j'ai pensé que le poids le plus juste, le seul qu'aujourd'hui je pourrais transporter, c'est celui du néant.

Le désir de retrouver mon père était plus urgent et impérieux que les conseils prudents dictés par la peur. Je décidai de continuer. Et je me sentis plus adulte. C'était une première, petite, victoire. C'est comme cela du moins que je la racontais pour me donner un peu plus de courage. Un regard plus attentif aux fourrés qui m'entouraient m'avait en fait rassuré : il n'y avait pas d'animaux en vue, les clairières étaient vastes et ensoleillées, pas de passage escarpé ou dangereux. Rien d'hostile pour m'inciter à une plus grande prudence. Au contraire, je sentais une odeur de réglisse et de terre brûlée par le soleil, je voyais des fleurs nouvelles nées de la lymphe de la pluie, de l'herbe fraîche, de l'ombre qui cachait le regard enflammé du soleil de septembre.

Je marchai en longeant les bords de l'éboulis afin de ne pas trop m'éloigner du sentier. Seule la faim me persuada de m'écarter de la sécurité pour m'enfoncer dans la campagne. Je n'avais rien à manger sur moi – combien de pièges je me tendais, combien de prétextes : peut-être souhaitais-je avoir une bonne raison de m'en retourner ? –, j'étais sûr que quelqu'un, le long du sentier, apitoyé, calmerait ma faim. Mais la route était effondrée et il n'y avait personne en vue. Je sentais mon estomac vide. Je cherchais des figuiers, parce qu'ils poussent libres, indépendants des hommes, comme ceux qui entouraient notre maison. Mais ce furent des dattes que je trouvai.

J'en mangeai à m'en faire éclater le ventre. Je renonçai aux grappes qui étaient trop hautes sur l'arbre et me contentai de celles, trop mûres, qui étaient déjà à terre. J'avais tellement faim que j'engloutis aussi de nombreux noyaux. Lorsque je repris mon chemin, les fruits avaient déjà commencé leur œuvre. Je sentais des remous dans mon estomac et mon intestin, un malaise fait de sueurs froides, puis de lancées douloureuses qui me coupaient le souffle et me pliaient en deux dans des spasmes. Il fallait que j'évacue. Je ne voulais pas me vider ici, sous les palmiers. J'aurais laissé une trace odieuse là où d'autres, comme moi, pourraient chercher le réconfort de la nourriture. Je me cachai derrière un gros bloc de pierre que personne, dans l'urgence qui me pressait, n'aurait choisi. Et tandis qu'enfin je me vidais, je m'aperçus que juste derrière ce rocher s'ouvrait la vallée. Je laissai se prolonger ce moment de soulagement dans la contemplation de cette beauté unissant tout ensemble l'harmonie naturelle des pentes et des sommets, les nuages tièdes et rares qui annonçaient l'automne, le bleu du ciel qui glissait vers l'après-midi, et le travail des hommes comme une dentelle de miniatures, les jardins délimités à coups de bêche qui dessinaient des pentes intelligentes pour l'eau, les vignes mûres attachées une à une aux roseaux dans la promesse des vignobles, les troupeaux qui descendaient en un unique mouvement d'animal, la maison et l'étable qui semblaient posées là par un Dieu aimable et sensible, la fumée qui sortait de fagots par bouffées, comme un signal. Les hommes travaillaient le fromage. Je décidai de frapper à cette porte pour un repos plus humain, pour ma soif, pour des indications enfin sûres sur la route menant à Jérusalem.

Personne ne me posa de questions ni ne trouva de raisons de s'inquiéter face à ce gamin au duvet clairsemé sur les joues qui se présentait comme un voyageur. C'étaient les premiers hommes que je rencontrais depuis le début de ma fugue et je voulais montrer, sinon un visage adulte, du moins un aspect raisonnable. Je comptais sur mes dons d'affabulation, je me débrouillais bien avec les mots. Mais ces gens-là étaient taciturnes, trop occupés avec le lait et la présure. Je demandai tout de suite s'il y avait du travail pour moi. Ils m'indiquèrent deux amphores : je devais aller au puits et revenir avec l'eau. Je fus rapide et précis. La période pendant laquelle j'avais remplacé mon père m'avait rendu robuste. Plus encore, porter à ma mère les bassines remplies d'eau sans en perdre une goutte était devenu un pari quotidien avec moi-même. Les bergers me donnèrent du petit-lait de leur fromage, du pain pour le voyage, et me dirent de remonter jusqu'au sommet de la colline. En haut, en tournant le dos à leur maison, je verrais une autre vallée : c'était le sud. Six jours, six nuits, et j'arriverais à Jérusalem.

Lorsque je vis le mont du Temple, j'étais épuisé. J'avais de nouveau eu la diarrhée, plusieurs fois. J'avais eu faim et soif ; comme un animal, j'avais mâché des racines, bu de l'eau recueillie dans des flaques de pluie. J'étais abruti de sommeil, et le soleil achevait sa parabole. Il allait bientôt faire nuit.

Je me regarde d'ici, depuis mon âge adulte et toujours confus, et je me revois, déjà à l'époque tremblant d'indécision aux portes de la ville : un gamin perdu, voulant à tout prix être indépendant, déjà épuisé par le fardeau de la liberté. Je me rappelle mes pensées d'alors : j'aurais pu mettre fin à l'agonie de ce voyage en frappant à la porte de mon oncle et de ma tante. Il y aurait eu de nouveau du scandale, j'aurais confirmé la réputation de rebelle – et maintenant de fugitif – qui était désormais ma marque, j'aurais subi le procès familial, de nouvelles punitions, et j'aurais été ramené à la maison, chez ma mère dont les yeux se seraient une fois encore remplis de honte : une nouvelle petite déception à ajouter à celles qui n'étaient pas encore exprimées. Le compte devait lui sembler énorme. Mais je l'aurais embrassée et elle m'aurait consolé. J'aurais pu. J'aurais revu mon cousin Jean et ravivé notre vieille complicité. Et tandis que j'écouterais, les yeux baissés, la semonce – d'autant plus sévère et vigoureuse que je n'avais plus de père, l'injure de mon manque de fiabilité se transformant en honte pour la famille –, Jean me regarderait de ses yeux brillants de tristesse et d'impuissance.

Vide de tout projet, je me cachai dans un potager au milieu des oliviers. Je posai ma besace sur les racines d'un tronc et n'eus pas le temps de m'angoisser plus longuement : je m'endormis sur-le-champ. Je rêvai encore du voyage. Aux premières lueurs du jour, je fus réveillé par des voix et des bruits d'activité. J'étais au cœur du marché, une foire de commerçants, de marchands ambulants et d'autres itinérants qui se réunissaient par instinct de commerce à l'entrée de la ville. Une foule d'hommes et de femmes interceptée à la sortie de la ville, des voyageurs qui s'attardaient avant de passer les portes. Des potiers réparaient des cruches abîmées, des forgerons affûtaient le métal des couteaux, des tanneurs recousaient le cuir déchiré, des vendeurs d'eau et d'autres liquides circulaient, il y avait les gens qui cuisinaient les légumes et d'autres qui vendaient des fruits. Un cirque s'exhibait en tours d'adresse et de force. Un menuisier arrangeait des chaises. Malgré mes lancées douloureuses à l'estomac et de brusques vertiges de nausée, j'avais faim. Je m'approchai du menuisier, le seul artisan de qui je me sentais proche. Il leva les yeux de son travail et me regarda. J'en suis de plus en plus persuadé : celui qui travaille le bois est obligé de regarder en lui-même, de mettre sa nature en accord avec le monde, de raboter les aspérités de son cœur. L'homme ne dit pas un mot. Il me donna un morceau de pain et une tranche de fromage. Je demeurai avec lui.

Il s'appelait Joseph, comme mon père. Il vivait seul – probablement comme mon père – dans son atelier de bois et d'outils à proximité de la maison de mon oncle. Je ne lui confiai pas grand-chose à mon sujet, seulement le nécessaire, afin qu'il ne devine pas mes liens de parenté. J'étais sûr qu'il connaissait mon oncle Zacharie, le prêtre, et sa famille. Je voulais rester le plus possible anonyme, prêt à fuir sans laisser de traces. Joseph aussi parlait peu, fidèle à la nature des charpentiers.

Il me passait les pièces à dégrossir et à nettoyer. À voir ma familiarité avec les gestes, mon toucher sensible aux nœuds, la rapidité avec laquelle j'achevais tout ce qu'il me commandait, il eut vite fait de comprendre que je connaissais le métier. Il ne me demanda pas où j'avais appris ni qui avait été mon maître. Il ne me donnait pas d'argent : il me nourrissait et me logeait. Ni plus ni moins que ce qu'il s'offrait à lui-même. Ceux qui travaillent le bois sont comme les marins, ils ne savent pas refuser aide et protection à ceux qui sont en difficulté. Comme moi.

Un travail pénible. Le matin, à l'aube, nous transportions au marché, hors des portes de Jérusalem, les pièces prêtes à livrer : des chaises, des charrues, des échelles. Le trajet était difficile et acrobatique : nous montions des échafaudages de chaises retenues entre l'épaule et le coude. Le reste en équilibre sur les échelles que nous posions sur notre tête, entre lui et moi, en laissant un espace où, suspendus aux barreaux, des sacs se balançaient à chacun de nos pas. J'ai souvent vu, le long de la route à peine baignée de la toute première lumière du jour, des pèlerins ébahis s'arrêter soudainement en nous voyant avancer, puis nous croiser avec un sourire sur les lèvres. Nous devions avoir l'air d'un château ambulant ou d'un étrange animal à quatre pattes. J'en ris encore aujourd'hui, au souvenir de nos visages sérieux enfouis dans les chaises, attentifs à ne rien faire tomber. La fatigue de l'adolescence peut être heureuse.

Nous portions aussi dans nos sacoches les outils les plus simples qui nous permettaient d'effectuer au marché de petites réparations ou l'entretien d'objets sous les yeux des clients. En me voyant travailler, beaucoup de gens félicitaient Joseph : « Tu as enfin trouvé un nouvel ouvrier, celui-là connaît le métier. » Puis, curieux, ils voulaient savoir qui était ce garçon qui se débrouillait si bien avec le rabot, ils ne l'avaient jamais vu à Jérusalem, comment je m'appelais. « Jésus », répondait Joseph, après quoi il baissait les yeux, car il n'en savait pas plus.

Quand le marché se vidait, Joseph ouvrait sa besace et sortait de quoi manger pour nous deux. Nous revenions ensuite à l'atelier, chargés de nouveaux travaux auxquels nous nous attelions tout de suite pour profiter de la lumière du jour. Labeur et apprentissage que, en l'absence de mon père, je n'avais pas menés à leur terme. Joseph de Jérusalem parachevait le travail de Joseph de Nazareth. Lorsqu'il me montrait comment fignoler une planche avec des bouts de verre, je me souvenais de mon père, de ses épaules qui bougeaient selon le dessin des veines du bois, de ses yeux attentifs, de ses mains précises et heureuses qui en caressaient la surface. Il se tournait vers moi et souriait. La nuit, je pleurais de nostalgie pour mon père, pour ma mère. D'abandon. Je savais que Joseph m'écoutait depuis son grabat. Jamais il ne me demanda la raison de ces pleurs. Mais je voyais dans ses yeux des éclairs de curiosité et l'effort qu'il faisait pour la réprimer chaque fois que je montrais une compétence encore inconnue de lui, un geste d'artisan compétent quoiqu'à ses premières armes. Il aurait voulu me demander où j'avais appris et avec qui. Mais il ne le fit pas.

Les gens du marché connaissaient maintenant mon nom. J'avais sympathisé avec eux, ils me saluaient d'un mouvement du menton. Pendant les moments de répit entre un client et l'autre, je m'avançais jusqu'aux limites du marché où les portes de Jérusalem resplendissaient de soleil. C'était l'esplanade où s'exhibaient les colosses de cirque, les acrobates de foire et les musiciens, le mage égyptien, la contorsionniste qui se repliait dans une boîte dont les costauds refermaient le couvercle avant de l'emporter sur leurs épaules. Le spectacle se terminait par un numéro que je n'arrivais pas à comprendre : la toile montée sur le chariot, qui servait de scène – j'appris plus tard qu'il faisait aussi fonction de dortoir, de cantine et d'atelier d'arts variés –, s'ouvrait pour montrer une jeune fille entièrement voilée jusqu'au bord de ses longs yeux verts. Une voix annonçait : « Saluez la plus belle femme du monde ! » Et les gens applaudissaient.

Pourquoi applaudissaient-ils ? La jeune fille n'avait jamais montré son visage et personne n'était en mesure de juger si elle était aussi belle que cela. Pourtant ils applaudissaient.

Un rien suffit à capter la confiance sans aucune garantie. Voilà ce que je pensais. D'abord.

Une fois qu'ils avaient fini de récolter parmi le public quelques rares pièces – mais aussi des denrées de première nécessité, des œufs, des morceaux de fromage, du pain –, les artistes se rassemblaient derrière la tenture fermée. Une fois, prenant mon courage à deux mains – il m'était devenu naturel, le courage, à ce moment-là –, je parvins à lorgner de l'autre côté du rideau. Ils étaient en train de compter la recette et ne firent pas attention à ma curiosité. Je vis la contorsionniste sortir de sa caisse avec l'aide de ses compagnons, se dégourdir les jambes et le cou, les musiciens nettoyer leurs instruments. L'air était âcre de sueur. Ils faisaient brûler des herbes parfumées pour couvrir les humeurs et les odeurs. La jeune fille, encore totalement voilée, était assise sur une chaise. Je la regardais, curieux, j'attendais qu'elle se découvre, je voulais la voir. Lentement, elle se retourna et me regarda. Ses yeux semblaient sévères et intéressés en même temps. Rouge de honte, je courus vers Joseph.

Cela faisait plus d'un mois que j'étais arrivé à Jérusalem. Dans mes allées et venues vers le marché, je me demandais comment il se faisait que je n'aie jamais aperçu quelqu'un de ma famille, un cousin, un oncle. Joseph et moi travaillions à proximité de la maison de Zacharie. Il n'y avait que trois rues pour nous séparer, trois rues qui marquaient la frontière entre riches et pauvres. Je craignais – j'espérais peut-être – une rencontre. Mais rien. J'en vins à penser qu'il était arrivé quelque chose à mon oncle et à ma tante, âgés désormais. Un matin, au marché, tandis que je tendais les cordes pour faire adhérer les bois que je venais d'enduire de colle, je vis s'approcher ma tante Élisabeth avec son fils Jean, mon cousin, mon complice et confident depuis l'enfance. Je fis un bond. J'eus à peine le temps d'avertir Joseph que je devais m'éloigner de toute urgence pour un besoin. La gêne et la peur devaient se lire sur mon visage, car il me suivit des yeux pendant que je courais me cacher au milieu des oliviers.

Je les épiai pendant qu'ils parlaient avec Joseph. Depuis que mon père avait disparu, nous n'avions plus passé une seule Pâque chez mon oncle et ma tante. Élisabeth avait vieilli. Lente dans ses mouvements, courbée en avant. Je pensai à ma mère, seule dans sa maison, abandonnée d'abord par son mari et maintenant par son fils. Cela me fit de la peine et je me sentis coupable. Mais les trahisons entre un fils et une mère ne sont pas de cet ordre-là : la trahison, c'est gâcher les rêves et l'imagination, le pari naturel lancé par chaque mère quand elle caresse le visage nouveau-né de son enfant. Jean offrait le bras à Élisabeth pour la soutenir. Mon cousin était grand, plus que moi. Une barbe noire lui donnait l'air adulte. Lorsqu'ils s'éloignèrent, je revins chez Joseph. Nous ne parlâmes pas pendant que je terminais mon travail. C'est seulement au moment où nous commençâmes à manger ce qu'il avait sorti de sa sacoche qu'il me dit qu'il fallait se rendre chez le prêtre Zacharie pour réparer un pied d'une grande table impossible à transporter.

C'était la table de nos Pâques, des prières. Cette table, mon père y avait déjà travaillé pour redresser les planches gondolées par les liquides des repas. Un service rendu aux gens de la famille. Joseph de Jérusalem ajouta, en me regardant, qu'il irait tout seul. Il vit la peine dans mes yeux, le combat intérieur entre la nostalgie et la nécessité de la fuite, peut-être l'amorce d'une larme.

Il y alla cet après-midi-là avec la sacoche d'outils, me laissant de menus travaux d'entretien et d'infimes finitions. Je ne savais quoi espérer : que Joseph révèle le trouble de ce jeune apprenti qui était allé se cacher parmi les oliviers à l'arrivée imprévue de sa famille, ou bien qu'il ne parle à personne de ma présence. À son retour, il ne me dit rien. Et je ne demandai rien.

Quand je me rappelle ces jours à Jérusalem, je retrouve les sensations contradictoires qui me déchiraient alors. D'une part, ma fuite : je devais reconstruire le parcours de mon père, retrouver ses traces – personne ne me garantissait qu'il était venu à Jérusalem –, je vivais dans l'anxiété à cause des choses perdues que l'on ne retrouvera plus, de la difficulté et de la fatigue du travail, de l'obligation compliquée de couvrir de mystère le motif de ma présence prolongée dans la ville, de la crainte d'être découvert par les gens de ma famille. De l'autre côté, il y avait le frisson de l'inconnu, l'aventure concédée seulement aux adultes quand je prétendais en être capable moi aussi, la douceur silencieuse de Joseph de Jérusalem qui savait interpréter mes émotions d'adolescent. Surtout, je m'en rends compte maintenant, il y avait cette toquade pour la fille voilée du cirque ambulant, le mystère complice et attirant de ses yeux. De plus en plus souvent, je profitais des temps de pause et de détente accordés par Joseph pour aller jusqu'à l'esplanade où se donnaient les spectacles. Désormais je devinais à l'oreille, à travers les applaudissements et l'annonce des numéros, à quel moment arrivait le sien. Joseph souriait de cette hâte que j'avais de terminer, de laisser le travail en suspens quand, avec une excuse, je demandais la permission de m'éloigner. Il avait compris et m'accordait une pause plus longue. J'étais devenu habile et précis dans le travail, je disposais de plus de temps libre. Et je ne manquais pas de me trouver fin prêt pour le spectacle, au milieu du public.

Je continuais à regarder la jeune fille durant sa brève exhibition sur la scène du chariot. Il émanait d'elle une grâce consciente mais jamais arrogante. Elle semblait au contraire presque gênée quand elle écartait les bras sous ses voiles et s'inclinait en guise d'adieu. Ses yeux. Verts, longs, comme une coupure, complices, ils possédaient aussi une nuance de curiosité, une opacité de douceur. Des yeux qui demandaient pardon pour sa beauté cachée. De plus en plus souvent, ces yeux se posaient sur moi. On aurait dit qu'ils me souriaient. Disons même qu'il me sembla que « la femme la plus belle du monde » me cherchait au milieu du public.

Quelle tendresse j'éprouve pour le garçon que j'étais alors, avec son cœur distrait par des mélancolies congénitales, les sens en alerte manifestant des réactions inconnues jusque-là, exaltés jusqu'à la douleur, et la découverte vertigineuse que ma vie ne pourrait avancer autrement qu'à travers les yeux de cette fille ! L'audace me rendit stratégique. Je n'essayais plus de l'observer en soulevant un coin de la tenture. Quand le spectacle était terminé, je flânais, je m'approchais du chariot sans laisser paraître un intérêt particulier, renouais mes sandales et m'adossais aux montants, feignant, les yeux fermés, de me réchauffer au soleil, hivernal désormais.

Finalement, elle sortit. Peut-être à cause de la chaleur oppressante à l'intérieur, de la sueur des hommes – peut-être pour me voir –, elle mit sa chaise à l'ombre derrière le chariot, et je m'avançai. Tout en m'approchant, je me disais que j'étais fou, je craignais qu'elle ne m'insulte, n'appelle les colosses de la troupe pour me donner une leçon de bonnes manières. Mais à peine fus-je près d'elle que, après quelques minutes de silence, elle dit : « Dans le chariot, il fait trop chaud. » Elle me regarda, et je défaillis les yeux grands ouverts. J'étais tellement décontenancé par sa proximité, tellement grisé du bonheur d'occuper son champ visuel que je ne me rappelle rien de ce que nous racontâmes. Ce que je me rappelle, par contre, c'est sa voix un peu rauque, son accent grec, rond et étranger, sans aucune austérité ni méchanceté. Elle me semblait d'une candeur si authentique qu'elle me faisait accepter ma naïveté de gamin fugitif en quête de son père, si vif de cœur qu'il pouvait se faire dévorer par les flammes sans justice de la vie.

Elle s'appelait Delia. Aujourd'hui encore je prononce son prénom en tressaillant – de regret ? J'apprends à conserver dans ma sacoche de voyageur les humiliations, les souffrances et les petites joies dérobées à la lueur des crépuscules, en poids égal, comme un bagage nécessaire – Delia, mon premier amour, fille aux yeux démesurés, yeux d'eau où je courais le risque de me noyer.

À mon retour, Joseph se mit à rire. Je devais avoir une expression bouleversée, à mi-chemin entre grâce et perdition. En rentrant vers l'atelier, alors que nous étions chargés de chaises et de travaux à faire dans l'après-midi, je trébuchai et tombai, entraînant Joseph dans ma chute. Il m'invita à faire plus attention. Sans rien ajouter.

Ce soir-là, une fois les outils remis en place, je demandai la permission d'aller dormir tout de suite, sans manger. Ma faim avait disparu : au plafond de ma couche, dans la solitude de la nuit, je voulais contempler le visage de Delia qui comblait tout ce que je pouvais imaginer.

En fait, le sommeil vint tout de suite – je n'étais qu'un gamin –, car je ne me souviens pas des coups frappés à la porte de l'atelier. C'est Joseph qui alla ouvrir. Il sortit. Le grincement des gonds m'éveilla. Je l'entendais parler à voix basse – pour ne pas me déranger ou bien pour que je n'entende pas ? – et je percevais les questions d'une autre personne, plus jeune. Quand il entra, j'étais déjà debout. À côté de Joseph, mon cousin Jean. Il avait des yeux inquiets et pleins de pitié. Joseph lui avait raconté, sans que les adultes de la famille puissent l'entendre, comment je m'étais caché à leur arrivée. Non par esprit de délation, mais parce qu'il était persuadé que Jean pourrait m'aider, apaiser le tourment que je ne parvenais pas à dissimuler. Mon cousin m'étreignit. Nous nous assîmes côte à côte sur mon grabat tandis que Joseph sortait par discrétion, pour attendre la fin de notre rencontre. Je racontai tout à Jean. La fuite de mon père, la longue attente de son retour, l'espoir trahi. Et puis mes larmes quand j'avais laissé ma mère seule, mon pénible voyage jusqu'à Jérusalem et la pitié de Joseph. Je ne dis pas un mot des yeux de Delia. Je ne voulais pas voiler de futiles engouements ce compte rendu amer de ma solitude. Jean m'étreignit de nouveau, m'apprit que des nouvelles confuses et contradictoires étaient parvenues à ses parents, mais qu'ils avaient deviné le malaise de notre famille. Nos absences à la Pâque étaient inexplicables. Il pleura lui aussi. Tandis que je le prenais dans mes bras pour nous consoler réciproquement, je compris que Jean sentait approcher la vieillesse de Zacharie, déjà âgé lorsqu'il était devenu père. Il me raconta les difficultés de celui-ci à assumer ses fonctions de prêtre, les murmures au Temple qui le disaient miné par la maladie incurable de la sénilité. Et combien proche était sa mort. Pour finir, il me rassura : il allait veiller sur moi pendant le temps que je passerais à

Jérusalem. Et je me sentis encore plus reconnaissant envers Joseph quand Jean m'apprit à quel point il était pauvre et la charge que j'étais pour lui. Mon cousin me promit qu'il nous fournirait lui-même nourriture et argent dans la mesure de ses possibilités. Dans l'élan de l'émotion, il étreignit également Joseph, qui attendait dehors, embarrassé par tant de familiarité, le remercia longuement de m'avoir accueilli et aidé. Il s'en alla. Joseph n'ajouta pas un mot et revint s'allonger sur son grabat. Je pouvais continuer à rêver de Delia.

Jean tint sa promesse. Plusieurs fois, à la tombée du jour, il se présenta avec des provisions et de l'argent. Il ne restait que quelques minutes, pour ne pas inquiéter les siens ou éveiller les soupçons quant à ses absences, et pour revenir au plus vite auprès de son père dont l'état lui semblait empirer.

Je ne l'ai jamais avoué à mon cousin, mais, durant cette période à Jérusalem, j'étais incapable de tenir le cap de ma fuite. La blessure causée par l'absence de mon père était moins vive, en apparence. Mais ce n'était pas de la résignation, seulement une pause dans l'angoisse des questions sans réponses. Je pensais à ma mère et je me consolais : au moins, elle avait la chaleur de sa maison pour se réconforter de mon abandon. Je regrettais pour Zacharie, mais il était vieux, il avait bien vécu, et longtemps. Delia et le mystère de ses yeux m'occupaient tout entier. Je n'étais pas seulement tombé amoureux. Je découvrais la vie avec ses étapes, ses rituels, la beauté comme récompense pour tout ce que je ne comprenais pas et que je ne comprendrais jamais. Delia représentait le premier accroc à la dureté du chemin, la première légèreté. Comme elle sait être délicate et charnelle, la vie !

Je ne perdais pas un seul des spectacles sur l'esplanade devant les portes de Jérusalem. Je connaissais par cœur chaque numéro et j'étais capable d'interpréter, au-delà des applaudissements, le succès des exhibitions et l'humeur des saltimbanques. À la fin, je restais avec Delia derrière le chariot. Elle, toujours voilée. Nous commentions le spectacle, elle me révélait des détails sur l'entraînement et les répétitions, m'avouait le tourment de la faim parce qu'ils ne mangeaient que ce qu'ils avaient récolté durant les représentations. Les plus gros morceaux étaient destinés à ceux qui faisaient les plus gros efforts, les colosses, les lutteurs. Aux autres, à elle, seulement ce qu'il restait. J'avais hâte de lui porter une part des portions que je partageais avec Joseph. Ainsi je verrais sa bouche et, qui sait, peut-être aussi le reste ! Nous parlions, et je devinais ses lèvres sous son voile. Nous riions surtout, regardant les gens qui nous semblaient comiques sans raison, regardant la patience des animaux attachés, les chiens qui frétillaient de la queue pour un rien, une odeur qu'ils avaient humée, un reste de nourriture tombé par terre, une caresse – cette simplicité est quelque chose de merveilleux –, et pendant que Delia riait, j'imaginais ses dents. Un des chiens ne perdait jamais une occasion de venir se coucher près de nous pour écouter nos rires. Nous lui donnâmes le nom de Clou parce qu'il était long et maigre. Quand nous n'avions pas d'autre raison de sourire, nous restions sans rien dire à regarder la ville en caressant Clou. Des souffles de vent agitaient le voile de Delia comme un étendard, découvraient ses sandales et ses chevilles.

Quand je revenais chez Joseph, je n'étais plus aussi confus et absent. Delia était devenue mon horizon, probablement sans futur. Mais elle était là, à l'ombre du chariot.

Quand je réfléchis aux moments les plus importants de ma vie, aux bifurcations sur mon chemin, aux décisions qui, s'enchaînant, m'ont poussé vers de nouveaux choix, je ne peux m'empêcher de penser à quel point tout est dû au hasard. Aucun signe, aucune annonce, et pas d'itinéraire assuré.

C'est pendant le numéro de la contorsionniste qu'un avenir différent s'ouvrit sur ma route. Ils venaient de l'enfermer dans sa caisse, pliée comme du tissu dans un tiroir. Les colosses étaient en train de la soulever au-dessus de la tête des spectateurs quand, à cause d'une crampe peut-être, à cause du raidissement de ses muscles ankylosés par les dimensions étroites où elle se forçait à entrer, un genou se détendit, la jambe chercha son extension naturelle et son pied défonça une planche de la caisse. Tout le monde vit ce pied crotté de terre chercher de l'espace et de l'air en dehors du bois. Il y eut des rires et des plaisanteries, certains protestèrent, d'autres murmurèrent, soupçonnant une supercherie. Les deux colosses étaient rouges de fatigue et de honte.

À la fin du spectacle, Delia, derrière le chariot, m'expliqua qu'il leur fallait trouver de l'argent pour réparer la caisse : ils étaient sur le point de partir vers de nouveaux marchés, vers le nord, où ils étaient moins connus. Et ils avaient besoin de la caisse en bon état. Je me souviens que j'en eus le souffle coupé : les yeux de Delia m'abandonnaient ! Je tentai de dissimuler ma douleur, le vide qui s'ouvrait devant moi et que, à ce moment-là, même la recherche de mon père ne semblait pouvoir combler. Je parvins seulement à la rassurer : la caisse, j'allais la réparer moi-même, Jésus le charpentier, avec les outils de Joseph qui n'était pas mon père.

Une fois encore, ce furent les colosses qui transportèrent à l'atelier la caisse avec la planche cassée à réparer. Ils me remercièrent et me demandèrent si je pouvais faire vite : il y allait de la réussite de leur spectacle, de leur gagne-pain. Joseph me laissa travailler, me voyant préoccupé par l'annonce du départ de Delia. Il me fit quelques suggestions, mais n'alla pas plus loin. Il savait que le travail des mains fait taire les angoisses, comme une médecine d'oubli, un onguent pour apaiser les blessures. Peut-être est-ce pour cela que j'ai choisi le métier de mon père.

Il me fallait remplacer la planche cassée par une nouvelle, prise dans les pièces de bois que la générosité de Joseph avait mises à ma disposition. J'avais décidé de fixer la planche en creusant un cran sur le tenon et, à l'intérieur, également sur la mortaise pour que l'assemblage soit plus solide. Une technique que j'avais apprise des mains de mon père à Nazareth, sous l'auvent derrière la maison, à l'époque où encore, par jeu, il ornait mes cheveux de boucles de bois. Voilà comment est fait le hasard. Je venais juste de terminer quand Joseph vint voir où j'en étais du travail, si j'avais besoin d'aide. Il prit la pièce de bois et me sourit tendrement, avec une lueur émue dans les yeux. Il me raconta que, quelques mois auparavant, un charpentier qui portait le même nom que lui, un chemineau comme moi, lui avait demandé s'il pouvait l'aider en échange du gîte et du couvert. Il était habile, tellement habile que Joseph m'avoua, gêné, avoir craint de perdre son travail et tous ses clients. Mais cet homme, déjà avancé en âge, lui avait annoncé au bout de quelques semaines qu'il s'en allait vers le Nord. Lui aussi utilisait la même technique que moi. Lui aussi pleurait la nuit. Il venait de Nazareth.

Mon père ! J'avais suivi sa trace jusqu'à Jérusalem, j'avais dormi là où il avait dormi, il avait parlé avec l'homme que j'avais en face de moi, il avait projeté des images mentales au plafond – qui sait si, dans le noir, il n'avait pas recomposé mon visage comme je recomposais le sien –, à l'endroit où j'avais moi-même rêvé. Mon père ! Ma fuite, mon voyage n'était pas l'extravagance déréglée d'un adolescent. J'avais cherché et trouvé quelque chose.

C'était une première trace qui conférait quelque chose de concret, de véridique à ma douleur.

Le jour suivant, au marché, je me présentai au chariot sur l'esplanade, devant les murs de la ville. À peine me virent-ils que les colosses, la contorsionniste et aussi Delia me posèrent des questions à propos de la caisse. Je répondis qu'il fallait juste attendre que la colle sèche, qu'ils pourraient la reprendre ensuite. Tout à coup, j'avais les idées claires. En échange de mon travail, je demandai un paiement : qu'ils m'emmènent avec eux sur leur chariot vers le nord. Dans chaque marché, je continuerais à chercher mon père. Je voyagerais aux côtés du mystère de la beauté de Delia, en l'effleurant. Je ne sais aujourd'hui dire ce qui me réjouissait le plus. Ils acceptèrent ma proposition. J'avais appris à connaître ces gens du cirque. Avec certains, j'étais devenu ami. Les colosses me dirent qu'ils allaient informer le propriétaire du chariot, celui qui annonçait les numéros du spectacle et invitait le public à applaudir. Je le trouvais sympathique, bravache et hardi. Je ne savais pas encore qu'il marquerait d'amertume mon voyage. Il s'appelait Barabbas.

3

Le chariot emmenant les artistes et Delia quitta Jérusalem sous la pluie. Il avançait au pas lent des bœufs qui n'ont pas l'habileté des chevaux ni même des ânes, mais progressent selon la fatigue du joug et l'habitude de la charrue.

Avec mon cousin Jean, les adieux furent animés et, comme d'habitude, dramatiques. Il pleura et me serra dans ses bras chaleureusement, presque à m'étouffer. Il me mit dans la main une bourse pleine de pièces : elles m'aideraient au cours du voyage. Mes adieux avec Joseph furent au contraire silencieux, authentiques. Émus. Au moment où j'allais commencer à suivre le chariot, il me dit que, s'il m'arrivait d'avoir besoin d'aide, je trouverais toujours sa porte ouverte. Lui aussi me donna une sacoche : ses outils. Je tentai de refuser, c'étaient les meilleurs qu'il avait et je savais à quel point il y tenait. Il ne voulut pas de mon refus. Ils me serviraient, dit-il. Joseph de Jérusalem, que de gratitude je ne t'ai pas exprimée au moment où je pouvais encore te l'offrir avec la vivacité et la fraîcheur de mon adolescence ! Les jeunes gens sont comme les insectes pollinisateurs : ils n'ont pas le temps de s'arrêter sur la fleur la plus accueillante. Ils doivent suivre leur mystérieux projet. Le souci de ne pas laisser échapper ne serait-ce qu'un souffle de l'illusion de printemps les a déjà emportés ailleurs. Mon illusion, c'étaient les yeux de Delia.

La pluie avait réduit à l'état de marécage les routes menant vers le nord. Sur le chariot s'entassaient les bagages, les accessoires des jongleurs et des colosses, la caisse réparée de la contorsionniste et les instruments de musique. Nous suivions à pied, poussant le chariot quand il s'embourbait tandis que Barabbas faisait avancer les animaux avec une badine en guise de fouet. Nous ne nous réfugiions dans le chariot que pour dormir, après avoir libéré les bœufs de leur joug. Delia dormait à côté de la contorsionniste, dans un coin ; les bagages les protégeaient en les séparant du reste de la compagnie. Moi, avec les autres, dans la promiscuité des corps et des odeurs. Nous étions partis depuis trois jours, et il pleuvait depuis trois jours. Nous n'avions pas eu la moindre possibilité de donner un spectacle et de gagner de l'argent. Les villages étaient vidés par le mauvais temps. Le matin seulement, nous rencontrions des paysans amphibies qui allaient dans les champs libérer les canaux de la boue et des feuilles afin d'éviter la formation de marécages. Les dernières provisions de pain, de fromage et de légumes, nous les avions mangées en regardant le ciel gonflé, attendant que la pluie cesse.

Nous avions faim. Je n'étais pas habitué à la rigueur du manque de nourriture. Chez nous, nous étions pauvres, mais mon père, par son travail, ne nous avait jamais fait connaître l'expérience douloureuse du jeûne. Et ma mère ? Que mangerait-elle en mon absence ? Depuis la fuite de mon père, nous survivions avec les quelques économies qu'il nous avait laissées, retrouvées sous sa couche. Et grâce au jardin potager dont ma mère prenait soin avec amour et parcimonie de gestes. Mais il y avait les femmes de Nazareth : jamais elles ne nous avaient refusé un repas, une aide. Sans doute l'entoureraient-elles encore plus étroitement pour la consoler de ma fuite.

Barabbas. Je me le rappelle assis sur le chariot, avec son visage jeune et large, sa barbe noire et soignée, attentif aux mouvements des nuages, inquiet de l'absence de rentrées d'argent, convaincu d'avoir fait une bêtise en quittant Jérusalem et ses marchés pour s'engager sur des itinéraires moins connus et moins fiables. Les roues du chariot s'enfonçaient dans la boue qui parfois dévalait la pente avec la force des torrents. Plus d'une fois le chariot glissa sur les cailloux et finit dans la terre. Nous le remontions sur la route à grand-peine, courant le risque de briser les roues et les moyeux. Nous traversions des cours habitées, mais les gens, hostiles, nous montraient leurs fourches et leurs bêches. Ils avaient des poulaillers et probablement des réserves de farine, des céréales en quantité. Tous nous refusèrent le vivre et le couvert, nous prenant sans doute pour des brigands. Peut-être l'étions-nous. C'est seulement au soir du troisième jour que nous pûmes trouver refuge dans un espace proche de quelques maisons, où l'on nous permit de passer la nuit. Ces gens-là n'avaient rien à manger.

J'étais sur le point de m'endormir. Durant ces trois jours, la fatigue et la tristesse causée par la pluie m'avaient distrait de la pensée de Delia. Elle marchait, protégée par des voiles supplémentaires qui couvraient aussi la lumière de ses yeux. Nous ne parvenions pas à échanger le moindre regard. Clou, notre chien, continuait à nous suivre, confiant. À la tombée de la nuit, Delia disparaissait dans l'obscurité du chariot jusqu'au lendemain matin. À entendre le souffle des respirations, je comprenais qu'elle, comme les autres, dormait. Je relevai la tête de ma couche en espérant l'apercevoir et lui lancer – sans être vu – un salut de tendresse avant de fermer les yeux. Mais l'obscurité était trop profonde au fond du chariot pour l'entrevoir. Au moment où je me retournais, déçu, décidé à dormir pour rêver d'elle, je vis Barabbas, au-dehors, qui, d'un geste, m'invitait à le rejoindre. En prenant soin de ne pas piétiner les dormeurs, je sortis. Barabbas avait à la main deux tranches de fromage. Je pensai qu'il voulait les partager avec moi, mais au moment où je tentai d'en prendre une, il mit la main sur ma bouche. Il ne voulait pas que je réveille quelqu'un avec mes questions. Il m'indiqua de le suivre. Clou lui aussi s'était réveillé et folâtrait autour de nous.

Barabbas me fit signe de l'attacher au chariot pour qu'il ne nous suive pas.

Nous traversâmes dans le noir les champs inondés. Nos jambes s'enfonçaient dans la boue jusqu'aux genoux. Je ne comprenais pas vers quoi il me guidait ni en raison de quelle urgence, et encore moins pourquoi, à la vue de chaque maison, il m'obligeait à marcher en rasant les murs de pierres, à baisser la tête, à m'arrêter brusquement à l'abri d'une haie quand un bruit ou une ombre signalait une présence humaine. Je comprenais qu'il ne fallait pas qu'on nous voie. Barabbas avait les idées claires et un singulier don d'observation. Je m'en apercevrais plus tard à mes dépens. Finalement nous nous arrêtâmes. Je reconnus une cour d'habitation que nous avions traversée avant la tombée de la nuit. Barabbas s'avança silencieusement vers les cages à poules. Je le suivais en commençant à deviner ses intentions. Deux chiens surgirent de l'obscurité. Eux aussi, ils avaient compris. Barabbas ne semblait ni surpris ni apeuré. Avant qu'ils ne se mettent à aboyer, il leur jeta les deux tranches de fromage. Ils glapirent de plaisir. Non seulement ils n'aboyèrent pas, mais, après avoir dévoré le fromage, ils nous suivirent, tout contents et en silence.

Je fus surpris par son intelligence pratique, par son plan élaboré si rapidement, par la force qu'il avait eue de renoncer à sa ration de fromage en vue d'un morceau qui n'était pas assuré, mais plus alléchant. Sans le moindre bruit, nous atteignîmes le poulailler situé derrière les maisons. Je mis la main sur l'épaule de Barabbas et lui fis voir la bourse avec les pièces : « Achetons-les », lui soufflai-je. Barabbas regarda les pièces, puis mon visage. « C'est trop tard maintenant », répondit-il. Il saisit quatre poules, et leur tordit le cou pour éviter qu'elles piaillent sur le chemin du retour. Il m'en confia deux et, toujours aussi prudemment, nous revînmes vers le chariot.

Pourquoi m'avait-il choisi ? Parmi les compagnons de sa troupe, il y en avait certainement d'autres plus habitués à ce genre de coup improvisé, des complices plus fiables et d'une plus grande efficacité. Mais c'est moi qu'il avait choisi. Parce que j'étais le seul encore réveillé ? Pour m'entraîner à la pratique de la rapine ? C'est seulement maintenant, adulte, après avoir subi son intelligence dédiée à la prévarication, que je comprends les motivations de Barabbas. Il m'avait accordé sa confiance pour que je puisse à mon tour lui accorder la mienne.

Sur le chemin du retour, nous fîmes une halte à l'abri d'un bosquet de myrtes. Barabbas commença à plumer les poules, et je fis de même. À notre arrivée au chariot, l'aube était proche. Barabbas mit les poules dans un sac et plongea sous le chariot, entre les roues, pour le cacher dans un recoin bien dissimulé qui semblait fait exprès pour garder un butin. Ce n'était pas la première fois que Barabbas se lançait dans ce genre d'aventure. Lorsqu'il revint à la surface, il mit de nouveau la main sur ma bouche pour que je ne parle pas et me fit signe d'aller dormir. Il avait cessé de pleuvoir et le ciel se dégageait.

Le matin, les paysans munis de bêches et de fourches se présentèrent avec leurs chiens en laisse. Ils en étaient sûrs : c'étaient nous, les coupables du vol de la nuit. Nous l'étions. Mais combien sauvage et injuste me semblait leur perspicacité, combien superficielle leur façon d'identifier les nouveaux arrivés, affamés et étrangers, comme étant les auteurs du vol. Les chiens les avaient guidés jusqu'à nous. Ils montèrent de force dans le chariot, passèrent tout au peigne fin – Barabbas connaissait son affaire et n'avait laissé aucune trace –, cherchèrent dans les bagages et dans les coffres, allèrent même dans les champs et les cours les plus proches en quête de signes et de restes de volaille. Barabbas jurait et se parjurait sur notre innocence ; il n'avoua que la faim, mais réfuta la moindre accusation avec une telle véhémence, les yeux pleins de larmes de honte devant cette insinuation, que même moi, témoin et complice, je pensai avoir rêvé notre excursion nocturne.

Nous voyageâmes pendant quelques heures dans l'air lavé par la pluie, jusqu'au moment où Barabbas se sentit en sécurité. Une fois le chariot arrêté, nous préparâmes le feu et la broche. Je sens encore aujourd'hui le goût de cette viande de rapine que nous fîmes griller sans façon grâce à des morceaux de bois ramassés le long du chemin. Nous mangeâmes assis en rond autour du feu. Nous riions, et Barabbas racontait des mensonges comiques sur mes dons de chasseur de poules, inventant un corps à corps avec les chiens de garde, mimant la peur nocturne dans mes yeux, la course dans le marécage des champs. Je riais moi aussi de ma gaucherie. Les yeux de Delia riaient, enfin revenus à la lumière après les jours de pluie. Nous nous regardions en échangeant des sourires. C'est dans les jours qui suivirent que je perçus avec le plus de force et de culpabilité ma légèreté d'adolescent : j'étais parti à la recherche de mon père, vers le nord, sur les nouvelles traces que m'avait indiquées Joseph de Jérusalem. C'était la version que je racontais. À moi-même aussi. Mais j'étais conscient – et de cela je n'éprouve plus ni la faute ni la douleur – que j'étais parti pour les yeux de Delia – une promesse de quoi, je ne le savais pas exactement –, rempli de curiosité pour cette compagnie rompue à toutes sortes d'improvisations, affamée, menteuse, sans religion ni crainte de Dieu.

J'étais fasciné par cette vie qui n'avait d'autre projet que d'arracher avec l'estomac plein un jour de plus à l'indifférence du monde, par le mensonge des colosses qui mettaient en scène le jeu enfantin de la lutte, la pathétique peine de la contorsionniste qui se plaignait chaque soir de ses douleurs musculaires et de l'âge qui venait, par le faux mage et ses fictions d'Orient, par l'illusion de la beauté de Delia. Les mélodies des trois musiciens m'hypnotisaient, et en particulier le chant incantatoire de la flûte.

Le flûtiste se nommait Elkia. Il commença à me donner des leçons, patiemment. J'avais de l'oreille et j'appris rapidement cet art simple. Il m'avait prêté une de ses flûtes et j'en jouais le soir quand, autour du feu, nous parvenions à consommer l'unique repas de la journée. Je suivais Elkia et les mouvements de ses mains jusqu'au moment où je me sentis plus assuré.

Durant nos pèlerinages dans le sillage du chariot, j'arrivais à faire une pause et à m'isoler en essayant de jouer mieux – je ne voulais pas que l'on m'entende, par pudeur et, peut-être, pour faire une surprise à Delia. Mon unique compagnie était le regard enchanté de Clou, mon chien, qui restait là à écouter les sons indéchiffrables de la flûte. J'avais dans la tête le motif de la chanson que ma mère me chantait pour apaiser ma peur de la tempête et de ses monstres, avec tous les petits des animaux qui s'endormaient dans la sécurité de l'amour maternel. Je réussis finalement à la jouer sans me tromper. La simplicité, la naïveté, la nostalgie de cette musique avaient éveillé en moi l'inexplicable mélancolie habituelle. Et une fois encore se présenta à moi la dernière image de ma mère, inconsciente de la solitude qui l'attendait, tandis qu'elle balayait devant la porte de la maison en attendant de me réveiller. Et moi je l'avais abandonnée. Je pleurais tout en jouant, et mes larmes mouillaient l'instrument.

Petit garçon fragile. Je ressentais cette sensibilité comme une limite. Trop à fleur de peau, elle m'anéantissait presque, me rendait incapable d'affronter les événements, ma vie même, avec les justes proportions et les réactions adaptées. Quand je cessai de jouer, j'essuyai mes larmes. J'avais décidé de ne plus être un enfant. Je réfléchis encore aujourd'hui à cette fragilité que j'ai au cours des années durcie comme de l'argile. J'avais raison de l'éloigner et en même temps de la craindre. Cette disposition naturelle que j'avais à la mélancolie sans nom et aux larmes devait fleurir d'un bourgeon nouveau et plus robuste.

Le soir même, je pris sur moi, demandai le silence et jouai devant le feu. Tout le monde écoutait, Delia me regardait avec tendresse, elle se leva et commença à danser sur ma musique, la chanson de ma mère. Pour la première fois je vis ses chevilles d'animal élégant, ses pieds délicats, ses mains qui dessinaient des gestes gracieux à la lueur du feu et semblaient une invite pudique et aimable à la suivre, dans la danse, dans la nuit, dans la vie. Pour retarder le moment où prendrait fin cette merveille de son corps voilé comme une lune réfléchie dans la brume nocturne, je continuai à jouer ma chanson, à la répéter, à la dilater vers des mélodies qui ne m'appartenaient pas et que je n'aurais jamais imaginé pouvoir jouer, mais qui, dans cette magie, semblaient simples et nécessaires. Je ne savais plus si la musique coulait de ma flûte ou de la danse de Delia. Ces sons qui m'unissaient à Delia étaient tellement denses, tellement charnels que, par peur, par gêne, je cessai brusquement de jouer. Delia revint s'asseoir, et les autres applaudirent. Elkia me caressa la tête et dit que, la flûte, je pouvais la garder parce que j'avais du talent. Barabbas, qui nous avait observés sans rien dire, se leva. Il lui était venu une idée. Le numéro de Delia lors du final du spectacle, le bref passage de la femme la plus belle du monde qui semblait s'excuser de sa grâce voilée, lui paraissait trop statique. Avec ma musique et sa danse, nous allions conclure en beauté.

Nous étions arrivés dans un village, endormi avant même la tombée de la nuit. Nous allâmes dormir nous aussi – sans manger parce que nous n'avions rien –, perplexes quant à ce lieu qui ne semblait pas promettre de spectateurs. Au contraire, le matin, à peine debout, nous vîmes que, autour de notre chariot, des paysans et des artisans étaient en train de s'installer pour le marché. Nous nous préparâmes avec une excitation que je n'avais jamais éprouvée. Dans la troupe, les autres, tout émus et inquiets, avaient comme moi l'air de débutants : ils ne s'étaient pas exhibés devant un public depuis le départ de Jérusalem et, surtout, ils étaient eux aussi tenaillés par la faim. La perspective de l'apaiser nous faisait frémir.

Les gens commencèrent à se rassembler lorsque les lutteurs descendirent du chariot entièrement oints d'huile, la taille ceinte d'une peau d'animal, comme ils l'avaient vu chez les athlètes dans les jeux romains. Ils y allèrent à fond dans la fiction de la lutte, tandis que les musiciens scandaient les prises au rythme syncopé du tambourin ; ils se cramponnaient l'un à l'autre, se soulevaient tour à tour dans une étreinte qui devait paraître fatale, serrant les dents pour feindre la souffrance et l'effort, un jeu de grimaces destiné à mettre en évidence leurs muscles qui se gonflaient. Ils échangeaient des assauts, jambes largement plantées au sol, et de vaillantes défenses, paumes de main ouvertes contre la poussée de l'adversaire. Mais moi je savais qu'ils ne tenaient debout que grâce à leur désir d'un repas, car les jours précédents ils n'avaient pas eu la force de quitter leur couche dans le chariot. Pourtant, malgré la sueur et la bonne volonté, le public manquait d'entrain et applaudissait tièdement. Certains, plus ennuyés que d'autres, commencèrent à quitter le cercle formé autour du chariot. Barabbas semblait inquiet. Je m'approchai pour lui conseiller d'impliquer les spectateurs dans le numéro, pour leur communiquer notre excitation. Alors, il s'illumina et annonça d'une voix forte que les lutteurs étaient prêts à soulever au-dessus de leur tête les personnes les plus lourdes parmi le public, un volontaire n'avait qu'à s'avancer. Les lutteurs s'arrêtèrent, perplexes. Ils ne s'attendaient pas à cette invitation à un effort de plus, imprévu. Mais ils comprirent qu'il leur fallait étonner les plus rétifs s'ils voulaient manger. À peine les lutteurs s'approchaient-ils de la personne désignée que celle-ci reculait en se moquant ; ils finirent par saisir l'un des spectateurs qui n'avait pas eu le temps de se soustraire. C'était un paysan venu au marché en quête d'un forgeron pour faire réparer le fer de sa bêche. Ils le prirent par un bras et une jambe, et l'un des deux lutteurs, cette fois dans un effort véritable et pénible – je me souviens de sa mâchoire qui tremblait sous le poids –, parvint à le soulever au-dessus de sa tête.

Les applaudissements furent convaincus et même amusés, car ses amis raillèrent le paysan pour le péril auquel il avait échappé.

Les numéros continuèrent sans autres inquiétudes : mon intuition avait trouvé moyen de réchauffer le public, qui participait désormais sans ennui ni préjugés. Le mage d'Orient – en fait un Égyptien, fils d'antiques et misérables diasporas, encore hésitant entre son art et ses bien plus rentables larcins – persuada une dame de cacher son panier de fruits dans un sac qu'il referma en y faisant un nœud. Après avoir prononcé de mystérieuses formules dans une langue inconnue, il défit le nœud : tout le monde put voir que les fruits avaient disparu du panier. Un tonnerre d'applaudissements retentit tandis que la femme, inquiète, cherchait au milieu des rires du public la marchandise qu'elle venait d'acheter. L'Égyptien était jaloux de ses secrets et ne partageait pas ses astuces avec nous. Mais nous savions qu'il s'agissait d'illusions de doubles fonds et de jeux de mains sophistiqués. En effet, il invita la femme à remettre le panier vide dans le sac, referma celui-ci dans le sortilège de ses formules, puis le rouvrit : les fruits étaient de retour à leur place. Et de nouveau des applaudissements, et le sourire de soulagement de la femme qui chargea le panier sur son épaule et s'en alla rapidement sans se rendre compte que tous ses fruits n'étaient pas revenus. Au moment où le mage reposait le sac avec des gestes savants, je fus le seul à voir la forme de deux pommes émerger, puis disparaître dans le chariot, suivies du mage qui ne revint même pas saluer le public : derrière la bâche, il était en train de dévorer à toute vitesse son butin.

La contorsionniste elle aussi fit de son mieux. Après une danse légère pour commencer, s'échauffer et apitoyer le public, elle s'assit pour se replier en éventail. Mais à la première secousse nous entendîmes clairement le son inquiétant d'une vertèbre qui craquait à cause de l'arthrose et de l'âge. Nous vîmes sa douleur muette tandis que les colosses l'installaient dans la caisse, et le reflet d'une larme à l'instant où ils refermèrent celle-ci. Pour finir, Barabbas annonça la petite exhibition de Delia, en me faisant signe de jouer de la flûte. Il n'y avait pas eu d'autre répétition que celle du soir autour du feu et je me mis à jouer la chanson de ma mère, inquiet de commettre des fausses notes. Delia fit les premiers pas, et le vacarme du marché sembla s'atténuer dans la grâce de ses gestes qui avaient comme un goût de miracle. Ses mains hypnotiques dessinaient de la beauté dans l'air, et ses voiles paraissaient prendre part à la danse en découvrant la délicatesse de ses chevilles qui tournoyaient en petits cercles concentriques, au rythme de la musique, pendant que ses pieds nus, tendres et malicieux s'allongeaient et se contractaient en cadence. Delia me lançait des regards complices qui accordaient la musique de ma flûte à ses mouvements en une séduction si innocente et heureuse que même les animaux à vendre sur le marché, comme ceux qui étaient aux alentours, firent silence. Le public restait muet dans l'admiration de ce duo harmonieux de regards, devinant un lien qui semblait s'ancrer bien au-delà de la musique. Quand je cessai de jouer et que les voiles de Delia ne servirent plus qu'à la recouvrir, les applaudissements furent déchaînés et libérateurs. Les gens vinrent nombreux verser leur obole en nature, et même en pièces de monnaie.

Je joue toujours de la flûte. Quand l'après-midi perd de sa lumière et n'est plus praticable pour mes yeux de charpentier, je me retire dans le jardin pour regarder le soleil qui disparaît. Je l'accompagne jusque dans le noir au son de la vieille flûte d'Elkia. D'autres chansons ont enrichi mon répertoire, des musiques étrangères que j'ai apprises au long de la route. Mais la dernière, avant d'abandonner le jardin à l'obscurité de la nuit, c'est toujours la chanson de ma mère et de ses petits animaux apeurés. Et c'est ma mère qui descend au jardin pour me prévenir que le repas est prêt. Elle s'attarde à me regarder, à m'écouter ; elle est là, immobile, pour me rappeler que le temps passe pendant que je joue de ma flûte. Et qu'il ne reviendra pas.

Je suis bourru et sauvage. Homme de peu de mots et de peu de regards. Abruti de travail, j'ai abandonné tout ce qui me semble inutile et non nécessaire. Pourtant, la flûte reste avec moi et m'accompagne pour me rappeler que Dieu existe en moi. Elle a un son timide, parfois enroué. C'est un vieil instrument, usé désormais, et, malgré des réparations répétées, le son se ressent des fissures et des lacérations infligées par le temps. Elle est en bois de poirier. Quand je souffle dedans pour émettre un son, le parfum antique et doux de son ascendance végétale remonte jusqu'à moi. J'ai eu plusieurs fois la tentation d'en prendre une autre, mais celles que l'on me proposait étaient en os. J'aurais senti une odeur de mort. Je préfère la voix de ma vieille flûte : rauque souvent, parfois aiguë soudain. C'est le son du couchant, de la nature.

Avant de quitter le jardin et de suivre ma mère vers la maison, j'essuie la salive sur la flûte, quelquefois mes larmes : c'est l'objet le plus intime que je possède, plus que les instruments et les outils que m'a laissés mon père. C'est mon seul réconfort, ma voix d'homme dépouillée de l'angoisse et de la fatigue de bête à laquelle je me soumets chaque jour.

Aujourd'hui, un paysan m'a apporté le fer de sa bêche. Il a cassé le manche et il me faudra en dégrossir un sur une branche, le fixer avec une nouvelle corde. Ce fer mal travaillé, grossier et pauvre, m'a laissé un sentiment intime de mélancolie. Il était encore tout sale des mottes sèches des jours derniers. Je l'ai nettoyé, et un peu de terre est restée sur mes mains, sous les ongles. Je me sens comme cette terre, rude et hostile. Sans pitié, pas même pour elle-même. C'est un présage de sépulture.

Durant ces jours avec Delia et le cirque vagabond, je m'épanouissais en émotions et espoirs au souffle limité : c'était l'horizon de la jeunesse et de sa toute-puissance. Grâce aux commerçants et aux artisans qui se trouvaient autour du chariot, nous avions réussi à composer une carte des marchés les plus fréquentés, qui allait nous amener à travers toute la Judée, jusqu'en Samarie. Et finalement en Galilée. Nous prévoyions des étapes courtes pour éviter la fatigue, mais fréquentes parce qu'il s'agissait de petits marchés où la foule se pressait seulement une fois par semaine. Nous avions un répertoire répétitif qui aurait saturé l'intérêt en peu de temps. Il était nécessaire de se déplacer souvent. Nous partîmes à la lueur de l'aube. Nous avions suffisamment de nourriture pour quelques jours grâce au succès de notre premier spectacle, et l'allégresse du ventre plein nous tenait compagnie sur ces routes qui n'étaient en réalité que des sentiers tortueux contournant les collines. Souvent, il nous arrivait de rencontrer des chantiers de réfection de ces chemins tout juste bons pour les troupeaux et la marche à pied. Les hommes de l'empire voulaient des routes plus sûres et plus larges pour faire passer leurs troupes et leurs machines d'assaut. Ce n'étaient pas des projets de petits rois locaux. Les Romains garantissaient possessions et colonies grâce aux pierres de leurs architectes. Des esclaves travaillaient torse nu, surveillés par des soldats armés. Souvent, ils nous arrêtaient. Mais c'étaient des contrôles dictés plus par la curiosité que par la peur. Une fois, les soldats nous firent ouvrir tous les bagages que contenait le chariot : ils cherchaient des armes de rebelles qui, ces jours-là, avaient tenté d'incommoder la pacifique tyrannie du pouvoir.

Les soldats furent intrigués par la caisse vide de la contorsionniste et interrogèrent Barabbas, demandant où était passé le contenu. Barabbas expliqua l'utilisation de la caisse faisant valoir les dons de la vieille collègue. Les soldats sourirent, peu convaincus, et demandèrent à voir de leurs yeux le numéro pour être sûrs. La femme fit comprendre que cette fatigue ne lui plaisait pas. Les soldats menacèrent de manière voilée de confisquer le chariot, promettant d'autres ennuis s'ils ne contrôlaient pas tout de suite. C'était la lassitude de la surveillance, l'ennui de la méfiance qui les stimulait, les poussait à infliger de petites doses de tyrannie. Barabbas essaya de convaincre la contorsionniste, mais elle se refusait à faire son numéro hors-programme. Seul le silence désormais irrité des soldats parvint à faire effet là où les prières et les yeux de feu de Barabbas avaient échoué. Elle se plia de mauvais gré dans la caisse tandis qu'enfin les soldats se détendaient dans un éclat de rire en nous faisant signe de reprendre la route.

Il faisait jour maintenant. Le village n'était plus loin, nous le voyions se rapprocher à chaque virage. Nous marchions avec assurance derrière le chariot, moi, désormais débarrassé de ma timidité, je jouais de la flûte, Delia chantait à mon côté, et la vieille chanson de ma petite enfance fleurissait de paroles nouvelles dans sa bouche. Nous croisâmes quatre jeunes qui nous saluèrent et se mirent à suivre eux aussi le chariot. Ils ne me plaisaient pas. Ils avaient une attitude moqueuse, faisaient bruyamment semblant de jouer d'instruments inexistants, couvrant le faible son de ma flûte. Je comprenais que ce n'était pas moi qui étais l'objet de leur attention. Delia, avec sa beauté voilée et inexprimable, attirait leur curiosité grossière. Tout en marchant, ils se rapprochèrent, de plus en plus hardis, entourant Delia qui ne semblait pas inquiète. Mais elle avait cessé de chanter et marchait les yeux baissés. Je ne pouvais pas supporter plus longtemps leur agressivité qui avait effacé ce moment de proximité sereine entre Delia et moi, fait taire sa voix enchanteresse. Je voulais montrer à Delia que j'étais capable de la défendre, d'affronter une rixe, de risquer ma vie pour ses beaux yeux. Je voulais lui faire comprendre que je l'aimais. Je me postai donc entre ces jeunes et elle pour briser leur cercle. Ils étaient tous plus forts et plus grands que moi, mais j'étais prêt à me battre. Delia me chuchota qu'il ne fallait pas m'inquiéter, il fallait les laisser faire, ils allaient se lasser. Le reste de notre compagnie suivait au loin, clairsemée, et ne s'était pas aperçue de mes difficultés. Sur le chariot, Barabbas continuait à guider les animaux avec sa badine et ne semblait pas s'intéresser beaucoup à ce qui se passait dans son dos. Provoqués, énervés par le comportement imperturbable de Delia, les jeunes commencèrent à retourner vers moi leur attention. Ils dirent quelques gros mots, je répondis, nous nous donnâmes des bourrades, jusqu'au moment où je me retrouvai corps à corps avec le plus costaud. Il l'aurait de toute évidence emporté si Delia n'avait fait de grands signes en direction des gens de la troupe, qui étaient plus loin et accoururent. Les premiers à arriver furent les colosses, ils prirent à bras-le-corps le jeune qui m'avait maîtrisé et éloignèrent les autres. Barabbas arrêta le chariot et tenta d'apaiser les esprits. Mon rival, le plus gros, saignait du nez. Ce n'était pas moi qui l'avais blessé, c'était arrivé au cours de cette bagarre tumultueuse, mais il n'était pas question pour lui de faire la paix, il me promettait même des coups lorsque je serais seul, sans personne pour me prêter main-forte, d'égal à égal, dit-il en pointant le doigt sur moi. Vaincu, le petit groupe s'éloigna, et il me fallut affronter la semonce de Barabbas, furieux parce que ces jeunes-là étaient à coup sûr les fils ou petits-fils de notre prochain public. Des clients, dit-il. Nous ne pouvions compromettre notre spectacle, et encore moins notre pain, à cause de ces brouilles de gamins.

Nous arrivâmes au village à l'heure de pointe, le marché battait son plein et les vendeurs ambulants avaient déjà pris les meilleurs emplacements. Nous fûmes obligés de nous ménager une scène sur la bordure la plus éloignée et malcommode de l'esplanade. Il était tard, mais Barabbas décida qu'on ne pouvait pas perdre la journée et la moindre possibilité de faire recette. Nous eûmes vite fait de nous organiser, et le public commença à s'assembler. Nous avions de la chance. Les gens avaient déjà fait leurs achats, ils étaient prêts, avant de rentrer chez eux, à perdre un peu de temps et à dépenser quelques pièces pour nos numéros. Je m'étais mis à la suite des musiciens, d'Elkia, avec ma flûte, et j'attendais d'entrer en scène avec Delia pour le nouveau final du spectacle. Au milieu du public, j'aperçus les quatre jeunes que nous avions rencontrés en route. Le plus gros, celui qui m'avait défié, me regardait avec un sourire moqueur. Et prometteur. Je n'attachai pas d'attention à leurs regards, trop appliqué à suivre le rythme de la musique. Ma récente habileté à la flûte n'était pas encore bien assurée, il me fallait toute ma concentration pour ne pas faire de fausses notes. Je les vis encore lorsque je me mis à accompagner de mon motif musical la danse mystérieuse et hypnotique de Delia qui clôturait le spectacle. Puis je les perdis de vue. Je ne remarquai pas leur absence, je les oubliai. Le public avait été généreux, en nature comme en argent. Barabbas semblait satisfait. Ce nouveau gain avait chassé sa mauvaise humeur due à la bagarre sur le chemin. C'était déjà l'après-midi quand nous commençâmes à manger derrière le chariot. Nous étions fatigués et décontractés. Barabbas proposait de rester une nuit de plus au village pour refaire le spectacle et récupérer les spectateurs que nous avions manqués. Tout le monde trouvait que c'était une bonne idée. Nous pourrions ainsi nous reposer de la route et de nos soucis. Il n'y avait plus d'eau. Barabbas me demanda d'aller remplir la cruche au puits que l'on nous avait indiqué. Ces petits travaux me revenaient toujours, moi qui étais le plus jeune de la compagnie, le petit nouveau. Je m'en acquittais avec plaisir : en ce temps-là, j'étais disponible et gentil. Je ne le suis plus.

Ils m'attendaient au puits. Ils me laissèrent le temps de remplir la cruche et de la remettre sur mon épaule. Ils étaient tous les quatre cachés derrière les oliviers, il n'y avait personne aux alentours. Un coup de pied dans le ventre me fit chanceler et tomber. Je me rappelle la cruche en train de se briser, l'eau qui se répandait, puis les éclairs des gifles et des coups de poing. Il m'était impossible d'organiser la moindre défense, les coups arrivaient de partout, j'essayais de me protéger le visage, mais déjà ils me frappaient dans le dos, à l'estomac, sur les testicules, puis de nouveau au visage, des coups programmés, étudiés suivant une logique de vengeance et de haine. Par-derrière, l'un d'eux me tirait les cheveux pour me traîner sur les pierres. Je ne voyais plus leurs visages. Je ne me souviens pas d'avoir senti la douleur. Seulement quelque chose de vague, comme une noyade, la torpeur d'un sommeil forcé, une sensation de faiblesse dans tout le corps. Je ne me souviens même pas de m'être réveillé. Ils s'étaient lassés de me frapper ou bien quelque chose, un bruit, un appel, les avait obligés à interrompre leur divertissement. J'étais seul. Je tentais de me relever, sans parvenir à prendre appui sur mes coudes ou mes genoux, ne cessant de glisser, toujours étendu à terre avec la tête qui tournait. Je décidai d'attendre, le temps de récupérer. Je regardai la splendeur du ciel, bleu comme une pierre précieuse voilée par le rubis de mon sang. Ils m'avaient sans doute fendu une arcade sourcilière, mon sang coulait en même temps que mes larmes.

Je pleurais, non de douleur, mais de honte, ou de colère contre ce guet-apens. Je pensais à ma mère et à mon père, à leur crainte qu'il ne m'arrive malheur durant nos longues fuites, à la tendresse de leurs caresses quand je m'écorchais le genou, à l'empressement de leurs étreintes quand ils me consolaient, à toutes leurs précautions, leurs attentions quand ils m'habillaient le matin avec mes plus beaux vêtements pour que je fasse bonne figure auprès des enfants plus riches. Je pleurais parce que je n'avais pas été à la hauteur de leur amour.

Je demeurai longtemps étendu à côté du puits. Tellement longtemps que les deux colosses de la troupe vinrent à ma recherche. Ce sont eux qui me trouvèrent et me soutinrent jusqu'au chariot. Je devais faire peur. Barabbas lui-même semblait inquiet de mon état. Les musiciens aussi, et même la contorsionniste et le mage vinrent me réconforter et se presser autour de moi. Parmi mes souvenirs les plus nets, les yeux de Delia, écarquillés de frayeur. On m'avait étendu sur le chariot, Delia me tenait la main. On nous laissa seuls. C'est elle qui s'occupa de moi. Je parvins à m'asseoir pendant que, avec un linge mouillé, elle nettoyait mon visage et mes blessures. Quelques gouttes de sang tachèrent le voile qui dissimulait ses traits. C'est alors que Delia, avec une grâce naturelle, découvrit pour la première fois le mystère de son visage.

Elle était très belle. Son ovale parfait, ses cheveux presque blonds, étrangers, serrés sur la nuque, le front ample et solennel, le menton séparé par l'esquisse d'une fossette, les joues rosées de fraîcheur. La droite traversée de la pommette jusqu'au cou par l'outrage d'une horrible et profonde cicatrice. Je ne parvenais pas à prononcer un mot. Ce n'était pas seulement à cause de ma stupeur devant sa beauté défigurée. Mes lèvres, ma bouche tout entière me brûlait à la suite des coups reçus. Delia me prit la main et la posa sur la ligne de la blessure afin que nous partagions la douleur. Puis elle s'approcha et posa ses lèvres sur les miennes. De cet après-midi-là, je me rappelle seulement le déchirement poignant et désormais inaccessible de son odeur.

4

Le baiser de Delia avait le goût de mon sang. Notre premier lien charnel. Les jours suivants, lorsque ma lèvre et mon sourcil ne saignèrent plus, j'aurais voulu goûter la saveur de sa bouche de nouveau dissimulée derrière le voile. J'aurais voulu plus, sans savoir quoi. Delia était la vie encore inconnue. Je la désirais des yeux durant les spectacles dont j'étais exclu en attendant que mes blessures guérissent, car celle que j'avais à la lèvre ne me permettait pas de l'accompagner à la flûte, et c'était Elkia qui me remplaçait. Nous étions repartis aussitôt après le guet-apens au puits. Barabbas ne voulait pas laisser germer des idées de vendetta ni favoriser des plans de vengeance. Il arrêta lui-même les colosses décidés à régler tout de suite leur compte aux quatre jeunes qui m'avaient frappé. Aujourd'hui encore, je demeure surpris par le sang-froid et la lucidité de Barabbas. Tout acte de revanche se serait ajouté au compte de ses délits, ceux que je connaissais et ceux que j'ignorais. Et Barabbas, bien que jeune, ne pouvait se permettre d'allonger son casier judiciaire. Ni devant les hommes ni devant Dieu.

Pendant nos déplacements, je restais allongé dans le chariot. Mes muscles me faisaient mal, mes os, mes blessures encore fraîches. J'éprouvais une sensation de malaise intérieur que je prenais pour les séquelles des coups, je m'étais même imaginé que les coups de poing et de pied avaient ouvert une entaille en moi, une voie du sang dans les profondeurs de mon corps. J'examinais ma tunique pour voir si elle n'était pas tachée de sang, je crachais sur ma main pour observer la couleur de ma salive. J'avais peur de mourir. Je sentais ma mort tellement imminente que la deuxième nuit après la rixe, étendu au fond du chariot, je décidai que ma fin était venue. Je fus pris d'une frénésie de mouvement, je voulais m'enfuir, aller retrouver ma mère pour fermer les yeux dans ses bras, pour lui demander pardon de ne pas être à la hauteur de ses attentes. Encore mystérieuses, inexprimées, lointaines. Peut-être pour cela justement si manifestes.

Pendant que tout le monde dormait, je parvins à me lever en me contorsionnant, descendis du chariot avec des lancées dans le dos, tentai de faire quelques pas, mais la douleur m'arrêta. Je décidai de faire une pause pour reprendre ensuite cette fuite impossible. J'avais la gorge nouée, le cœur qui battait la chamade, je sentais peser sur mes épaules tout le poids de l'obscurité, il m'écrasait. Même Clou, notre chien adoptif, devinait mon désespoir. Il me regardait avec inquiétude, frottait son museau contre ma tunique en gémissant doucement. Je voulais la lumière du jour, je n'acceptais pas le châtiment du cycle quotidien alternant le soleil et l'obscurité. Cela me semblait une méchanceté créée exprès pour m'angoisser.

J'éprouve toujours cette sensation. Mes rendez-vous au jardin quand la nuit tombe, pour accompagner de ma flûte le soleil au-delà de l'horizon, sont un rite pour me calmer, apaiser l'angoisse ; ils ralentissent le frémissement qui monte en moi d'un lieu intérieur et profond que je ne connais pas, de la blessure ouverte pour toujours. Peut-être de ces coups que j'avais reçus. Parfois, dans la sérénité du jardin qui accueille l'obscurité, j'ai l'impression que la nuit pourrait durer toujours. Et je suis le seul, au milieu des cardons et de la vigne, des petits pois et des fèves, à avoir conscience de cette horreur.

Alors que j'essayais de faire un pas de plus, plié en deux par les lancées douloureuses et la terreur inexplicable qui m'avait réveillé, entraîné hors du chariot, obligé à regarder la nuit en face, une main soudaine me prit le bras. Je la reconnus à la douceur de son geste : c'était celle de Delia, qui avait deviné mon malaise. Sans rien dire, elle me raccompagna vers le chariot, m'aida à monter et s'étendit à côté de moi. Je me calmai. Je m'endormis pendant qu'elle me caressait les cheveux.

Delia. L'avant-goût de son visage dévoilé avait enflammé plus encore une autre faim et une curiosité silencieuse, furieuse, du mystère de la terrible balafre qui défigurait son visage. Les jours suivants, en regardant, mêlé au public, la danse hypnotique de ses voiles, j'échafaudais des hypothèses, j'avançais des conjectures : qui l'avait blessée, et quand, et pourquoi ? Transportait-elle le poids de sa beauté défigurée depuis l'enfance ou était-ce une peine récente ? Peut-être était-ce son père qui, pressentant dans l'épanouissement de sa fille que le poids de sa beauté l'arracherait un jour à son affection, avait décidé de lui infliger lui-même cette cicatrice. Peut-être sa mère, jalouse de la suavité de la chair de sa chair. Un amoureux repoussé, éloigné, avait-il choisi de laisser sur son visage la cruauté de ce souvenir ? Ou était-ce lors d'une embuscade de rapine ou de rapt ? Peut-être Barabbas avait-il sorti de la rue la vie fragile de cette jeune fille abandonnée par ses ravisseurs qui avaient tiré tous les gains qu'ils pouvaient de sa beauté. Je bâtissais des hypothèses fantaisistes parce que jamais je n'aurais demandé à Delia la raison de cette cicatrice. Le souvenir de sa main guidant la mienne sur ma blessure à vif me tourmentait, mais jamais je ne lui aurais imposé la gêne de me révéler la vérité.

Je reprenais des forces. Mes nuits étaient devenues plus tranquilles, et Delia était retournée dormir auprès de la contorsionniste. Je marchais d'un pas plus alerte malgré quelques douleurs aiguës aux côtes, ma lèvre ne me faisait plus mal. Elkia me remit la flûte dans les mains, et je recommençai à jouer lors du final dansé de Delia. Au long de nos déplacements, nous avions plusieurs fois croisé des patrouilles armées de l'empire, elles contrôlaient les carrefours. Elles ne recherchaient pas les habituels rebelles et ennemis de l'empereur, mais des bandes d'affamés qui rôdaient dans les campagnes comme des chiens errants en quête de nourriture et de butin. Sans chefs ni projets, ces gens n'étaient poussés que par la faim et la volonté de survivre. Les soldats nous dirent de faire attention : c'étaient des voleurs sans pitié, mus seulement par un instinct prédateur et carnivore de bêtes féroces. Des corps de voyageurs avaient été retrouvés dans les hautes herbes au bord du chemin, dépouillés de tout, même de leurs chaussures et de leurs vêtements.

Barabbas nous conseilla à tous de dissimuler nos maigres biens dans la cachette inaccessible située sous le chariot. Et tout le monde fut d'accord. Nous ne connaissions pas les prochains marchés où nous allions nous produire, personne du groupe ne s'était jamais rendu dans ces villages, et le conseil de Barabbas nous sembla une sage précaution. Barabbas, voyant que je ne bougeais pas – j'avais oublié que, sous ma tunique, liée par une cordelette, je gardais la bourse contenant les pièces dues à la générosité de mon cousin Jean –, me prit à part afin que les autres n'entendent pas. C'était par discrétion, m'expliqua-t-il. Nos compagnons n'étaient pas au courant de mon petit trésor que je lui avais montré durant la rapine dans le poulailler. Il me conseilla à moi aussi de profiter de ce petit renfoncement inconnu sous le char, et j'y cachai à mon tour mes pièces.

Quand j'étais jeune, je savais y faire avec les mots. C'étaient les lectures enfantines auprès de ma mère, doigt pointé ligne après ligne pour que je suive bien, qui m'avaient ouvert à l'érudition. Mon vocabulaire était riche et articulé. Je connaissais par cœur des chapitres entiers des Écritures. L'après-midi, quand je parvenais à échapper à la tendre vigilance de ma mère et à l'attention inquiète de mon père, quand je n'avais pas de camarades avec qui partager mes jeux, sur les bords du fleuve en Égypte d'abord, puis au milieu des pierres brûlées de Nazareth, je m'amusais à réciter les paroles des Textes avec des rimes de mon cru que j'inventais au fur et à mesure sur les cadences de la sacralité aride et inaccessible des rabbins. Aujourd'hui, je serais accusé de blasphème. Comme je m'amusais ! Je riais tout seul de mes trouvailles, de mon humour habile à désacraliser la pompe hautaine – obscure – des dogmes. Je jouais au prophète, au petit Messie : un Dieu irresponsable aux genoux écorchés par les chutes et les ronces, qui errait sur la terre à peine engendrée par l'obscurité du néant. Je jouais à la Création. Je me rappelle combien j'aimais imaginer des animaux nouveaux, des créatures bizarres à mettre en marche de par le monde, ou alors des bêtes connues que je réinventais avec la tête à la place de la queue, un œil devant et l'autre derrière, toutes les parties interverties, des ânes à huit pattes, des chiens avec des ailes, des oiseaux munis de pieds, des poissons amphibies et des serpents pourvus de pattes. Un bestiaire tout à moi dans un monde tout à moi où le soleil ne se couchait jamais pour que la nuit ne vienne pas me terrifier. Je guidais cette armée d'animaux jamais vus à travers un monde repensé, adapté aux exigences de mes inventions, car je créais la mer là où s'ouvrait le désert, j'aplanissais les montagnes pour que mon père n'ait pas de difficultés à affronter dans ses déplacements de charpentier, je faisais jaillir des sources d'eau tout près de la maison pour que ma mère puisse plus facilement remplir ses cruches. Aujourd'hui, dans le crépuscule du jardin, je me demande pourquoi il ne m'est jamais venu à l'esprit, enfant, de créer des hommes différents. Meilleurs. Qui sait, peut-être que je l'ai fait, mais je ne m'en souviens plus.

Ce qu'il me reste, c'est l'habileté à faire résonner les mots dans le cœur des hommes, même aujourd'hui où je préfère le silence, où je suis si peu loquace avec les clients de mon atelier, avec les voisins et même avec ma mère. Barabbas, malgré ma timidité, ma gêne, ma stupeur devant cette adolescence si encombrante, si soudaine, s'était aperçu de ma prédisposition, des vertus de ma langue. Il voyait loin, Barabbas. Il avait une intuition rapace capable d'accès de violence, mais aussi une intelligence analytique. Je l'observais durant nos pauses et nos déplacements. Plongé dans ses pensées, il réfléchissait à de nouveaux marchés, plus fructueux. Il avait une imagination pratique et une solide aptitude à l'escroquerie. Il considérait que les numéros de notre cirque nomade devaient être présentés un par un, avec des paroles de circonstance, des manières ampoulées, de façon à créer dans le public de l'attente, du désir. Et, vu que les qualités oratoires de mes compagnons de voyage n'étaient pas à la hauteur – aucun, à part Barabbas et moi, ne savait lire –, il décida que c'était moi qui devais m'en charger. Il pensait que la combinaison entre mon jeune âge et la qualité de mon érudition allait créer, par contraste, un effet de surprise, de stupéfaction. Le groupe entier allait en profiter. Mais ce n'était pas tout. Il demanda à l'illusionniste égyptien de recourir à ses crèmes d'Orient – des pommades blanches à base de graisse animale – pour masquer mon aspect si peu approprié à ces aventures et le teint brun de mon visage. Pour frapper le public, aussi. Le mage, de son propre chef, ajouta un turban, pris dans sa collection.

Arriva le jour de mon entrée en scène. Nous avions débarqué la veille sur le marché d'un village qu'aucun d'entre nous ne connaissait. Ce n'était pas encore l'aube quand je m'isolai derrière le chariot avec le mage – pour ne pas être vus des gens qui commençaient à converger vers le marché et pour me cacher aux yeux de mes compagnons –, qui se mit à me maquiller. Dans la crème onctueuse qui se figeait sur mon visage, je le sentais, il avait mêlé de minuscules pierres brillantes et des coquillages pilés pour qu'ils luisent au soleil de chatoiements magiques. Il m'enroula le turban sur la tête et à la fin m'amena devant les camarades de la troupe. À peine me virent-ils qu'ils éclatèrent de rire. Ils dirent que ce n'était pas pour se moquer mais pour m'encourager. Personne ne pourrait me reconnaître, d'après eux. Je souris à mon tour. Delia, elle aussi, riait. J'imaginais ses dents blanches sous le voile dans le dessin de sa bouche. J'étais heureux de l'amuser. Même Clou, le chien, semblait joyeux, il frétillait de la queue en jappant. Delia avait un bout de miroir – qui sait combien de fois son reflet lui avait renvoyé la condamnation de sa cicatrice – où je parvins à me voir : je n'étais plus Jésus. Je pouvais être n'importe qui. Le lourd masque de gras avait annulé tous mes traits. Je reconnus seulement la lueur mélancolique de mes yeux. C'est elle dont je vois encore aujourd'hui l'éclat dans le moindre reflet de verre, dans le fond boueux du seau. Alors que je m'observais dans le miroir, j'imaginai le regard de mon père devant ce fils si différent, si faux et si sot. Le seul à ne pas rire était Barabbas. Il me scruta d'un œil sévère, arrangea le turban qui risquait de tomber sur le côté et dit finalement que je pouvais y aller.

La crème du mage n'avait pas recouvert seulement mon visage. Elle était descendue en profondeur, jusqu'à mon âme. Elle y avait effacé toute timidité et pudeur, elle l'avait rendue courageuse et ironique, hardie et subtile, provocante et effrontée, féroce, même. Je commençai à présenter le spectacle en louant les qualités de mes compagnons du cirque, en inventant pour chacun d'entre eux des parcours héroïques, des aventures jamais réalisées, des preuves jamais certifiées. Tout d'un coup, je savais mentir ! Parfois avec délicatesse, souvent avec méchanceté : en effet, je terminais le récit consacré à chacun avec une emphase recherchée et grandiloquente que, brusquement, d'une pique, je ramenais à la vérité de notre faim errante et sans délivrance. Avec une efficacité qui suscita l'hilarité. « Aimable public, voici devant vous les hommes les plus forts du monde ! Admirez leurs muscles : ils ont brisé les chaînes qui les retenaient en esclavage, ils ont combattu des hommes et des bêtes sauvages, arrêté des armées et déplacé des montagnes ! Ils méritent vos applaudissements les plus chaleureux, ils méritent vos pitances les plus roboratives si vous ne voulez pas les voir tomber à terre d'inanition : ils n'ont pas mangé depuis trois jours ! » Je voulais être drôle, je devenais perfide. Au moment de choisir les volontaires qui demandaient à être soulevés par nos colosses, je vérifiais le poids de chacun en tentant moi-même, en une étreinte, de les soulever. Au milieu des éclats de rire du public, avec un clin d'œil, je choisissais les hommes les plus émaciés. Il y avait un homme très gros que je fis semblant de ne pas voir et, lorsque celui-ci me tapa sur l'épaule pour que je le remarque, je lui dis : « Laissez vos achats ici et revenez demain. Avant le repas. » Les gens applaudirent, amusés. Ce n'était qu'une suite de clins d'œil, de doubles sens entre farce et réalité. Je ne me privai pas de blagues sur l'âge de la contorsionniste. Lors de son numéro, je réclamai le silence avec le plus grand sérieux : « Une intense concentration est nécessaire.

Surtout, vous pourrez entendre le douloureux craquement de ses vertèbres usées par l'arthrose. » Ils riaient. La contorsionniste elle aussi riait, devinant peut-être de la pitié derrière ma plaisanterie grossière. Lorsque vint le tour du mage – à la fin du numéro du fruit dans le sac –, je conseillai au malchanceux de vérifier si toutes les pommes répondaient à l'appel : « Les arts magiques donnent de l'appétit... » Avec Delia non plus, je ne fus pas en reste. Je la présentai, selon le scénario, comme la femme la plus belle du monde. « Mais vous y croyez, vous ? Comment pouvez-vous le vérifier, alors que sa beauté est entourée de voiles, cachée, afin que vous puissiez tomber dans le panneau ? » Je fis une longue pause en regardant les spectateurs droit dans les yeux, l'un après l'autre. « Vous devez y croire », repris-je, « parce que c'est moi qui vous le dis. Et je sais de quoi je parle », et là je clignais de l'œil, « il y a un profond mystère derrière ces voiles... ». Alors seulement je pris ma flûte et j'accompagnai Delia dans sa danse troublante.

Ce fut un triomphe. Non seulement les gens applaudissaient, me donnaient l'accolade, s'en allaient en riant encore, mais ils laissaient aussi dans mes mains de généreux dons en nourriture et en pièces. Elles en étaient tellement pleines que cette richesse glissait entre mes doigts et tombait au sol, au risque de se perdre sous les pieds de la foule. Ce fut Barabbas lui-même qui vint m'aider à porter le trésor jusqu'au chariot. Jamais nous n'avions eu autant de succès. Et le mérite m'en revenait, à moi, et à mon âme camouflée de crème grasse.

Lorsque nous nous rassemblâmes pour compter les pièces et vérifier les dons, j'étais inquiet des réactions de mes compagnons. Je n'avais pas été gentil. Au contraire. Je me rendais compte que j'avais construit la présentation en mettant plus en évidence les défauts que les qualités, j'avais rendu publique la part la moins édifiante de chacun et passé sous silence les singularités. À l'écart des autres, je fis part de cette inquiétude à Barabbas. Sa réponse me surprit : « Les qualités de notre spectacle, tout le monde les tient pour acquises. Nos défauts, au contraire, sont à découvrir. Et tu les as dévoilés comme un artiste. » Barabbas, ce grand flagorneur ! Oui, les compagnons étaient contents. Mais aujourd'hui encore, je suis persuadé que c'est seulement parce qu'ils avaient faim.

Je finissais d'ôter la crème de mon visage lorsque Delia vint m'informer que là, à deux pas, se donnait en spectacle un guérisseur, un sorcier, un mage capable de vaincre n'importe quelle maladie. Nous allâmes le voir nous aussi. C'était un vieux – vieux en apparence, peut-être seulement maquillé en vieux – avec un étal chargé de flacons contenant des liquides colorés. Il annonçait à gorge déployée la nouvelle de maintes guérisons. Sa longue barbe blanche était censée garantir son sérieux. Le public du marché s'approchait, circonspect. Beaucoup de personnes, les mains croisées dans le dos, essayaient de dissimuler leur curiosité, puis soupesaient les fioles avec des mimiques sceptiques, voulaient les voir de plus près, demandaient à les prendre dans leurs mains. Le vieux acquiesçait, priant seulement qu'on fasse attention et ne les agite pas. Personne n'acheta rien. Nous étions là, à regarder, attendant que quelque chose se produise, que quelqu'un ait le courage de donner de l'argent pour cette filouterie. Pour tout le monde, l'escroquerie semblait claire et sans appel. Certains avaient commencé à se moquer du vieux, d'autres demandaient l'intervention des soldats du roi parce que, disaient-ils, ce n'était pas le fait de bonnes personnes que de se jouer de la naïveté publique. Juste au moment où la colère ne semblait plus pouvoir être contenue et où certains commençaient à ramasser des cailloux, deux jeunes gens arrivèrent en traînant un homme assis sur une chaise. Il avait le regard des aveugles, ses mains tremblantes s'agrippaient à la chaise, un filet de bave dégoulinait de ses lèvres figées dans l'immobilité d'un rictus : il était perdu, telle était l'impression unanime. Les jeunes l'installèrent juste devant l'étal du vieux. Ils racontèrent que, depuis des jours et à grand-peine, ils suivaient les traces du guérisseur à travers les marchés du royaume en s'aventurant sur les routes selon les vagues indications des voyageurs qui avaient entendu parler de l'efficacité de ses remèdes. Enfin, ils l'avaient trouvé, et maintenant le vieux se devait de soigner l'homme sur la chaise. Alors, dans ce recoin du marché, devant tout le monde, y compris nous qui étions, par métier, sceptiques quant à l'efficacité des soins pour le corps et pour l'âme, il se mit à interroger les deux jeunes : au nom du malade – leur frère aîné –, ils répondirent aux questions sur son âge, sur cet état auquel il était réduit, sur les autres symptômes et maladies dont il souffrait. Ils racontèrent que l'homme était jeune, qu'il n'avait que vingt-trois ans, mais semblait beaucoup plus vieux à cause de la maladie qui l'avait frappé soudainement, six mois plus tôt, pendant qu'il travaillait dans le jardin. À cause peut-être de la fatigue et du grand soleil, ou d'un manquement à quelque précepte religieux qui aurait offensé Dieu, ils l'avaient retrouvé comme mort à côté de sa bêche, et dès lors cette chaise était devenue son lit, sa table – ils devaient le nourrir eux-mêmes comme on fait avec les enfants qui vous laissent des renvois de bouillie jusque sur les cuisses – et toute sa vie. Il ne parlait plus et ne donnait aucun signe de compréhension.

Le vieux fit une caresse sur la tête de l'homme, qui continua à regarder en direction de son néant, sans autre réaction, suscitant l'émotion apitoyée du public ; puis il soupesa dans ses mains les fioles colorées et en choisit deux. Il demanda l'aide des deux jeunes pour qu'ils maintiennent fermement le malade et lui ouvrent la bouche, et il versa le contenu des fioles sur la langue de l'homme, qui se mit à hoqueter, semblait-il, comme s'il se noyait. Quelques instants plus tard, il tomba de la chaise, et tout le monde regarda ses contorsions obscènes, ses poings qui se crispaient et se détendaient ensuite dans l'effort de la guérison, ses genoux repliés jusqu'au menton, puis allongés d'une ruade en un râle horrible, et de nouveau le corps agité de convulsions. Puis plus rien. Il semblait mort, rien d'autre que silence et immobilité. Presque un soulagement pour nous tous : il avait cessé de souffrir. Pourtant, brusquement et sans peine, il se mit debout. Il avait l'air confus, regardait autour de lui en cherchant un repère. Ses deux frères coururent l'embrasser, et il leur rendit leur étreinte dans une telle vérité d'émotions, de larmes et de sourires que toute trace de scepticisme disparut au sein du public. Tout le monde applaudit, et nous aussi, appréciant cette fin heureuse, et surtout l'habileté convaincante des interprètes. Les gens furent nombreux à se jeter sur le vieux pour acheter à petit prix ses ampoules miraculeuses. Il n'y en eut pas assez pour tout le monde. Sur le banc s'ajoutaient les paiements en nature de ceux qui n'avaient pas d'argent, des fruits et des légumes que le vieux mit dans un sac.

Lorsque les gens se dispersèrent, en partie satisfaits, mais certains frustrés de n'avoir pu acheter, nous restâmes pour surveiller les mouvements du vieux. Barabbas était intrigué par le spectacle de la guérison de l'homme. Il voulait aller jusqu'au bout de cette représentation complexe pour en comprendre les mécanismes et en dévoiler l'arrière-plan. « Il y a toujours à apprendre », me dit-il. Nous ne nous étions pas aperçus que, pendant que le public quittait le marché, des militaires armés avaient surgi tout autour. Ils avaient des lances portant le blason du roi et ne nous permirent pas de nous éloigner. Nous étions inquiets, surtout Barabbas, pâle et indécis comme je ne l'avais jamais vu : il craignait que les escroqueries de son passé ne se présentent pour réclamer leur compte. Ils nous gardèrent là, immobiles, à attendre. Le vieux guérisseur avait lui aussi l'air inquiet, et coupable : nous le vîmes qui essayait de faire disparaître ses remèdes au fond de son sac. Les hommes armés nous obligèrent à nous écarter pour permettre à un envoyé d'arriver jusqu'à nous. Il expliqua que, le lendemain, des célébrations auraient lieu au palais en l'honneur du roi. Nous devions divertir les invités avec nos numéros. Il promit une forte compensation pour la journée perdue, donna un laissez-passer à Barabbas et au vieux pour entrer dans le palais et nous quitta en indiquant qu'il ne s'agissait pas là d'une invitation, mais d'un ordre.

Nous passâmes le reste de la journée à calculer les risques et le possible profit de cette convocation. Barabbas était perplexe et effrayé au point de proposer une fuite à la tombée de la nuit, tandis que les autres soutenaient qu'il n'y avait rien à craindre. Moi, je dis que fuir aurait confirmé ce qui n'existait pas : nous sentions-nous coupables de quelque chose ? Barabbas finit par être convaincu. Delia ne parlait pas. Elle me regardait de ses yeux pleins de douceur : une fente de lumière dans les couleurs du couchant. J'imaginais qu'elle voulait entrer dans ce palais, découvrir de quoi vivaient les riches et les puissants, la qualité des vêtements, le goût des aliments. Moi aussi, je voulais voir. Le vieux nous avait rejoints et écoutait. Quand nous eûmes fini d'exprimer nos arguments, il prit la parole et dit que nous ne devions pas perdre cette occasion. Cela pouvait être l'opportunité qui nous permettrait à tous d'avoir une vie plus aisée, en ne travaillant à l'avenir que dans les palais du roi, parmi les notables les plus fortunés. Ce serait pour nous la fin de cette vie nomade, de ces petits matins où l'on tombait du lit dans une aube glacée, de la canicule insupportable des marchés en plein midi. Pour le vieux, il n'y avait pas de doute : il fallait y aller et offrir le meilleur de notre répertoire. Mais il ne se sentait pas capable de décider tout seul. D'un geste, il appela ses associés. De l'obscurité surgirent les deux jeunes et l'homme miraculé. Il marchait en traînant la chaise de son numéro. Eux aussi furent d'accord. Ils en avaient assez de mendier dans un coin des marchés, de risquer des coups et des pierres lancées par ceux qui ne se laissaient pas convaincre. Nous décidâmes tous d'y aller.

Le lendemain, à l'heure convenue, nous entrâmes dans la cour du palais. Des soldats armés contrôlèrent notre laissez-passer, nous firent descendre et fouillèrent le chariot : les habitants de ce palais royal craignaient les pièges et les désordres. Le sentiment de culpabilité des riches les rendait prudents et circonspects. Le vieux guérisseur, précédé de ses assistants, entra après nous. C'est lui qui décida de séparer nos destins parce que, raconta-t-il, il avait en tête un numéro unique et spécial, à laisser sans voix la famille du roi et les notables. Il voulait les applaudissements pour lui seul. Et ce fut un bien.

Le mage égyptien me maquilla à l'intérieur du chariot. On nous fit attendre dans la cour, entourés par les gardes qui se moquaient de nous, nous provoquaient et riaient avec l'arrogance de ceux qui ont une lance à la main et la licence de réprimer. Ils débitaient des plaisanteries obscènes sur Delia et ses voiles. Sous les crèmes de mon maquillage, je couvais à leur encontre une rage violente. Barabbas s'en aperçut. Il avait beau être le plus effrayé, il s'approcha pour me calmer. « Ça ne va pas durer longtemps », me répéta-t-il plusieurs fois. Je compris que ces paroles s'adressaient plus à lui-même qu'à moi, mais j'éprouvai de l'admiration à son égard : alors qu'il aurait pu décider de rester sur le chariot, ou même de ne pas nous accompagner, il avait décidé de partager le risque comme le succès.

On nous escorta jusqu'au jardin. Les convives avaient mangé et bu, et l'on percevait la bonne humeur qui s'était répandue dans la compagnie, y compris chez les gardes qui nous ordonnèrent d'attendre à l'entrée. Des musiciens jouaient d'instruments à cordes et de flûtes, des jeunes filles dansaient, un poète déclamait quelque chose qui devenait incompréhensible dans le vacarme entrecoupé de sonores éclats de rire. Des torches illuminaient le soir dans le jardin. Je cherchais le roi du regard. Il était sur une estrade avec une femme, sous un baldaquin de voiles pour se protéger des insectes du soir et de l'haleine de ses sujets. Delia, dont les yeux reflétaient la lueur des torches, suivait le moindre mouvement des convives, regardait les tissus des vêtements, les reflets des bijoux aux poignets et sur les bras des femmes, leurs coiffures. Elle observait leur façon de manger, de sourire, leurs gestes et les caresses échangées. Je me persuadai, par jalousie, qu'elle aurait donné n'importe quoi pour faire partie de cette cour. Moi aussi, j'observais attentivement, mais je n'éprouvais pas d'envie : ces vociférations, ce mélange nauséabond d'odeurs de nourriture, de parfums et d'onguents qui rendaient les corps lisses et luisants, ces restes de viande abandonnés dans les plats ou lancés aux chiens, ces serviteurs courant avec les cruches pour satisfaire la soif et le désir de vin, cette gaieté forcée qui ne me semblait pas authentique, tout cela provoquait en moi de l'ennui. Les voilages entourant le roi servaient en réalité à tenir éloignés les convives et leurs urgences, demandes de faveurs ou recommandations. Un maître de cérémonie, le seul autorisé à approcher le roi, était souvent hélé par les commensaux qui lui chuchotaient quelque chose à l'oreille. Il acquiesçait ou écartait, rassurait ou haussait les épaules. Puis il allait au roi, indiquant les commensaux, rapportant leurs prières. Le roi ne parlait pas. Il répondait seulement par gestes : quand il souriait, le maître de cérémonie souriait à son tour à l'invité pour l'informer de l'accord ; quand il faisait cesser d'une grimace les paroles du maître de cérémonie, celui-ci remuait la tête en signe de dénégation, et l'hôte encaissait le refus. Je me rendis compte de la discordance des sentiments qui traversaient cette fête. Ceux qui avaient obtenu ce qu'ils étaient venus chercher n'avaient plus besoin de faire montre d'une allégresse exagérée et factice et s'apaisaient dans la quiétude du repas et de la coupe de vin ; par contre, ceux qui n'avaient rien obtenu continuaient à s'esclaffer jusqu'à en devenir pénibles. Peut-être pour montrer combien ils tenaient peu à l'approbation refusée. Peut-être pour masquer leur rage et noyer leur humiliation.

Le garde qui nous retenait fit un signe au maître de cérémonie, celui-ci s'approcha du roi et nous montra du doigt. Le roi sourit, et le maître de cérémonie fit signe qu'on nous laisse entrer. Je traversai le jardin, suivi timidement des autres, espérant que le maquillage cacherait mon trouble et ma peur. Une fois au centre du jardin, entouré des commensaux qui ne s'étaient même pas aperçus de notre entrée, je ressentis tant de dégoût pour cette humanité parasite et vulgaire, obscène jusque dans les gestes les plus simples et naturels – manger, boire –, les mains pleines de la graisse des viandes, les coûteux habits tachés du rouge du vin, les bouches béant sur de gros rires, que ma voix de gamin tonna d'un timbre sombre de prophète furieux et ironique. Je ne me reconnaissais pas moi-même. « Seigneurs gras et ivres désormais, voici venu le moment de renoncer au privilège de votre arrogante inattention… » Immédiatement le silence se fit. Tous me regardèrent en cherchant sur la grimace des crèmes de mon visage quel sens donner à ces paroles. Je lus sur leurs faces de l'incrédulité et de l'inquiétude. Je croisai le regard de Barabbas, extrêmement pâle ; il cherchait du coin de l'œil l'issue la plus proche pour fuir. Après une longue pause, je repris : « Tenez en laisse votre faim et laissez quelques bribes d'agneau, quelques cruches de vin pour cette compagnie d'acrobates et de mages venus rendre hommage à la générosité de notre hôte. » Je fis un sourire faux et une révérence exagérée à l'adresse du roi qui, en réponse, leva sa coupe vers moi. Ce geste parut rassurer tout le monde. J'annonçai le numéro de nos colosses en les présentant comme des demi-dieux capables de déraciner ce palais royal de ses fondations, de repousser n'importe quel assaut des hommes d'armes, mais incapables de soulever un seul des commensaux, car ceux-ci étaient trop gras et repus. Je poursuivis sur ce ton moitié ironique moitié offensant qui semblait beaucoup amuser le roi et, par émulation, les convives aussi. À la fin, après mon duo avec Delia, après ma dernière révérence hypocrite, le roi applaudit avec conviction – il paraissait partager mes jugements sur ses hôtes –, entraînant les commensaux dans une ovation. Le maître de cérémonie nous remit une bourse pleine de pièces, et nous nous éloignâmes au fond du jardin, laissant la scène au vieux guérisseur.

Celui-ci se présenta seul, sans son petit étalage de miracles. Il s'inclina vers le roi et remercia les invités. En fait, après notre représentation, tout le monde avait recommencé à manger et à rire sans prêter attention au vieux qui annonça son numéro de guérison, lequel, dit-il, allait cette fois défier les lois inéluctables de la nature. Il fit un signe et, de l'entrée, arrivèrent ses deux jeunes complices portant l'étal du marché transformé en lit mortuaire. Un suaire enveloppait un corps. Les jeunes traversèrent le jardin avec leur funèbre fardeau. Les commensaux leur firent place avec horreur. Le vieux fit raconter aux deux jeunes la triste histoire de leur père, décédé subitement la veille. Ils ne savaient pas expliquer de quoi il était mort, ils étaient déjà orphelins de mère et ne se consolaient pas d'affronter la vie sans cet homme bon et laborieux. Ils pleuraient des larmes tellement vraies que l'on pouvait déceler la pitié dans les regards des spectateurs. Le vieux s'approcha du cadavre et défit les cordes qui retenaient le suaire. Il le découvrit, et tout le monde vit l'homme miraculé de la veille dans une immobilité macabre, son visage terreux enveloppé du front au menton par un bandage, ses yeux marqués de profonds cernes noirs. Sa mort semblait évidente, pas un frémissement ni une respiration, pas même un petit souffle feint. Le vieux posa une oreille sur la poitrine de l'homme, se releva, demanda à l'assistance si quelqu'un voulait vérifier l'absence de battements, mais personne ne s'avança. Il invita alors le maître de cérémonie à certifier lui-même le décès. Celui-ci, renfrogné, refusa avec dédain : il ne profanerait pas, dit-il, la mort de cet homme. Barabbas, qui avait la faculté de pressentir les dangers, nous ordonna de nous éloigner et de regagner sans tarder le chariot. Moi, par contre, je voulais voir et laissai les autres sortir. Je restai là, à regarder la ruine de ce vieux. Avec des gestes théâtraux, il sortit une fiole de verre foncé, demanda aux deux orphelins d'ouvrir la bouche du cadavre. Ils s'y employèrent longuement, le froid de la mort ayant figé les nerfs et les muscles. Ils y parvinrent finalement, et le vieux, lentement, afin que personne n'oublie jamais, versa quelques gouttes dans cette bouche inerte et béante. Les jeunes s'éloignèrent pour que tout le monde puisse voir.

Le public était hostile. Il accueillit sans stupeur le premier frémissement, puis la convulsion habituelle qui ébranla le mort. Celui-ci ouvrit les yeux et s'assit agilement sur son catafalque. Les jeunes s'agenouillèrent pour étreindre ses jambes en pleurant de joie. Le vieux baissa la tête et ouvrit les bras, attendant les applaudissements. Mais un silence soudain et menaçant figea les gestes. Il avait suffi d'un regard du roi, et l'ordre, par l'intermédiaire du maître de cérémonie, était immédiatement parvenu aux hommes de garde qui entrèrent, entourant le vieux et ses acteurs. Tandis qu'on les traînait dehors, je pus entendre leurs plaintes, ils demandaient la raison de ce traitement, de cette arrestation. Ils ne comprenaient pas. Moi, si, je comprenais. La mort et la résurrection étaient étrangères à la juridiction de ce roi et de sa cour. Ils ne pouvaient accepter que d'autres, en vérité ou en fiction, se l'approprient.

Je réussis à sortir sans difficulté. Les gardes étaient tous occupés à prêter main-forte : les hommes arrêtés réagissaient avec véhémence, on le comprenait à leurs supplications et aux ordres donnés aux hommes d'armes. Je rejoignis le chariot, qui reprit sans tarder la route. Nous continuâmes à marcher afin de laisser derrière nous cette nuit-là. À l'aube seulement, nous fîmes halte en lisière d'un bois pour dormir, enfin.

5

Ce roi qui ne gouvernait que par gestes et avait en horreur la mort, et même sa fiction, était Hérode Antipas, fils du roi qui haïssait les enfants, en tournée de surveillance dans les palais qui avaient été les demeures royales de ses frères à la mort de leur père. Un voyage loin du vacarme de Jérusalem et de sa cour étouffante. Les Romains lui accordaient le luxe de sa bizarrerie – l'apparence du pouvoir seulement – afin que la trame de la tyrannie reste dissimulée à l'ombre de ses intempérances, que l'horreur des répressions et des condamnations soit imputée à une tare ancienne de son lignage fou, au plaisir du luxe et du sang d'un souverain sans royaume, vidé de toute décision autonome, sans descendance et sans mémoire. L'apparence même de son pouvoir royal semblait désormais effilochée et amenuisée : tout le monde voyait les fils qui faisaient bouger ce pantin.

Je me souviens de cette soirée au palais, des tuniques des commensaux maculées de graisse, de la mise en scène du vieux avec la fausse résurrection, des visages des hommes d'armes lorsqu'ils surgirent pour l'arrêter. Je suis assis à table avec ma mère, nous mangeons la purée de fèves, et je me souviens. Notre pain a un goût de cuir. En silence, je verse de l'eau à ma mère. Nous parlons peu, nous échangeons quelques mots seulement sur la journée, le travail au jardin, le labeur et l'ouvrage livré, sur le troc d'aliments avec les voisins, ses visites aux malades et aux vieux qui n'ont pas le soutien de leur famille. Notre silence nous permet de percevoir les bruits de l'extérieur : la brise qui arrive du nord en milieu de journée, au moment du repas, et agite les oliviers, les tuniques et les étoffes suspendues pour sécher. Ce sont les étendards de la maison et ils claquent au vent comme des bannières : cette maison est la pauvre demeure d'un travailleur. Nous écoutons les bruits des animaux, les oies et les poules qui réclament les restes de notre repas, le chien noir et solitaire si différent de Clou – il doit être mort à présent : comme elle me manque, sa stupeur d'être au monde – qui connaît nos horaires et aboie pour quémander un morceau de pain sans s'approcher trop près, car il ne veut pas être pris pour un prédateur. De temps à autre nous parvient un son humain. Ce sont les voisins qui appellent à grands cris les jeunes enfants parce qu'il est l'heure de manger. J'entends la respiration de ma mère et le bruit qu'elle fait en mâchant. Juste par curiosité, je me suis enquis du père du roi, Hérode le Grand. Ma question, qui rompait notre silence habituel, si étrangère au respect que nous avons de nos solitudes, l'a troublée. Elle m'a répondu d'un haussement d'épaules. Au bout d'un long moment, elle a décrété : « Maintenant, il n'est que poussière. » Il vaut mieux laisser au silence toute question et toute réponse. Il nous faut aller de l'avant, comme elle le fit avec mon père en fuyant avec moi en Égypte.

Mon père. Lui aussi m'a trahi. Non parce qu'il s'est enfui dans la nuit, échappé comme un fugitif, sans me laisser un mot, si ce n'est ce mensonge du voyage pour le travail que ma mère me répétait pour me rassurer, sans même une certitude. Il m'a trahi parce qu'il ne s'est pas laissé retrouver pendant mon si long voyage. Je l'ai cherché jusqu'au ridicule de mes masques de crèmes orientales et du turban de notre cirque, en m'infligeant la violence de mes mensonges de présentateur dégourdi, en ouvrant mon cœur de jeune homme à la douleur précoce de l'amour et de l'abandon. C'est la seule certitude. Je pense à mon père – à son absence – pendant que je débarrasse et lave nos bols, pendant que je me repose dans la cour en regardant des promesses d'orage qui ne se réaliseront pas, pendant que je rabote des planches, qui me rapporteront peu, avec des tessons de verre que j'ai dû émousser moi-même parce que lui, mon père, n'a pas laissé les siens. Il avait un projet : gagner sa vie ailleurs, loin de nous. Loin de moi. Mon père m'a trahi. Comme les autres l'ont fait.

Lorsque nous nous réveillâmes aux premières lueurs de l'aube après avoir fui le palais, nous

nous racontâmes la chance que nous avions eue d'échapper au sort du vieillard et de ses acteurs. Il aurait fallu peu de chose, une phrase de trop, et nous subissions la mauvaise humeur de ce roi et de sa cour. Barabbas annonça que le mérite m'en revenait si nous nous en étions tirés. Il expliqua que mes provocations, mes boutades avaient poussé le roi et le ramassis de ses dignitaires sur un terrain qui leur était inconnu : nous marchions sur le fil du rasoir, mais j'avais été assez malin pour les désorienter. Barabbas montra à tout le monde la bourse contenant l'argent de notre succès qui devait nous faire oublier le drame du vieux. Avec notre accord, il proposa de garder ce gain important dans la cachette secrète, sous le chariot. Quelques marchés encore, quelques reprises de notre cirque et chacun toucherait sa part. Ensuite, nous déciderions tous ensemble si nous continuions et avec qui. C'est seulement à ce moment-là que je compris à quel point ces longs mois de voyage dans le sillage du chariot m'avaient distrait – dévoyé – de ce qui avait rendu mon départ nécessaire : chercher mon père. Cette aventure adoucie par la présence de Delia, par les nouvelles amitiés, les rencontres inattendues, par la découverte de mes aptitudes et qualités inédites – en d'autres temps j'aurais tenté de les cacher, par honte – m'avait détourné de l'urgence de ma recherche. Soudain, je me sentis en faute : il avait suffi que je sorte du cocon de la maison de Nazareth pour que mon horizon se trouble, pour que se dévoile cette part de moi indécise jusqu'à l'indifférence quant au destin des personnes aimées. Je m'éloignai du chariot. Je sentais le besoin de rester seul, de me raconter à moi-même comme je ne l'avais jamais fait, sans masques ni travestissements. J'entrai dans les bois, avançai dans les fourrés sans but, emporté par mes pensées, mes émotions qui se transformaient peu à peu en blessures. La fragilité enfantine qui, au cours de ces mois, avait gagné en maturité et en assurance était encore une fois sur le point d'avoir le dessus. Les larmes que j'avais réprimées revinrent mouiller mes joues. Je me jetai à terre, submergé par la douleur que me causaient ma condition d'orphelin indifférent et la nostalgie de ma mère abandonnée à sa solitude.

Je pleurais en respirant l'odeur d'herbe et de terre, je percevais de minuscules mouvements d'insectes dans les feuilles sèches, j'entendais les oiseaux dans les nids, dérangés par mes pleurs. Lentement, distrait par ces bruits, je parvins à me calmer. Je m'assis et regardai autour de moi. J'étais dans une petite clairière où le soleil filtrait à peine. Le calme de toute chose eut un effet contagieux et je pus de nouveau respirer profondément. Une pensée se fit jour, enfin : rechercher son père revient, surtout, à s'en libérer. Jésus enfant cherchait Joseph à travers ses choix différents, bizarres, même. Au fond, mon voyage avait eu un succès partiel, triste peut-être. J'étais en train de devenir un adulte différent de mon père. Je le trouvais en le désavouant. Restait à affronter la nostalgie que j'avais de ma mère. Plus ardue, car coupable. Je me la rappelais comme je l'avais vue la dernière fois depuis la colline : cette femme jeune, ignorante de ma fuite, balayant devant la porte. Le matin de ma fuite, j'imaginai alors sa surprise et sa douleur quand elle s'apercevrait que je n'étais plus dans mon lit. Quelles pensées, quelles émotions, quelles peurs seraient sa compagnie pendant mon absence ? Quelle déception viendrait la torturer ? En l'abandonnant, j'avais aussi abandonné le projet imprononçable qui brûlait dans ses yeux quand elle m'observait dans ma petite enfance, qui avait pris corps et force durant ma croissance, ce projet qu'elle gardait pour elle, secret, face à l'inconciliable et plus humble désir de mon père qui me voulait fils laborieux, à son image et à sa ressemblance. Pour moi, au mieux, il cultivait l'espoir que je redresserais le bois tordu et capricieux de l'olivier : il était resté pour lui incoercible et détestable. Ma mère, par contre, comme toutes les femmes qui ont des enfants, était certaine que son fils changerait le monde. Il en bouleverserait la perspective, il arrêterait l'inertie stérile du temps qui lui paraissait figé et immuable. Cela dans l'intérêt de chacun, mais surtout à son bénéfice à elle, la femme, la mère : son fils tracerait pour elle un nouveau destin.

Tout en réfléchissant sur ma mère, je me rendis compte que je ne savais pas comment retrouver le chemin menant au chariot. J'avais marché un long moment sans me soucier de la direction, sans laisser un repère qui me permette de ressortir des fourrés. L'angoisse d'avoir abandonné la recherche de mon père avait fait le reste : je ne savais plus où j'étais. J'avais beau scruter attentivement les lieux en quête d'une marque, j'avais beau revenir à ma position en cherchant parmi les arbres un souvenir de la direction que j'avais suivie, le monde s'était fermé à tout dévoilement. J'étais perdu. Je n'avais pas peur ; ce qui m'ennuyait, c'était la certitude que j'allais mettre des heures pour retrouver mon chemin. Désormais résigné à devoir chercher longuement le chariot, je perçus des pas sur les feuilles sèches. Delia. Elle avançait vers moi au milieu des arbres. Lorsqu'elle sortit de l'ombre, je la vis sans la protection des voiles qui cachaient la cicatrice sur sa joue. Elle sentait elle aussi le besoin de se raconter sans travestissement, sans se camoufler. Elle ne prononça pas un mot et vint s'asseoir à côté de moi, sur les feuilles sèches. Elle me prit une main et me demanda pourquoi je pleurais. Je répondis que j'éprouvais de la nostalgie pour mon père et pour ma mère. « Moi, je n'ai aucune nostalgie de mes parents. » Je fus surpris. Instinctivement, je caressai la cicatrice qui lui balafrait le visage et trouvai enfin le courage de lui demander comment c'était arrivé. Alors, Delia parla.

Sa famille venait de l'ouest, de Grèce peut-être. La fente de ses yeux verts racontait les origines mêlées de ceux qui ont voyagé par mer, de peuples différents qui avaient trouvé en elle la plus douce des synthèses. Dans son enfance, elle parlait une autre langue, oubliée maintenant. Il lui arrivait de prononcer des mots inconnus, étrangers, détachés du sens de ses phrases. Souvent, ces mots lui revenaient dans son sommeil. C'était là seulement qu'ils se remplissaient d'un sens qui s'évaporait à l'aube. Elle avait beau s'efforcer de s'en souvenir et de les prononcer à l'état de veille, la grammaire des rêves demeurait obscure, elle se figeait sur ses lèvres. Les mots de ses ancêtres, restés peut-être dans la famille comme un héritage des premiers arrivants en terre étrangère, s'étaient peu à peu perdus.

Elle avait été belle dès son enfance. Elle avait compris très tôt que son père avait parié sur sa beauté. Il était pauvre et sans dignité. Il n'avait pas de métier et vivait de la générosité des puissants qui régnaient sur les lieux où la famille était obligée de s'arrêter. Cherchant des expédients pour échapper au travail, il s'offrait aux plus forts pour des besognes infâmes de délation, souvent à partir d'accusations sans fondement, devinant en eux leurs fragilités les plus intimes, la nature inquiète des seigneurs. Il se faisait annoncer dans les palais avec l'excuse d'informations de première urgence, vitales pour le maître des lieux. Une fois en leur présence, il était capable d'inventer des trames de complots, de dévoiler des conspirations, d'en indiquer les auteurs. C'était le seul domaine où il excellait. Quand il était parvenu à susciter leurs craintes, il se faisait payer et s'enfuyait de nuit avec sa famille.

À l'âge de onze ans, sa poitrine s'étant formée, Delia avait commencé à sentir le regard des hommes sur elle. Ce n'était pas seulement de l'admiration pour sa beauté, c'était quelque chose d'autre. Son père avait tout de suite deviné ce qui se cachait derrière ces regards et, quand il se présentait devant les notables pour leur susurrer ses mensonges, il l'emmenait avec lui. Delia avait douze ans lorsqu'un jeune tyran était tombé amoureux d'elle. C'était une personne horrible. Non par son aspect – Delia n'avait pas encore compris ce qu'était la beauté chez les hommes –, mais par la cruauté qui luisait dans ses yeux. Cet homme avait aussitôt formulé une demande en mariage à son père. Il la voulait à tout prix. D'abord à coups de louanges et de promesses, ensuite avec des menaces voilées. Le père résistait, juste ce qu'il fallait pour faire augmenter le prix de sa fille. Il avait fallu toute la force et tout l'entêtement de la mère pour le convaincre que Delia était encore trop petite pour la mettre entre les mains de cet homme. Il fallait d'abord qu'elle l'instruise sur la manière dont les hommes se comportent dans les choses de l'amour, sur la façon de se protéger, celle de se donner. Lui, son père, ne voudrait tout de même pas qu'on lui renvoie honteusement sa fillette à cause de sa candeur et de la naïveté de son manque de préparation. C'est cela que la mère avait chuchoté à l'oreille du géniteur, comme cela seulement qu'il s'était convaincu de résister encore aux assauts du tyran.

Delia racontait tandis que la nuit tombait parmi les arbres. Je ne parvenais plus à lire les émotions dans ses yeux, son geste naturel de porter la main sur sa cicatrice quand l'émotion de son récit faisait trembler sa voix. Je voyais seulement l'auréole de ses cheveux dans la dernière lueur du couchant. Elle ne s'interrompit qu'un instant, lorsqu'elle se rappela le moment où elle fut anéantie en comprenant tout à coup que son père était un ennemi, avec la complicité de sa mère : il ne lui restait plus rien de l'illusion d'amour familial qui l'avait rassurée depuis sa naissance. Moi qui écoutais, j'éprouvais la honte des privilégiés et je repensais à la chance que j'avais, à l'amour tellement gratuit et inconditionnel de mon père et de ma mère, à leurs peines et à leurs sacrifices.

Delia reprit son récit. Le désir de cet homme autoritaire et violent s'était fait plus pressant. Même si la mère avait réussi à empêcher son mari d'emmener la fillette au palais, ce triste personnage envoyait à la porte de la maison des messagers menaçants qui ne voulaient parler qu'à lui, le père. Au premier coup frappé à la porte, sur ordre de sa mère, Delia courait se cacher ; elle écoutait alors le dialogue du père avec ces envoyés : des chuchotis, de longs silences, des paroles à peine ébauchées qui devaient sans aucun doute être renforcées d'une mimique, d'un geste de la main, d'un clin d'œil pour être totalement comprises.

Quand ces hommes-là s'en allaient, le père refermait la porte et il ne restait à Delia de ces face-à-face mystérieux que la sensation toujours plus vive d'une menace : *je parviendrai jusqu'à toi.* La dernière conversation sur le seuil avait été décisive. Après les chuchotis habituels, Delia avait entendu des coups sourds, des jurons, un gémissement retenu dans le creux des mains. Le père avait refermé la porte, et Delia, ayant quitté sa cachette, avait vu son visage blême, ses yeux écarquillés, un filet de sang qui coulait de l'oreille. La mère, les mains sur la bouche, l'avait fait asseoir pour nettoyer sa blessure et avait éloigné Delia, pâle elle aussi, torturée par la culpabilité et des pressentiments. Mais celle-ci avait cependant pu entendre les échanges entre ses parents : « Il veut la voir, disait le père. Si je ne l'emmène pas demain avec moi, il viendra lui-même la chercher. » Ainsi, le lendemain, Delia accompagna son père une fois encore.

Le soir était lourd et sombre maintenant. Delia, devant moi, était une ombre que je distinguais par moments dans la clarté du ciel qui attendait la lune. Au son entrecoupé de ses paroles, je devinais qu'elle pleurait, son récit était devenu haché, difficile. Mais je ne percevais pas les nuances de la terreur qu'elle avait éprouvée en suivant son père sur le chemin du palais, ses pensées, la solitude qui, pour la première fois, se présentait comme une compagne inséparable.

Lorsqu'ils avaient pénétré dans la cour du palais, de nombreux hommes en entouraient un autre qui avait les mains liées derrière le dos, tandis qu'un dernier avait un fouet dans la main. Elle avait eu l'impression que c'étaient elle et son père qu'ils attendaient. À voir les regards pleins de haine et de peur qu'il jetait à son père, elle avait compris que l'homme aux mains liées devait être une des victimes de ses manigances et de ses délations. Ils avaient attendu en silence, jusqu'au moment où une porte avait livré le passage au maître des lieux. Il avait l'allure arrogante des jeunes gâtés par le luxe et le pouvoir. Il avait regardé Delia avec défi, fait un geste, et l'homme au fouet avait d'un coup sec déchiré le vêtement de celui qui était lié, l'avait forcé à s'agenouiller et s'était mis à le flageller. Dans le silence glacé de l'assistance, on n'entendait que les cinglements du fouet et les hurlements de l'homme. Celui-ci eut bientôt le dos zébré de plaies, mais le maître n'était pas satisfait. Il avait arraché le fouet des mains du bourreau et continué lui-même, encore plus fort, avec un plaisir violent et cruel. Après chaque coup, il s'arrêtait et regardait Delia dans les yeux en faisant glisser dans sa main le cuir ensanglanté, comme pour lui insuffler plus de férocité encore. Il n'avait cessé que par lassitude, tandis que l'homme s'effondrait, évanoui. Le maître, le fouet toujours dans la main, s'était approché du père de Delia, glacé de terreur, l'avait regardé avec une promesse dans les yeux, puis avait tourné les talons.

Dès leur retour, le père avait parlé à sa femme. Ils ne pouvaient plus gagner de temps, il fallait faire quelque chose tout de suite. Delia, qu'ils avaient éloignée, écoutait en cachette. Ses parents avaient évalué la possibilité d'une fuite immédiate. Ils avaient eu l'idée de rassembler l'indispensable et de quitter la maison dans l'instant. Mais lorsque la mère avait ouvert la porte pour prendre sur l'étendoir le linge qui pourrait servir durant le voyage, elle avait vu les messagers du maître qui surveillaient la maison. Impossible de fuir. Ils avaient alors décidé de livrer Delia. Sans dire un mot, la mère avait lavé la fillette, l'avait vêtue de sa plus belle tunique, avait mis des fleurs dans ses cheveux. Ils étaient sortis tous les trois de la maison, suivis à brève distance par les hommes du maître qui riaient du succès facile de leur opération d'intimidation.

Lorsque Delia et ses parents s'étaient présentés au palais, les huissiers et les gardes les avaient laissés passer sans aucune question. Ils les avaient fait entrer dans une salle en leur disant d'attendre. Le maître était arrivé peu après, les yeux brillants de satisfaction, comme un enfant. Il avait rassuré les parents : leur fille serait respectée et traitée comme une reine. Il savait se montrer reconnaissant et généreux, ils tireraient profit eux aussi de l'amour qu'il vouait à Delia. S'étant approché de la fillette, il lui avait caressé la joue. Puis, manifestant une hospitalité inédite, il avait décidé de montrer son palais à Delia et à ses parents. Il les avait conduits en personne le long des escaliers et des salles, à travers la chambre à coucher, jusqu'aux cuisines où la braise brûlait déjà et où les domestiques préparaient le dîner. Il y avait sur la table un grand couteau qui avait servi à écorcher les animaux. Delia s'en était saisie, s'était tournée vers l'homme et, à l'endroit même du visage où il l'avait caressée, elle avait posé la lame et avait coupé.

La nuit était désormais tombée sur les arbres. Gémissant de douleur, Delia pleurait presque comme si elle venait à l'instant de s'infliger la blessure. Toutes mes hypothèses se révélaient fausses, et injustes. J'aimais Delia et sa cicatrice de liberté. J'aimais la petite fille qu'elle avait été, son acte courageux, si cruel envers elle-même et en même temps si généreux. Je m'approchai de Delia et l'embrassai. Elle se sentit rassurée et raconta encore comment le maître l'avait immédiatement éloignée du palais, avait donné aux domestiques l'ordre de nettoyer le sang qui avait souillé le sol, et banni les parents. Le lendemain, le père, avec l'excuse de trouver un guérisseur pour recoudre la cicatrice que s'était infligée Delia, était parti avec elle sur un chariot vers une autre ville. Après de longues heures de trajet, il avait arrêté les animaux et ordonné à Delia de s'éloigner pour faire ses besoins au milieu de rochers. Bien que n'ayant aucune urgence, elle avait obéi. Le terrain était pentu, et elle peinait à monter à cause des pierres et des rochers, ses sandales légères ralentissaient sa marche et elle se blessait à chaque pas. Au moment où elle s'était dissimulée pour faire ses besoins, elle avait entendu le chariot qui reprenait la route. Elle s'était relevée, avait essayé de le rattraper, mais le sol était trop accidenté. Elle était tombée, s'était écorché les genoux. Son père l'avait abandonnée. Voilà ce que Delia avait appris : comment abandonner. Ainsi avait-elle commencé une nouvelle vie de femme adulte, seule, sur la route. Avec la joie, la solitude, les compromis de sa nouvelle liberté. Sa blessure encore fraîche s'était transformée en cicatrice et Delia avait appris à vivre une grande partie de la journée sous un voile. Quelques années plus tard, elle avait rencontré Barabbas et son cirque.

L'obscurité nous avait séparés de tout. J'avouai à Delia que je ne savais pas comment revenir au chariot. Elle se mit à rire au milieu des larmes de sa mémoire balafrée : elle comptait sur moi pour revenir. Nous riions tous les deux de notre incapacité à être des adultes, de n'avoir pas pensé au chemin du retour, de ne pas posséder la sagesse des précautions. « Qui sait ce que les autres vont s'imaginer à propos de notre absence ? » lui dis-je imprudemment. Delia devint soudain taciturne et sérieuse. Je ne voulais pas l'offenser ni rien lui proposer, alors que j'avais déjà rêvé de lui caresser le bras et de l'embrasser. Je pensais que, maintenant qu'elle avait posé ses lèvres sur les miennes et fait ce long récit personnel et douloureux, notre intimité était plus forte. Au contraire, Delia s'écarta de moi, se mit debout en cherchant à se frayer un passage pour revenir au chariot. Ce silence plein de gêne fut rompu par les aboiements joyeux d'un chien. Clou ! Il nous avait cherchés et trouvés. C'est lui qui, après avoir été récompensé par des caresses et des embrassades, fut notre guide.

Comme je l'avais imaginé, les autres nous accueillirent avec des clins d'œil complices et des phrases à double sens. Barabbas cependant était sérieux et silencieux. Il nous dit qu'il était tard et qu'il nous fallait aller dormir. Le lendemain allait être une dure journée. Juste après le tournant, au-delà des fourrés, s'ouvrait le marché d'un village où nous allions donner notre spectacle décisif.

Je repense à ce matin-là tandis que je m'active dans mes premiers travaux quotidiens. L'aube de Nazareth, avec sa répétition immuable, m'accueille dans l'illusion de la promesse : aujourd'hui, il se passera quelque chose, il est temps de changer. Le monde, vu du jardin potager où je trouve refuge chaque soir, encore enveloppé dans l'obscurité, dans les collines qui répètent les mêmes bosses, les mêmes gorges et creux, semble différent. Tout m'apparaît comme venant de naître. Les nœuds et les veinures du bois sur les planches rabotées ont pris des plis et des directions qui, jusqu'à hier, n'étaient pas là, comme si les diables de la nuit s'étaient amusés à effacer les signes du passé pour les reformuler sous l'habit de la nouveauté. J'ai toujours la sensation que le jour prépare un piège. Même les bruits des ablutions de ma mère – par pudeur, elle attend que je sois sorti de la maison pour se laver – ont des sonorités jamais ouïes. Chaque fois, un détail varie pour m'offrir de l'espoir : aujourd'hui sera différent. Mais il n'y a pas de nouveauté, et cette plaisanterie d'ombre et de lumière se répète à l'identique depuis toujours.

Lors de cette aube de mon adolescence aussi, dans le marché du village, avec le soleil qui peinait, il me sembla qu'un jour nouveau se levait. Le premier regard de Delia, d'ordinaire si paresseuse au réveil, si lente à sortir du chariot, était ce matin-là plus vif et dispos que d'habitude. Différents étaient aussi les yeux de Barabbas, d'ordinaire éclairés d'une flamme intelligente, qui semblaient voilés d'inquiétude et d'angoisse. J'avais appris à comprendre le moment où il était en train d'élaborer un projet, une aubaine, une escroquerie. Une fuite.

Lorsque le marché se remplit de paysans qui revenaient des champs pour vendre un peu et acheter un peu, de mères avec des enfants dans leur sillage et des nourrissons dans les bras, d'artisans du bois, du cuir et des métaux, nous décidâmes de monter sur scène. Le mage égyptien avait déjà dissimulé mon visage sous les crèmes et le turban : un travail attentif, scrupuleux, comme s'il sentait lui aussi, sans en être conscient, à quel point ce jour serait décisif. Une fois encore, je fis la présentation du spectacle, avec mes clins d'œil habituels, mes provocations mesurées, mes plaisanteries ironiques sur mes compagnons de foire. Le public riait. Pourtant je ressentais le caractère usé de ces paroles, leur goût de vieux, de rabâchage. Ma propre voix me semblait celle d'un autre, un adulte à la fausse désinvolture de gamin, un bonimenteur de produits déjà passés. Je n'arrivais plus à trouver des mots nouveaux, une lymphe nouvelle dans ce scénario fatigué.

Combien de fois, même à l'âge adulte, les événements quotidiens, les rares conversations avec ma mère et avec les voisins, les phénomènes atmosphériques, le passage des nuages, le ferment de l'air même, apportaient un message, un présage, un avant-goût de futur à peine incubé et non défini.

Et de la même manière cette sensation de jouer un rôle éculé en débitant des paroles fausses m'avertissait qu'un parcours prenait fin, qu'un temps allait se clore pour qu'un autre s'ouvre. Ce que le futur me réservait, j'allais le comprendre bien vite.

Dans ce marché également, le spectacle fonctionna bien. Les gens riaient, applaudissaient, retenaient leur souffle dans les moments les plus casse-cou – nous étions forts pour ce qui était de la fiction sans risques, de la force sans la fatigue –, encourageaient les numéros et les acrobaties par des exclamations, mais ils firent un silence ému lorsque Delia, accompagnée par ma flûte, s'exhiba dans sa danse voilée. Je m'efforce de conserver un éclat de ce moment dans ma mémoire, mais il est de plus en plus mince, labile. Et ce n'est pas la douceur de Delia qui est restée ancrée dans le souvenir. C'était la dernière fois que je l'accompagnais avec ma flûte. C'étaient les derniers instants où je la voyais. Ou plutôt les avant-derniers.

Quand je cessai de jouer, les gens s'avancèrent avec leurs cadeaux et leurs pièces. Ce fut un succès. Nous ramassâmes nombre d'oboles et beaucoup de nourriture. Puisque je mettais des mots sur les présentations, le public avait décidé que c'était moi le directeur de la troupe, que c'était moi qui menais cette mise en scène de supercheries. Tout le monde cherchait à me voir et me faisait des compliments. On me demandait de serrer la main aux colosses de la troupe, de jeter un coup d'œil dans la caisse de la contorsionniste, de fouiner dans les maquillages du mage égyptien, de regarder encore une fois la beauté voilée de Delia. Parmi toutes ces personnes, un homme vêtu de tissus de prix s'approcha : c'était un commerçant qui avait fait fortune grâce au transport de fruits et légumes, payant à bas prix les paysans et revendant cher à la ville. Il était enthousiaste de nos numéros. Il avait des sourires sincères et une lueur d'admiration dans les yeux. Il voulait nous inviter à dîner chez lui et écouter nos récits de nomades saltimbanques. Je me mis en quête de Barabbas pour l'informer de cette invitation. Il était assis seul, à l'écart du groupe, pensif. Je lui parlai du repas gratuit qui nous était offert : jamais nous n'avions refusé une invitation à manger. Barabbas demeura longuement silencieux. Puis il me dit que nous pouvions y aller, mais sans lui, car il ne voulait pas laisser le chariot abandonné au marché. Il se méfiait de certains individus qu'il avait entrevus dans le public, disant qu'ils rôdaient alentour. C'était la première fois que Barabbas renonçait à une offre de nourriture.

Avec les autres, nous suivîmes le commerçant. Il vivait dans une riche demeure de l'autre côté du village, au milieu de la campagne, entourée de splendides oliviers chargés de fruits désormais prêts pour la cueillette. Des émissaires nous avaient précédés pour annoncer ce repas et mettre les cuisiniers à l'ouvrage. Des viandes cuisaient sur le feu, des légumes étaient déjà sur la table, avec le vin. Notre hôte fut divertissant. Surmontant sa timidité, il nous montra quelques tours de jongleur avec de petites balles de cuir qu'il lançait en l'air, en accroissant peu à peu leur nombre. Il était habile. Il nous demanda si ce numéro ferait fortune dans notre cirque : il en avait assez de mener cette vie de sacrifice qu'était son métier de commerçant. Toujours en déplacement pour de longs voyages et par tous les temps, trempé de sueur lors des grandes chaleurs estivales ou les jambes dans la boue des campagnes à la saison des pluies. Nos regards se croisèrent et nous tous, de la troupe, éclatâmes de rire : oui, telle fut notre réponse, il aurait du succès, mais nous lui conseillâmes de ne pas abandonner son travail. Le repas fut long, bien accompagné de boisson. Moi, encore avec mon maquillage et le turban sur la tête, j'étais le centre de l'attention. Je riais et j'étais aimable avec tout le monde, même si je ressentais une sorte de malaise, comme une fausse note.

Ce sentiment de fin que j'avais éprouvé pendant le spectacle était revenu, et ma gaieté n'était pas authentique. Qu'est-ce qui me troublait ? J'étais un garçon pourvu d'antennes sensibles, mais d'une faible capacité d'analyse. Quand j'y repense aujourd'hui, j'avais tout sous les yeux, mais j'étais incapable de comprendre. Je cherchai autour de moi la raison de cette angoisse, sans la trouver. Je regardai les hôtes, scrutai mes compagnons et, à la fin, je compris : Delia n'était pas avec nous. Comment son absence avait-elle pu m'échapper ? Moi qui étais si attentif à sa personne, si fasciné, captivé par le corps que j'imaginais sous les voiles, j'étais parvenu à l'oublier pendant quelques heures. Je pensai que, par souci de pudeur, elle était restée à l'écart, sous les oliviers, dans le jardin, pour ne pas susciter encore la curiosité. Je partis à sa recherche. D'abord dans les salles de la demeure remplies d'invités. Puis dans les petits chemins de campagne. Je finis par me convaincre qu'elle était restée au chariot, dominée par un de ses accès de timidité. Je me mis en route. Quelque chose en moi devait avoir compris. Je n'avais pas de raison d'abandonner la fête, les mets, mes compagnons, mais je le fis, poussé par un inconscient et urgent besoin de vérité. Je traversai le village vide. Tout le monde était chez le commerçant qui, pour l'occasion, avait ouvert ses portes, faisant montre d'une générosité que les paysans lui rendraient par des rabais sur les marchandises. Le long des ruelles désertes, je tentais de trouver une justification en écartant la plus évidente et, pour moi, la plus terrible réalité. J'imaginai qu'elle avait éprouvé de la fatigue lors de la danse finale, un malaise peut-être causé par sa récente et féroce confession quant à l'origine de sa cicatrice, ou la nostalgie pour une famille aimante qu'elle n'avait jamais eue. J'envisageai même qu'elle ait pu se tordre une cheville en marchant sur le sol accidenté où nous avions donné la représentation. Je voyais maintenant le chariot sur l'esplanade du marché. Personne autour. Je m'attendais à trouver Barabbas aux aguets dans son attitude menaçante de surveillance. Je fus étonné de ne pas le voir. M'approchant sans faire de bruit, je l'imaginai terrassé par des voleurs, et ceux-ci encore à l'intérieur du chariot, en train de fouiller dans nos bagages. Lentement, avec circonspection, je fis face à l'entrée. Et je les vis. Ils étaient nus. Barabbas, au-dessus de Delia, avait des mouvements d'animal. Aucun des deux ne parlait. C'était la première fois que je voyais l'amour physique. J'avais beau me l'être représenté plusieurs fois, surtout après avoir fait la connaissance de Delia, il me sembla étranger à tout ce que j'avais pu imaginer. J'étais profondément troublé. Je ne comprenais pas par quoi. Je restais là, les regardant. Soudain, Delia s'aperçut de ma présence. Elle m'observa, sans expression, par-dessus l'épaule de Barabbas. Son corps répondait aux mouvements de celui-ci. Je détournai la tête, bouleversé.

Voilà le souvenir le plus vif qu'il me reste de Delia. Non pas sa danse légère sous les voiles, ni la balafre sur sa joue si douce, ni sa voix enchanteresse, seulement ce regard vide de pensées mais plein d'une extase qui semblait ne pas lui appartenir. J'ai eu beaucoup de temps pour réfléchir sur cette scène, pour traverser de nouveau les sentiments qui me submergeaient. En ces instants-là, ce qui me guida, ce fut mon instinct de survie qui avait compris à quel point ce spectacle pouvait me blesser. Delia ne m'avait jamais promis son amour, elle était libre de tout vœu et de tout lien, mais je me sentais offensé et trahi. Je vagabondai loin du chariot et du village. J'étais désespéré. Des larmes de rage et de trahison coulaient sur les couleurs de mon visage, barbouillant mes joues de traînées pâteuses, rendant mon maquillage de magicien encore plus obscène et cruel. Je perdis mon turban sans m'en apercevoir. J'errai longtemps dans cet état. Ayant trouvé un abreuvoir, je m'y rinçai le visage, espérant en laver aussi l'expression sauvage qu'y avait imprimée la vision de l'accouplement de Delia et Barabbas. Après bien des mois, je me sentis de nouveau seul.

Je décidai d'abandonner l'aventure du cirque. Ce temps-là, pour moi, était fini. Je n'accepterais pas d'autres propositions, pas plus que l'hypocrisie de faire comme s'il ne s'était rien passé. Je ferais sentir le poids de l'offense subie par mon cœur. Tout en retournant vers le chariot, je me répétais les phrases que je lancerais à la face de Delia et Barabbas. Je ne voulais pas qu'elles soient dictées par la colère mais par une résolution âpre, glacée. À mon arrivée sur l'esplanade du marché, mes compagnons du cirque étaient là, mais pas le chariot. Delia et Barabbas s'étaient enfuis. Les colosses eux-mêmes, si prompts à venger le moindre affront, semblaient accablés et résignés. Sur le chariot, il y avait tout. Une larme coulait sur le visage de la contorsionniste : elle avait perdu sa boîte, l'élément indispensable de son numéro. Mais c'était une larme seulement : le commerçant qui nous avait offert le repas lui avait fait une proposition de mariage. Elle allait accepter. Pour les colosses et le mage égyptien, la possibilité d'un nouveau travail avait été formulée : la cueillette des olives, en attendant, et ensuite ils verraient. Pour les musiciens aussi, pour Elkia, et même pour moi, il y avait l'occasion de gagner notre vie lors des fêtes et divertissements futurs dans la riche demeure. Tout à coup, nous nous rendîmes compte qu'avec Delia et Barabbas étaient partis tous nos gains, dissimulés dans la cachette secrète, sous le chariot. Et moi qui m'étais apprêté à exiger avec animosité la fin de cette expérience pour faire sentir à Delia et Barabbas le poids de leur culpabilité, je m'aperçus qu'ils m'avaient tout enlevé : même la bourse avec l'argent offert par mon cousin Jean. Oui, j'étais seul de nouveau, et trahi encore. Même Clou, notre chien, s'était enfui sur le chariot.

6

Lorsque je parvins à rentrer à Nazareth, ma mère ne me demanda rien. Elle m'étreignit longuement, sans un mot. Je devais avoir la tête de quelqu'un qui n'est pas capable de supporter un interrogatoire ni une critique. Elle s'abstint de toute curiosité, de toute inquiétude. Des jours durant, elle continua de me regarder sans parler. Je m'étais enfui avec un visage d'enfant, voilà que je revenais adulte. J'avais dix-sept ans. Un duvet fourni sur le visage me donnait l'air plus âgé. Elle devait lire dans mes yeux la tristesse de mon échec : je n'avais pas retrouvé mon père.

Mon voyage après la fuite de Delia et Barabbas fut horrible. La saison était devenue humide, impitoyable. L'automne avait cédé la place à un hiver glacé et hostile. J'étais seul. Après des mois et des mois de compagnie forcée à suivre le chariot de Barabbas, cette solitude me sembla étrange et sévère. Mais nécessaire. Aux côtés des autres, il m'aurait fallu contenir ma colère et mon désespoir pour ce que je considérais, après la fuite de mon père, comme une trahison de plus. Le souvenir de Delia enlacée à Barabbas dans l'obscurité du chariot continuait à me blesser. Par moments, il devenait insupportable. Le long du chemin, j'avais des accès de colère, une violence qui n'était pas mienne, inconnue, surprenante, dont je me défoulais en cassant des branches, en jetant des cailloux aux chiens imprudents qui se montraient à ma portée, en arrachant brusquement à la racine des touffes d'herbe, en donnant des coups de pied dans les pierres des sentiers. Colère. Aujourd'hui, je la contrôle, je la gouverne, c'est une part de moi : elle m'aide à ne pas devenir définitivement la proie de mon découragement. C'est ma dose ultime d'humanité. Mais, quand j'étais encore un gamin, cette colère avait l'urgence de se raconter au monde. Durant mon voyage de retour, tellement amer, terrible, je me rappelle m'être blessé à force de coups de pied rageurs. Une entorse à la cheville me fit boiter pendant des jours. Je gémissais à chaque pas, mais cette douleur était belle. Et juste. Quand je pense aujourd'hui à ces semaines difficiles – un voyage plein d'incertitudes : je ne savais pas où j'étais ni dans quelle direction se trouvait Nazareth –, je me demande de quoi je voulais me punir. Comme si j'étais coupable d'avoir été abandonné par Delia. Et d'avoir été abandonné par mon père. Les lancées dans ma cheville devaient servir à me rappeler combien j'étais encore naïf, mal préparé à la vie adulte.

Je le suis probablement toujours. Le soir, quand j'ai fini de jouer de la flûte pour ces crépuscules gâtés par des halos de chaleur, par les miasmes des feuilles pourrissant dans la terre aride, j'attends la voix de ma mère qui m'appellera pour le repas en me caressant le bras gauche au-dessus du poignet : je sens palpiter la cicatrice d'une blessure maintenant ancienne qui me rappelle, en me bouleversant, à quel point je peux être extrême et imprévisible.

Cela faisait trois jours que j'avais quitté mes compagnons de cirque. La tempête faisait rage. La pluie tombait à verse au milieu des éclairs et des coups de tonnerre, et, même si le soleil était encore haut, de lourds et sombres nuages obscurcissaient le ciel. J'avais quitté la route parce que l'eau coulait à torrents, plusieurs fois j'avais failli tomber, être entraîné. La faim et la frustration m'avaient affaibli et je devais faire de longues haltes pour reprendre mon souffle. Je n'avais pas croisé un homme ni un animal depuis des heures. J'étais seul entre les mains de la nature en furie. Un reflet de ma propre rage. Complètement trempé, je m'accroupis sous le surplomb d'un rocher qui semblait offrir un abri. De cet endroit, je pouvais observer le monde qui ruisselait. Je n'avais pas l'ombre d'une pensée. Une hébétude due au manque de sommeil et à la fatigue avait pris possession de moi sous le ciel qui se déplaçait tout entier, une masse grise touchant souvent terre. Le brouillard multipliait ma solitude et mon égarement de tout jeune homme. La terre se transformait en boue sous mes pieds et glissait sur les pentes. Il ne faisait pas froid, mais je tremblais. Je tentai de me consoler en me rappelant les jours de pluie du cirque, quand, la troupe étant dans l'impossibilité de donner son spectacle, je contemplais avec Delia à mes côtés, heureux tous deux dans l'abri du chariot, le monde mouillé, les marchés déserts, le repos forcé des camarades qui ronflaient. Nous riions sans bruit de ces sons étranges tout en caressant Clou qui avait trouvé refuge entre elle et moi. Nous nous regardions dans les yeux sans prononcer un mot. Quand j'étais las de contempler la pluie, je cherchais dans les bagages la sacoche d'outils que Joseph de Jérusalem m'avait offerte. Ils représentaient une promesse de futur. Et ils étaient restés sur le chariot. Ces outils-là, on me les avait enlevés aussi par la fuite et la trahison ! Je m'en rendais compte à cet instant, trempé jusqu'aux os, épuisé et fragile. Je ne supportais pas l'offense de ce vol, l'affront fait à la générosité et à la gentillesse d'un vieux qui m'avait aimé. Elle était là, la rage : elle enflait en vagues qui me submergeaient. L'offense que je ressentais était insondable. La boue transportait des arbustes arrachés par la violence de la pluie. J'en saisis un au passage, en cassai une tige pointue et la plantai de toutes mes forces dans mon bras, au-dessus du poignet. Insensible à la douleur, j'appuyai encore pour la faire pénétrer dans la chair. Pourquoi faisais-je cela ? Quel trouble voulais-je calmer en me blessant ? Aujourd'hui encore, ce souvenir reste pour moi un mystère angoissant. Il me terrorise. Une partie de moi peut m'infliger des tortures, me faire mal, me faire saigner. Et je ne sais pas pourquoi. J'essaie de regarder à l'intérieur de moi, dans la profondeur de mes peurs, dans cette zone obscure et impénétrable dont je ressens la présence latente, que parfois je sens grandir en même temps que ma mélancolie congénitale, mais je n'arrive pas à avancer, je reste à la surface de mon malaise, incapable d'aller plus loin. Delia, au moins, lorsqu'elle se balafra le visage, était poussée par son refus de cet homme et de son amour. C'était une blessure de liberté. La mienne, qu'était-elle ? Que m'avaient appris Joseph et Marie pour que je sois capable de passer outre l'obstacle de l'instinct de survie ? Qu'avais-je cru comprendre, leurré par toute leur attention à mon égard, par cette obsession familiale du sauvetage ? Quelque chose était passé à travers les silences qu'en guise de réponses ils offraient à mes questions, à travers leurs longs regards scrutateurs et leurs mensonges pétris de bonnes intentions. Je voudrais demander à ma mère, aujourd'hui où je me vois adulte, ombrageux, si solitaire et taciturne : que cherchaient-ils en moi qu'ils ne trouvèrent pas ? Que découvrirent-ils qui allait au-delà de leurs projets si opposés et inconciliables ? Que virent-ils qui n'appartenait qu'à moi, sauvage et incoercible, sous le poli des lectures du soir auprès de ma mère – inévitables et oppressantes dans mon souvenir, avec ces récits de destins déjà écrits, sacrificiels ? Que devina mon père, au cours du peu d'années partagées de mon enfance, qui le découragea, jusqu'à l'abandon et la fuite, de tout projet d'éducation, de tout espoir de faire de moi un être honnête et travailleur, humble et humain.

En avait-il parlé avec sa femme ? Que me cache d'autre ma mère ? Je n'ai pas le cœur de l'interroger comme une suspecte réticente à parler, je n'ai pas le cœur de rouvrir des blessures anciennes qui en raviveraient d'autres. Je la regarde dans ses travaux quotidiens, courbée par la fatigue et le poids de ses souvenirs. Nous partageons nos silences de survie.

Je voyais cette branche plantée comme un pieu dans mon bras. Je n'éprouvais pas d'horreur, mais une curiosité lasse, maladive. Je la tournai plusieurs fois dans la plaie, jusqu'au moment où le sang commença à couler abondamment, se diluant dans la pluie, colorant de rouge la boue à mes pieds. Je regardais sans bouger ce fluide inutile, cette partie de moi qui se perdait rapidement. Tout à coup, reprenant conscience dans un frissonnement, j'eus peur. J'eus peur de mourir. J'arrachai le bout de bois de mon bras et, avec un lambeau de ma tunique, je bandai la blessure. De ma main droite, je serrai fort ce garrot pour rapprocher les lèvres de la plaie, dans l'espoir que le sang cesserait de couler. Il fallut des heures. Il arrêta de couler. Il faisait déjà nuit. La pluie tombait encore, mais moins dru. Recroquevillé dans cet abri provisoire, je m'endormis. Ce fut un sommeil fragile. Les coups de tonnerre qui roulaient dans l'air me réveillaient en sursaut. Je tremblais toujours. Je me rendormais. À travers mes paupières closes, les lueurs des éclairs se confondaient avec les phosphorescences de mes rêves agités. Je me réveillai de nouveau. Ce n'était ni le tonnerre ni les éclairs, mais la douleur de ma blessure au bras, un mal profond, sans répit. Je changeai le bandage et serrai le plus fort possible : la douleur était telle que je ne ressentais rien d'autre. Je compris que seul le sommeil pouvait la calmer. Il me fut difficile de me rendormir, mais j'y parvins. Je rêvai de chiens noirs qui me suivaient, me déchiraient le bras. Mes chiens sauvages et intimes, mes bêtes privées qui sortiraient de moi pour mordre les autres.

À mon réveil, j'avais de la fièvre. Je tremblais à en avoir des convulsions, je claquais des dents, et j'avais beau me concentrer, tenter de rester présent à moi-même, je ne parvenais pas à faire cesser ces frissons. Il ne pleuvait plus et, à travers les nuages, le soleil jetait de timides regards sur le monde trempé de pluie. De temps à autre un rayon chaud me frappait : un soulagement. Un nuage de vapeur émanait de mon corps. J'étais épuisé, je confondais la veille et le sommeil en un amalgame de fatigue et de fièvre où venaient se superposer des souvenirs anciens de mon enfance, des lueurs délirantes de mes fièvres infantiles, si soudaines et violentes. Il me semblait voir ma mère à mon côté, assise tout près de moi, avec son linge humide pour me rafraîchir le front quand, sur le lit, je serrais mes pieds et étalais mes bras en croix. Je ne sais combien de temps dura cet état. Lorsque je fus complètement réveillé, le jour était bien avancé, et mon bras avait recommencé à me faire souffrir. Soulevant le bandage rouge de sang, jaune de sécrétions, je vis la blessure : elle était horrible. Gonflée, purulente. Je la sentais palpiter de douleur. Je me levai. Ma position incommode à l'abri du surplomb rocheux m'avait laissé le dos engourdi, les jambes faibles et traversées de crampes. Je voulais bouger, reprendre mon chemin en direction de chez moi. Je descendis à grand-peine en me tenant le bras. À chaque pas, une lancée me raidissait, m'arrachait une plainte. Revenu sur la route, je me remis à marcher. Lent, souffrant. Je sentais un vertige fébrile monter de mon estomac, une forte pression sur mes tempes, un sifflement aigu dans mes oreilles. Impossible de faire un pas de plus. Obligé de m'arrêter, je m'assis sur une large pierre, puis tout devint confus, opaque. Je perdis connaissance probablement. Quand je rouvris les yeux, j'étais allongé dans la boue, de nouveau trempé et sale. La blessure s'était rouverte et saignait, mais il me semblait que la douleur était moins intense. J'ôtai le bandage, le bras n'était plus gonflé. La dernière hémorragie avait nettoyé les lèvres de la plaie qui, quoique irrégulières, avaient l'air moins enflammées. J'arrêtai le sang avec un nouveau bout de tissu et, malgré la fièvre, repris mon chemin.

Je me rappelle souvent cette nuit terrible, mes douleurs et ma peur de mourir. Pourtant, je n'ai jamais pensé que j'aurais pu éviter cette lésion, et le risque d'une infection, en choisissant de ne pas me blesser. Lorsque j'arrivai à la maison, ma mère, dès le premier seau d'eau qu'elle m'apporta pour me laver de la boue et de la saleté du voyage, remarqua la cicatrice encore fraîche sur mon bras. Elle ne me posa aucune question.

Quelques jours plus tard, alors que nous étions à table pour le repas de midi, elle ne put se retenir : elle prit une de mes mains entre les siennes et, doucement, caressa ma blessure. Qui sait ce que ma mère aura imaginé, quelle aventure elle a pu échafauder à partir de cette marque, quelle rixe ou bataille, quel danger menaçant son fils, ce petit garçon qu'elle surveillait de loin autrefois quand il se baignait avec les autres enfants, et riait, sur la rive du fleuve égyptien. Personne ne veut tuer ton fils, mère. Son seul ennemi, c'est lui-même. Cependant, dans la tendresse de ses doigts sur ma plaie, je sentais une tristesse douloureuse et résignée, un tribut à verser, un sacrifice auquel consentir par sa – ma – douleur.

Les années ont passé, la cicatrice est devenue une part de ma peau. Parfois elle s'enflamme : une régurgitation de cette colère qui voudrait se raconter à nouveau. La blessure enfle comme si, en dessous, avec le sang courait encore le venin du désenchantement : il cherche à rouvrir l'ancienne porte où il se montra pour la première fois. Et, hier comme aujourd'hui, ce sont les silences de ma mère qui m'indiquent la route à suivre. Rien ne la surprend, elle suit la trame d'un rôle qu'elle adapte au fur et à mesure, comme nous le faisions dans le cirque de Barabbas, d'un marché à l'autre.

À peine revenu de la vaine recherche de mon père – ce fut un voyage difficile, marqué par les haltes et les doutes quant à la direction de la maison –, j'éprouvai un sentiment d'inutilité. Je n'avais rien à faire ni à imaginer. Je continuais à me meurtrir dans le souvenir de la trahison de Delia. J'aidais ma mère dans les travaux domestiques, j'allais chercher de l'eau au puits, je l'accompagnais au marché où elle échangeait de la nourriture contre de petits travaux de couture qu'elle terminait à la lumière de la lampe, après le repas du soir. J'étais revenu à un rôle d'enfant. J'avais la sensation d'être un poids pour ma mère. Pendant tous ces mois, elle s'était contentée du peu que lui offrait le jardin potager – qu'elle cultivait seulement en partie, en raison de ses faibles forces –, et moi, maintenant, voilà que je venais redoubler sa fatigue. Je me mis à regarder le préau derrière la maison, où mon père s'était livré à son travail de charpentier. Il ne restait que son établi, où il avait fait semblant d'avoir besoin de mon aide : c'est là que j'avais appris à caresser le bois. Il ne restait de ses outils que quelques manches qu'il avait travaillés. Les fers des gouges, les scies, les gabarits, il les avait tous emportés. Peut-être pour me dissuader d'entreprendre ce métier de peine et de maigre profit. Qu'aurais-je pu faire d'autre, père ? Qu'imaginais-tu pour moi ?

Entassés, des planches prêtes pour le rabot, de vieux troncs non dégrossis. Je commençai par mettre de l'ordre dans ses affaires abandonnées, recenser ce qu'il avait laissé : des clous jamais utilisés et ceux qu'il fallait redresser ; de vieux pinceaux inutilisables, roidis de colle ; des grumeaux de cire d'abeille pour adoucir les veinures les plus tenaces ; quelques têtes de marteau fixées sur des manches brisés. C'était aussi un appel à mes souvenirs, à ce qui restait de Joseph. C'était peu de chose, mais c'est à partir de ce peu que je commençai. Je rendis visite au forgeron, un vieil ami de mon père, qui lui avait plusieurs fois forgé les pièces métalliques de ses outils. En échange, mon père façonnait les manches de ses pinces qui affrontaient le feu liquide de la forge, construisait de robustes établis capables de supporter les coups de sa masse. Je lui demandai de l'aide pour de nouveaux outils : je le paierais par mon travail de menuisier. Comme mon père.

C'est ainsi que je commençai à travailler. Il fallut du temps. Ils n'étaient pas nombreux encore, ceux qui avaient confiance en mon habileté. Ils hésitaient. Quand ils devaient réparer une table, une chaise, une porte qui était sortie de ses gonds, ils préféraient les rafistoler en famille. Je savais qu'à Nazareth on m'appelait « le fils du charpentier », comme si ce titre ne m'appartenait pas encore et était réservé à mon père. Les premiers à me prendre au sérieux furent les bergers, les plus éloignés du village, ceux qui ne connaissaient même pas mon père. Au cours de leurs transhumances, ils m'avaient vu sous le préau, en passant, aux prises avec les planches abandonnées, les troncs à nettoyer. Le duvet qui me poussait comme une barbe et me donnait un air d'adulte les avait persuadés de tenter une commande. Les portes de leurs bergeries ne supportaient pas les excès des troupeaux ni les coups de sabot des ânes : ils demandaient que je les répare et les rende plus résistantes. C'étaient des déplacements pénibles que d'aller jusqu'aux bergeries sur le dos de l'ânesse, quand elle avait encore la force de la maturité et non les genoux fragiles de cette vieillesse d'aujourd'hui.

Je prenais les mesures de l'entrée des grottes des bergers. Pour remplacer temporairement les portes, je fermais les bergeries avec un réseau de cordes qui semblait efficace, quoique malcommode. De retour à la maison, je travaillais d'arrache-pied. J'eus besoin du bois que mon père n'avait pas emporté. Peut-être avait-il eu l'intuition que ces pièces m'aideraient dans mes débuts difficiles.

Sur la porte reconstruite, je clouais une robuste traverse de haut en bas. Les bergers furent contents de mon travail. La porte résistait aux coups de tête des chèvres et des moutons, un peu moins aux ruades des ânes. Je montais alors deux traverses en croix, elles étaient efficaces, et le bruit courut parmi les maîtres des bergeries. Durant ces années-là, les bergers faisaient partie des rares personnes qui me donnaient du travail. Plus d'une fois, pendant que je montais une porte, le propriétaire vint me dire que son voisin avait besoin lui aussi que je prenne les mesures pour l'entrée de sa bergerie. Une chaîne de nécessités et d'urgences – y compris la mienne – que j'affrontais sur le dos de mon ânesse. Souvent j'emportais du pain de la maison, les bergers y ajoutaient le fromage. J'essayais d'être honnête dans mon travail, mais je savais qu'il faudrait peu d'années, ou même quelques mois, pour que le vent, la pluie, la violence des saisons aient raison de la consistance des bois. Bientôt les bergers reviendraient avec de nouvelles commandes. Ces mois de travail ininterrompu m'avaient rendu plus robuste physiquement. Les muscles de mes bras s'étaient tonifiés à force de raboter, mes épaules s'étaient élargies à force de porter du bois et de monter des portes. J'étais devenu un homme fort.

Au cours des années, j'ai appris à connaître les bergers un à un. Souvent avec une vraie amitié. J'ai noté les mesures des portes de chacun, je n'ai plus besoin de fatiguer l'ânesse en nouveaux trajets. J'ai montré aux bergers comment fixer les portes aux gonds. Dans leurs continuels déplacements, ils s'arrêtent devant ma maison. Ils m'offrent du fromage ; moi, du vin en échange. Ils m'annoncent que la porte a cédé une fois de plus. Quelques jours plus tard, ils viennent la reprendre. Les premières années, c'était moi qui me déplaçais. Les compliments sur mon habileté d'artisan, dont ma mère faisait part aux voisins et connaissances, ne suffisaient pas : ceux-ci continuaient à m'ignorer. L'expérience accumulée avec le cirque de Barabbas me poussa à aller vers d'autres villages. Je me remis à fréquenter les marchés. Je travaillais sur place avec les outils que je portais dans une sacoche, j'ajustais des objets simples, réparais des chaises et des tiroirs comme me l'avait appris Joseph de Jérusalem, ou bien je me chargeais de travaux plus importants que je finissais dans l'atelier derrière la maison, sous le préau. Plusieurs fois, dans les marchés, j'ai rencontré des chariots de cirque ambulant, des bonimenteurs nomades, des saltimbanques. Et, chaque fois, la gorge nouée, je m'interdisais d'assister à leur spectacle. Il m'a fallu des années pour gagner la confiance de Nazareth et pour pouvoir me passer de ces déplacements.

Le premier qui me mit à l'épreuve fut le père d'un jeune garçon qui avait de petits yeux en amande. Un père connu et plaint de tout le monde, qui endiguait le désespoir fou né en lui du malheur de son fils – il ne parlait pas, ne comprenait pas, et riait, sans raison, d'être au monde – en essayant d'affronter dans une illusion de normalité sa situation exceptionnelle et terrible de père. Il voulait montrer sa dignité intacte, s'habillait avec le soin caractéristique des pauvres et faisait de même pour l'enfant. Il avait perdu sa femme lors de l'accouchement. Il ne pouvait faire aucun travail et vivait, comme bien d'autres, de la générosité du village. Les yeux de cet homme, même s'il faisait tout son possible pour ne pas devenir fou, montraient le fond de son abîme. Ils étaient veinés de rouge à cause de la bataille interne à laquelle il se contraignait pour ne pas se laisser aller, marqués par des cernes dus au manque de sommeil. Il portait sur ses épaules le fardeau de la culpabilité, mais aussi celui du stigmate de la superstition selon laquelle ce fils différent incarnait la condamnation d'un péché hérité de son père. Chaque jour cet homme s'interrogeait sur le mystère de son malheur. Tout le monde – moi le premier, étant donné que la baraque de ce père était à deux cents pas de notre maison – voyait la torche brûler jusqu'au matin parce que le petit, sans règles et sans horaires, hors de toute norme quant aux repas et au sommeil, ne le laissait pas dormir. Il avait besoin à chaque instant de soin et de surveillance, car il portait n'importe quoi à la bouche et avait plusieurs fois failli s'étouffer. Souvent, assis dans la cour pour me reposer de la fatigue de la journée avec un verre d'eau que m'avait apporté ma mère, je les regardais se promener en attendant le coucher du soleil. Le père donnait la main à l'enfant qui tiraillait vers d'autres directions. Un père patient et aimant. Jamais je ne l'ai vu tirer ou brusquer son fils. Quand l'enfant, fatigué ou attiré vers une autre destination qu'il ne savait pas exprimer, refusait d'avancer, quand il refermait son éternel sourire et se mettait à pleurer, le père le prenait dans ses bras et lui chantait tout en marchant une chanson dont, de loin, j'entendais la douceur désespérée.

Il se présenta un matin, donnant la main à son enfant. Il avait un regard pénétrant et fuyant en même temps. Tout en me parlant, il regardait autour de lui en cherchant quelque chose qu'il ne trouvait pas ou en imaginant autre chose qu'il ne disait pas. L'enfant s'était assis par terre et se balançait. Il avait saisi des déchets de mon travail que son père lui avait promptement ôtés des mains. Je lui donnai moi-même un morceau de bois plus grand qu'il ne pourrait pas avaler. Tout le temps que dura cette première rencontre, le père ne cessa d'enlever de la bouche de son fils les éclats de bois qu'il arrachait avec ses dents. Il me raconta qu'il était venu me voir parce que, pendant sa nuit sans repos, il avait essayé d'imaginer comment maintenir son enfant en sécurité de manière à pouvoir lui-même s'assoupir. Pendant qu'il me parlait, je me disais que n'importe quel système ou n'importe quelle invention ne suffirait pas à rendre sa nuit plus sereine : ce désespoir avait des origines plus lointaines. Mais je l'écoutai avec attention et gentillesse. D'abord, me dit-il, il avait pensé lier son fils à sa couche avec des cordes de façon qu'il ne puisse pas se lever et se mettre en danger tandis que lui, son père, dormirait enfin. Mais il avait peur que la corde s'enroule autour du cou de l'enfant et le serre jusqu'à l'étouffer. Dans le trouble du demi-sommeil, angoissant parce qu'il ne pouvait se permettre de perdre l'enfant de vue – même si le petit s'endormait, le père savait qu'il allait vite se réveiller –, il lui était venu à l'esprit un nouveau projet. Il ne trouva pas de mots pour le décrire et décida de le dessiner avec un bâton sur le sol devant la maison. C'était un petit lit qui avait des côtés très hauts tout autour. Une cage à ciel ouvert qui pourrait maintenir son fils en sécurité et lui permettre ainsi, à lui, de fermer enfin les yeux. L'idée me sembla intelligente. En mon for intérieur, cependant, je riais : après avoir fabriqué des portes de bergeries, il me fallait maintenant confectionner une autre sorte de cachot : plus qu'un menuisier, j'étais en train de devenir un gardien de prison.

Je lui répondis que je construirais ce lit, même si je savais qu'il n'avait pas de quoi me payer. Cet homme et son enfant me faisaient de la peine, ils m'attendrissaient à cause des attentions, de l'amour et des soins que le père réservait à l'enfant. Mais était-ce vraiment de l'amour ? Ou de l'angoisse, causée par la lourde responsabilité d'élever cet enfant ?

Je commençai le jour même, réservant au petit lit les heures de travail du début de la matinée, quand il faisait encore nuit, de manière à être libéré assez tôt pour des travaux plus rentables. Tout en rabotant les planches destinées aux côtés du lit, je regardais la maison, si proche, de ce père : la torche brûlait toujours, sa veille se poursuivait. Durant ces jours-là, à la tombée de la nuit, le père et le fils ne perdaient pas une occasion de faire une halte dans l'atelier pour voir à quel point j'en étais du travail. Un soir, j'offris un verre d'eau au père et tentai de mettre dans les mains de l'enfant un bol de lait de chèvre, mais le père m'arrêta : il risquait de se salir, et lui, le père, devrait le laver. Ce n'était pas la peine de le mettre dans la bassine et de verser l'eau qui l'inquiétait, mais il voulait lui éviter le froid et l'humidité parce que cela faisait plusieurs jours qu'il percevait un râle dans le souffle du petit et qu'il le croyait enrhumé. Je donnai à l'enfant un morceau de pain : pour lui, ce n'était pas de la nourriture, mais un jeu. Il arrachait une miette après l'autre et les avalait avec des sourires de plaisir. Je fis voir au père comment le travail avançait. Il était content des côtés du lit qu'il avait lui-même imaginés, ils étaient tellement hauts qu'ils protégeraient l'enfant des dangers de la nuit. J'avais eu l'idée de faire, sur un des côtés, une double charnière, afin de garantir sécurité et solidité, mais aussi de permettre plus facilement au père de mettre l'enfant au lit ou de l'en tirer. Pour enlever ce côté du lit, il suffisait de le faire glisser vers le haut. Il ne manquait que les dernières retouches, éliminer les échardes pour que l'enfant ne se blesse pas, et le petit lit serait bientôt prêt. Je voulais faire une surprise au père et au fils : au revers du côté le plus haut, j'allais coller ces petits animaux que mon père avait fabriqués de ses mains pour l'enfant Jésus. Je pensais qu'ils seraient plus amusants pour un petit garçon pauvre que comme souvenirs pour un fils ayant perdu ses illusions. Ce que je fis.

Le lendemain, c'est moi qui me présentai chez le père. J'apportais les pièces du lit que j'allais monter autour du couchage. Le père m'accueillit avec toute la fatigue de sa nuit blanche. Il me fit entrer. La maison était d'une extrême pauvreté et reflétait l'attention et l'inquiétude de cet homme. Il régnait un désordre dû à un état d'urgence permanent, assiettes et bols abandonnés partout, restes de nourriture jonchant le sol : tout tournait autour des exigences de l'enfant. Le petit avait une ficelle attachée à un pied, et le père m'expliqua qu'il attachait l'autre bout à sa main pendant la nuit de manière que, s'il s'endormait, les déplacements de l'enfant le réveillent immédiatement. J'avais posé mes pièces de bois par terre et m'approchai du petit pour lui faire une caresse. Il avait une toux pénible, profonde. J'entendis moi aussi le râle dans sa respiration. Quand je lui mis une main sur le front, je sentis qu'il était brûlant, et l'enfant semblait moins vif que d'habitude. Le père s'était lui aussi aperçu que son fils n'allait pas bien. Il me dit qu'il était de santé fragile : la moindre indisposition suffisait à amplifier tous les symptômes, donnant l'apparence d'une maladie grave. Cela arrivait souvent mais, en fait, quelques jours plus tard, me raconta le père, l'enfant redevenait tonique et actif comme auparavant. Il le prit dans ses bras pour le distraire pendant que je mettais en place les montants du lit. Lorsque j'eus fini, il découvrit les petits animaux que j'avais fixés pour faire une surprise. Il posa l'enfant à terre, ne prononça pas un mot et se mit à pleurer. Cet homme vivait toutes ses émotions de manière extrême, il était exténué par la fatigue et l'angoisse. Je me dis qu'il allait bientôt se briser. Il me fut reconnaissant, et je les laissai seuls.

Les jours suivants, comme d'habitude, le père et son fils venaient saluer le crépuscule juste devant chez moi. Le père semblait plus détendu : il avait réussi à dormir. De loin, il me faisait un geste plein de gratitude, mais il ne s'approchait pas plus que cela : il avait honte de sa pauvreté qui ne lui permettait pas de me payer mon travail. Cela m'était égal qu'il me paie ou non. Ce premier travail avait ouvert la voie à de timides commandes de la part de mes voisins. Ma générosité – ou mon habileté de menuisier, je n'ai jamais su – avait frappé les plus proches, qui commencèrent à me porter de petits travaux de réparation et de consolidation de leurs pauvres meubles. Ils payaient en nourriture.

Peu de jours avaient passé depuis que j'avais installé le petit lit. La lueur de l'aube commençait à éclairer le potager. Je travaillais sous le préau aux dernières commandes. Du coin de l'œil, je vis le père qui marchait d'un air décidé. J'interrompis mon travail pour l'accueillir. Il se précipita vers moi avec véhémence. Pendant la nuit, l'enfant était tombé en heurtant violemment le sol, son nez avait saigné. Je dis que je regrettais. Il me répondit que c'était ma faute : le petit avait essayé d'escalader les hauts bords du lit pour attraper les petits animaux collés en haut. Une fois sur le rebord, il avait perdu l'équilibre et était tombé. Je l'écoutais, stupéfait. Il avait dans les mains les petits animaux de mon père qu'il avait arrachés du lit. Il les jeta sur mon établi. Son regard était de nouveau fébrile d'angoisse. Et de colère. J'avais l'impression qu'il était fou. Je l'invitai à se calmer : c'était lui qui m'avait commandé ces bords de lit. Brusquement, ne sachant quoi répondre, il me donna une gifle. Nous restâmes à nous regarder l'espace d'un instant. Je me sentais offensé, non par l'agression, mais par le manque de reconnaissance, par le fait qu'il avait retourné contre moi son désespoir. Je me jetai sur lui, et une lutte à bras-le-corps nous entraîna à terre. Je sentais ses muscles tendus dans l'effort de l'étreinte. Moi aussi, je serrais de toutes mes forces. Nous continuâmes à rouler dans la cour en cherchant à nous faire mal. Ma mère, entendant le bruit de la lutte, se précipita pour voir ce qui se passait. Elle tenta de nous séparer, mais nous étions si serrés dans notre étreinte que ses efforts furent inutiles. Elle courut demander de l'aide chez les voisins. L'homme et moi, agrippés l'un à l'autre par les bras et les jambes, continuions à rouler à terre. De la poussière m'était entrée dans les yeux et la bouche, mais je me démenais toujours, cramponné à cet homme. Je comprenais qu'il cherchait dans cette lutte un exutoire et un sens à sa frustration. C'est justement pour cela que je le craignais, à cause de cette violence sans discernement. Les voisins, guidés par ma mère, arrivèrent et parvinrent à nous séparer. Une fois sur pied, mon rival regarda autour de lui sans dire un mot. Nous avions tous un regard inquiet, plein de pitié. Couvert de poussière, les vêtements déchirés, il rentra chez lui en silence.

Les jours suivants, le père et le fils ne sortirent pas de chez eux. Ils avaient cessé leurs promenades du soir. Je pensais que, dans un moment de lucidité, il avait honte de son agression. J'imaginais aussi qu'il aurait voulu me présenter ses excuses, mais que son orgueil et son inquiétude le retenaient. Je confiai à ma mère que j'aurais aimé aller chez lui, voir si l'enfant allait bien, s'il s'était remis de sa chute. Ma mère me persuada de renoncer : un homme bouleversé par sa tempête intérieure n'aurait pas apprécié une intrusion. La lumière de la torche dans la maison recommença à brûler jusqu'au matin.

Je fus obligé un jour d'aller avec l'ânesse jusqu'à l'une des bergeries les plus lointaines. Une fois de plus, une porte avait été arrachée par les sabots des animaux. Je passai la journée entière à travailler : maintenant, je savais ce qu'il fallait faire et comment le faire, j'avais emporté des morceaux de bois et des outils. Les bergers partagèrent avec moi leur repas, et je m'attardai longtemps sur les collines en quête d'autres commandes. Il faisait nuit lorsque je rentrai. Ma mère m'accueillit avec cette nouvelle terrible : l'enfant du voisin était mort dans l'après-midi. Sa difficulté à respirer s'était aggravée, et le père n'en avait parlé à personne. Tout le monde savait que ce jour viendrait : depuis qu'il était né, on lisait sur son visage différent, perpétuellement fendu d'un sourire innocent, qu'il mourrait jeune. Je m'avançai sur le seuil. Nazareth était plongé dans le silence. Les cris habituels des animaux, leurs échos se taisaient. La lueur était visible dans la maison de l'homme. Sa plainte sourde et lointaine semblait cousue aux fibres de la nuit. Je l'écoutai jusqu'à l'aube.

On enterra l'enfant deux jours plus tard. Je vis le corps enveloppé dans le linceul lorsqu'on le sortit de cette maison de misère. Je ne participai pas au rite. Je ne savais pas comment me lier au deuil de cet homme qui m'avait réservé un morceau si violent de son désespoir. J'attendis qu'il rentre chez lui. Je pris mon courage à deux mains et marchai jusqu'à sa porte. Je ne savais pas comment ce père, qui venait d'être privé de son fils, pourrait réagir. Je frappai à la porte. Il ouvrit. Nous nous regardâmes en silence, puis, avec le même élan qu'il avait mis dans l'agression, la même force qu'il avait déployée en voulant me punir, il m'étreignit et pleura longuement, désespérément, sur mon épaule.

Le lendemain, ma mère prépara, dans l'humilité de nos ingrédients, un repas pour cet homme et me demanda de le lui apporter. Je parcourus les deux cents pas qui séparaient nos maisons et trouvai la porte ouverte. Dans la pénombre, je revis la couche du petit, les bords du lit enlevés, le marasme de l'abandon. Le père n'était pas là. Et jamais nous ne le revîmes.

7

La troisième Pâque depuis mon retour approchait. Ma mère, timidement, craintivement – qui sait, peut-être lui semblais-je adulte désormais –, après de longs détours au sujet de l'éloignement des personnes chères, de la tristesse des absences, de la blessure des familles séparées par l'histoire de chacun, de la vie – je pensai qu'elle avait la nostalgie de mon père –, me demanda si cela ne me dérangerait pas de l'accompagner à Jérusalem, chez sa cousine et les derniers parents qui lui restaient. Je ne savais quoi lui répondre. Reprendre un voyage après l'aventure horrible de mon retour vers la maison, après avoir expérimenté la dureté – l'illusion de gaieté et de liberté – des routes du monde, la trahison de Delia, cela me contrariait. Depuis que mon père était parti, ma mère n'était jamais revenue à Jérusalem.

Elle était tourmentée par de nombreuses interrogations. Comment allait-on l'accueillir ? Quelles questions lui poserait-on sur son long silence et sur la fuite de son mari ? Et sur la mienne ? Je comprenais qu'elle avait besoin de clarifier les choses. J'allais l'accompagner. Je devais la dédommager de mon abandon, des soucis et de la douleur que je lui avais causés par mon absence. Elle craignait et était heureuse en même temps de pouvoir embrasser de nouveau sa cousine et sa famille. Le matin du départ – la caravane de ceux qui allaient passer les festivités à Jérusalem était fournie ; elle nous attendrait à la sortie de Nazareth –, je terminais les derniers travaux à livrer sous l'auvent, derrière la maison, car je ne voulais rien laisser en attente durant notre absence. Parmi ces réparations, il y avait la chaise d'un vieil homme. C'était un de nos voisins que je connaissais seulement par ses saluts sobres et pour les manières aimables et attentionnées qu'il avait à l'égard de ma mère. Il était veuf. J'avais un souvenir vague de sa femme : les personnes étrangères au cercle familial se gravant superficiellement dans la mémoire des enfants, je n'avais remarqué qu'en passant le visage de la femme qui l'accompagnait autrefois. Les derniers jours, à plusieurs reprises, je l'avais vu avec surprise courir au-devant de ma mère quand il la voyait porter des récipients pour l'eau ou la panière pleine de linge à étendre. Il partageait le fardeau avec elle – il se gardait la part la plus lourde – et l'accompagnait jusque chez nous. Dans ces moments-là, j'étais frappé par le visage de ma mère : gêné en remerciant, mais – devinais-je – flatté sous le sourire timide. Je les voyais parler, se raconter de vieilles histoires et des anecdotes qui les faisaient rire. Cet homme avait trois enfants, un garçon et deux filles. Ils vivaient à Béthanie. Lui préférait ne pas passer les festivités avec sa famille : il ne voulait pas apporter avec lui désordre et gêne. Il aimait surtout sa solitude de veuf. Avec ma mère, ils s'étaient trouvé des connaissances communes et ils échangeaient des opinions et des bavardages. Il s'appelait Jonathan.

Ce matin-là, la veille de notre départ, il vint chercher sa chaise. C'était jusqu'alors le seul des voisins qui avait choisi de me confier un travail rémunéré. Cette confiance me surprenait plus qu'elle ne m'intriguait. Il me remercia et me paya de quelques pièces. Durant les brefs instants que dura notre rencontre, je me rendis compte que cet homme ne cessait de regarder vers la porte de notre maison. Je n'avais pas de doute : il espérait que ma mère sortirait pour venir à sa rencontre. Juste au moment où Jonathan, résigné maintenant, prenait congé, ma mère sortit. Ils se saluèrent. Ils semblaient gênés par ma présence. Mais très vite ils m'oublièrent. Jonathan montra la chaise à ma mère, disant qu'elle appartenait à sa pauvre femme et que cela l'attristait de la voir inutilisable et abandonnée aux vers. C'est pour cela qu'il avait voulu la faire réparer, la ramener à la vie. On pouvait essayer de le faire avec les objets, pas avec les personnes. Il y avait un soleil tiède. Ma mère et lui s'étaient mis à se souvenir. Pour parler plus à son aise, Jonathan s'assit sur sa chaise juste devant la cour. Ma mère rentra dans la maison et en ressortit avec sa propre chaise. Ils s'installèrent côte à côte, réchauffés par la douceur de ces rayons matinaux. On aurait dit de vieux amis qui ont de nombreuses histoires en commun. Je me surpris à me demander s'il était opportun que ma mère se montre en public avec un homme qui n'était pas mon père. Au fond, c'était encore une femme mariée. Abandonnée – répudiée ? –, certes, mais encore prisonnière de ses vœux matrimoniaux. D'autres voisins passèrent devant la maison et les saluèrent. Personne ne semblait surpris ni perplexe. J'étais le seul, si jeune et déjà bigot, à me laisser aller à ces raisonnements indignés, au soupçon, à une irritation interne qui m'embarrassait et m'offensait : comment pouvais-je imaginer ma mère coupable de trahison et de pensées qui ne seraient pas chastes ? Je me sentais désormais empoisonné par la méchanceté de la vie et par une saleté invisible qui me semblait avilir toute chose. La trahison de Delia, son étreinte, répugnante à mes yeux, avec Barabbas, avait effacé en moi toute confiance et m'avait arraché à l'adolescence.

Tout en continuant à travailler, je les regardais – je les surveillais – avec l'idée de prendre ma mère en faute. Je guettais leurs mains pour voir si, d'une manière ou d'une autre, elles se frôlaient, leurs regards pour voir s'ils s'attardaient en une promesse tacite. Mais non, rien ne trahissait la simplicité authentique de cette rencontre. Je songeai que la vie sait être plus aimable que les hommes : comme la neige, elle recouvre toute chose en s'adaptant à la forme et en émoussant toutes les aspérités.

Aujourd'hui, quand je repense à mon inquiétude de jeune homme pour la décence de ma mère, à ma gêne à l'idée de ce que pouvaient penser les voisins de ces rencontres avec Jonathan, si visibles et innocentes, au nerf enflammé de la confiance et de la trahison, je revis la longue saison de solitude de ma mère aux côtés d'un fils chaque jour plus silencieux et étranger, ombrageux jusqu'à en devenir hostile. Il n'y avait aucune trahison, aucune jalousie pour me gêner lorsque je l'avais vue balayer devant la porte le jour où je l'avais abandonnée, ni durant ma longue absence en quête de mon père, quand je m'étais ingénument entiché des voiles et de la cicatrice de Delia. Dans mon hypocrisie, je préférais l'imaginer triste et solitaire, résignée à son destin d'épouse et de mère abandonnée, se demandant douloureusement ce qu'elle avait bien pu faire pour mériter ces punitions, quelles erreurs d'inexpérience, quels mensonges il y avait dans l'éducation des femmes de la famille. Je préférais l'imaginer désespérée et farouche au regard des hommes, mère sacrificielle pour le renom des hommes de la famille. Ce matin-là, alors que nous étions prêts à partir pour Jérusalem, il faisait encore nuit. Avec ma mère, tous les deux chargés de bagages – j'avais aussi en poche l'argent gagné durant ces années de travail : exactement comme mon père, je voulais contribuer aux dépenses festives des banquets de famille –, nous tirions notre ânesse en cherchant à rejoindre la caravane qui attendait. Je ne fus pas surpris quand je vis Jonathan surgir de l'obscurité.

Plein de sollicitude, il s'approcha pour alléger ma mère des bagages qui n'avaient pas trouvé place sur le dos de l'ânesse. Il marcha à notre côté en nous racontant qu'il ne parvenait pas à dormir à l'idée que ma mère ferait le chemin avec ce fardeau. Galant mais pragmatique, Jonathan s'était montré disponible et nous escortait. Lorsque nous rejoignîmes la queue de la caravane désormais prête au départ, Jonathan nous salua en nous souhaitant un bon voyage. Il resta là à nous regarder pendant que nous nous éloignions. La première aube se levait à l'orient. Nous nous retournâmes pour l'observer. Je le vis seul, le visage marqué d'inquiétude pour le voyage qui nous attendait – qui attendait ma mère. Puis nous le perdîmes de vue.

J'étais curieux des réactions de ma mère devant l'évidence de cet empressement et de ces attentions. Avant même qu'il ne disparaisse, elle avait pudiquement détourné le regard. J'observai son visage à la dérobée : elle était radieuse, elle resplendissait à la première lueur du jour d'une jeunesse qui n'avait jamais pris fin. Elle était très belle et, pour la première fois depuis le départ de mon père, elle semblait sereine.

Au cours du voyage, je reconnaissais les routes que j'avais parcourues depuis mon enfance, d'abord sur l'ânesse, dans les bras de ma mère, quand elle inventait des contes pour me distraire de l'inconfort et de l'ennui, puis au côté de mon père, petit garçon qui revendiquait ses espaces d'autonomie, et ensuite seul, durant ces mois de recherche inutile et ce bizarre apprentissage de la maturité que j'avais affronté avec le cirque de Barabbas. Je reconnaissais la physionomie des rochers et les étendues des champs cultivés, les bosquets d'oliviers où je m'aventurais, enfant, suivi par le regard inquiet de mon père, les vallées qui s'ouvraient brusquement avec leur dessin minutieux dû à la diligence des paysans. Il me sembla reconnaître ces lieux précisément au moment où la caravane décida de faire une halte pour se reposer. Je persuadai ma mère, en attendant de reprendre le voyage, de s'aventurer parmi les oliviers et les palmiers : ils me rappelaient un moment de grande et malheureuse faim, lorsque je m'étais gavé de dattes jusqu'à en avoir la diarrhée. Je voulais qu'elle admire la vallée dessinée par la bonté de Dieu, où tout semblait posé sur la terre par une grâce inspirée, et, d'une autre main tout aussi légère, travaillée par les hommes comme une dentelle en vignes et murets de pierres sèches.

Plus nous avancions dans les fourrés, plus je sentais ces lieux comme familiers, jusqu'au moment où je retrouvai le surplomb rocheux qui m'avait accueilli quand je m'étais vidé de mes douleurs lancinantes à l'estomac. Elle était là, la vallée bien dessinée. Ma mère elle aussi l'admira. Mais tandis qu'elle y voyait seulement la générosité de Dieu et son sens esthétique, pour moi, ce lieu représentait ma première découverte solitaire, mon premier regard sur le monde. Quelque chose, dans le décor, détonnait avec le souvenir que j'avais de la longue indisposition vécue à cet endroit-là : exactement là où je m'étais accroupi pour me vider, un palmier vigoureux et luxuriant avait poussé. C'était la graine de mon propre fumier qui avait germé, c'était mon fruit qui avait pris racine en prenant sûrement sa place dans le monde. La première et unique racine de mon existence.

Nous revînmes à la caravane, qui s'ébranla. Je repensai longtemps à cet arbre, l'imaginant à travers les saisons tandis qu'il résistait aux vents de l'automne, au gel de l'hiver, s'éveillait aux premières chaleurs et s'épuisait enfin à offrir ses fruits. C'était moi qui étais l'intermédiaire de ce miracle naturel, moi qui en avais décidé – sans faire exprès – le destin : c'était mon enfant.

À Jérusalem, on nous accueillit avec la même affection qu'autrefois. On me trouva adulte, et beau, plus grand que ce que je promettais, enfant. On se moqua de moi à cause de ma barbe maintenant fournie et négligée. On m'étreignit en me rappelant combien j'étais rebelle autrefois, et impertinent. On riait en me racontant des anecdotes dont je n'avais aucun souvenir. J'avais toujours eu l'impression d'être un enfant docile et obéissant. Je me dis qu'ils voulaient me faire plaisir en m'inventant un passé que je n'avais pas. Peut-être, petit, étais-je tellement incolore, tellement sans personnalité qu'ils éprouvaient le besoin de réécrire des épisodes de mon enfance en l'emplissant d'une réputation de dissipé qui n'était pas mienne en réalité. Ou alors ils avaient eu connaissance de ma fuite pour partir à la recherche de mon père, de mes aventures avec le cirque de Barabbas, mais j'étais sûr que ma mère n'en avait pas dit un mot, par honte, par douleur. Ils en arrivèrent même à me dire que j'avais entraîné mon cousin Jean dans mes aventures de petit polisson. Mon cousin Jean. Où était-il ? demandai-je. Le sourire affectueux de ses parents se figea d'abord en un silence, puis se tordit en une grimace douloureuse. Ma mère et moi échangeâmes un coup d'œil, essayant de comprendre ce qui s'était passé. C'est Zacharie, le vieux père de Jean, qui dissipa la gêne générale. Il dit que son fils était parti pour un voyage d'études religieuses avec un groupe de jeunes de Jérusalem, coupant ainsi court à toute autre question et curiosité de notre part.

Plus tard, des parents plus accommodants nous racontèrent, à ma mère et à moi, que l'on n'avait plus de nouvelles de Jean depuis un an. Cela faisait longtemps qu'il fréquentait des jeunes gens – des rebelles, ceux-là, sans conteste – qui avaient choisi un Credo plus dur, plus extrême. Ils avaient formé un groupe restreint qui n'acceptait pas les dogmes trop souples, ni les enseignements superficiels des rabbins, ni l'attente inutile d'un messie qui n'arriverait pas au milieu de croyants aussi mous et satisfaits. Ils n'acceptaient pas la libéralité d'autres cultes importés et avaient eu des problèmes avec les Romains. Les soldats s'étaient présentés dans cette maison même, chez Zacharie. Ils cherchaient Jean, mais mon cousin était déjà parti.

Ces jeunes traversaient la Palestine en quête de disciples, souvent ils s'aventuraient à travers les déserts et les régions les plus âpres pour mortifier leur corps et se purifier de la vie trop facile et confortable – si éloignée de tous les exemples des prophètes – qu'ils avaient menée en ville. Des garçons bizarres, dirent les gens de la famille. J'avais toujours pensé que Jean, si généreux, si rêveur, si passionné et impétueux, ferait des choix en accord avec sa nature intime. Il me manquait. J'éprouvais son absence dans cette maison de vieillards affligés – eux aussi se sentaient trahis – et je n'avais personne d'autre à qui m'ouvrir pour raconter mes aventures malheureuses. Maintenant, Jean avait également une fuite à raconter. Je devinais la douleur de Zacharie. Peut-être l'abandon d'un fils est-il encore plus amer que celui d'un père : il découvrait qu'il avait commis des erreurs avec Jean. Et ce qui le faisait souffrir plus encore, c'était la certitude de ne pas avoir beaucoup de temps ni de nouveaux arguments pour le ramener vers lui.

Ma mère souffrait elle aussi de l'absence de Jean. Son neveu préféré. Pendant nos séjours à Jérusalem pour la Pâque, quand nous étions enfants, ma mère interrompait nos jeux et s'attardait avec Jean en de petits examens sur la connaissance de la Torah. J'aurais voulu moi aussi répondre aux questions de ma mère, mais elle m'éloignait d'un geste, m'envoyait chercher quelque chose ou trouver mon père : elle voulait rester seule avec lui. Ils me donnaient l'impression d'être amis et complices, et de partager un secret bien à eux. Moi, j'en étais exclu.

J'étais jaloux. Mais je ne savais pas bien si c'était de Jean ou de ma mère.

Le matin, je sortis de bonne heure pour aller rendre visite à Joseph de Jérusalem, le charpentier qui m'avait offert refuge, repos et travail. Une des personnes les plus importantes de ma vie. Pendant quelques mois, il avait été le père que j'avais perdu et que je cherchais. Je voulais le serrer dans mes bras et m'excuser de ne plus lui avoir donné de nouvelles, de l'avoir laissé seul à travailler péniblement dans sa boutique et, surtout, d'avoir perdu les outils qu'il m'avait offerts. Dans le souvenir de la trahison de Delia, de la fuite du chariot, ce qui me blessait le plus – plus que le vol de l'argent, don de mon cousin Jean dissimulé dans la cachette entre les roues –, c'était cette sacoche d'outils que, dans leur indifférence à l'égard de quiconque, Delia et Barabbas m'avaient soustraite.

Je traversai les trois rues qui séparaient l'atelier de Joseph de la maison de mon oncle. En arrivant, je trouvai les portes à peine poussées, comme si Joseph venait de sortir. D'un regard circulaire, je le cherchai dans les parages. Personne. J'entrai dans la maison. Personne. Sur le sol, il y avait des bouts de planches, de vieilles chaises – nos chaises, sur lesquelles nous nous asseyions pour partager le peu que possédait Joseph – démembrées et abandonnées, des copeaux de travaux anciens, encore humides de l'urine de chats qui, à ma vue, hérissèrent leurs poils et s'échappèrent en feulant dans ma direction. Une puanteur âcre m'obligea à mettre une main devant la bouche pour me protéger des miasmes. La petite pièce où se trouvait autrefois ma couche – si chère à mon souvenir – était pleine de paille : quelqu'un d'autre avait logé à cet endroit, sans amour ni intérêt. Sans doute un vagabond : ses excréments secs s'étaient accumulés dans un coin. Rien n'indiquait qu'avait vécu dans ce lieu une personne aussi attentive et généreuse que Joseph. De vieilles choses cassées et inutiles, jetées n'importe où, remplissaient tout l'espace. Je ne reconnus pas un seul objet familier. Probablement les voisins trouvaient-ils plus commode de se débarrasser de ce qui les encombrait en le jetant dans cette maison abandonnée. Je fus pris d'une sensation de découragement et de vide. Et ce n'était pas seulement parce que je ne pouvais retrouver Joseph. J'étais accablé à l'idée qu'un lieu si vivant dans mon souvenir, si hospitalier et chaleureux, ait pu se transformer en un endroit hostile et étranger.

La demi-obscurité qui régnait ne me permettait même pas de distinguer les espaces que j'avais occupés pendant des mois, où nous travaillions, où nous mangions, où Joseph devinait dans mes silences le tourment d'un jeune à la recherche de son père. Il n'y avait rien qui m'appartenait dans cette maison ; j'en sortis bouleversé, sous le coup de la nausée et de l'impuissance. Je vis une femme qui entrait dans une maison voisine. Je lui demandai si elle connaissait Joseph, le charpentier qui avait vécu ici. Elle me dévisagea avec curiosité. Peut-être un vague souvenir de mon visage lui revenait-il en mémoire ?

Elle répondit que cette maison était vide depuis des années. Oui, autrefois il y avait un vieux qui travaillait là. Un soir, il était tombé malade, des parents étaient venus de loin et l'avaient emmené avec eux. Quand je voulus savoir où, la femme ne sut rien me dire de plus, elle fit un geste de la main désignant le lointain, vers les collines, mais elle n'ajouta pas un mot. Je m'en allai. Je me sentais vide et défait comme cette maison abandonnée à l'horreur.

Lorsque je revins vers les festivités familiales, j'étais distrait, troublé. Cette gaieté forcée m'irritait, de même que ces embrassades qui étaient censées être celles d'une famille retrouvée et enfin ressoudée. Au fond, j'avais peu de choses en commun avec ces parents. Des souvenirs – pas tous heureux – de mon enfance. Ma complicité avec Jean me manquait, nos jeux en cachette des adultes, nos commentaires pour nous moquer des hautains officiants des rites et même de son père, Zacharie. Je me souviens que, le soir, nous bâtissions des généalogies fantastiques sur les parents venus de loin que nous n'avions jamais vus. Nous trouvions, pour chacun, la descendance directe d'un animal. Il y avait le singe, le chameau, et même une vache dans le groupe féminin de la parenté. Une fois, avec mon père et ma mère, comme je ne me rappelais pas le nom de cette femme, j'avais dit « la tante vache ». J'ai encore en tête le doux accord des rires amusés de ma mère et de mon père. Je ne l'entendrai plus jamais.

Ce soir-là, après le dîner, assis autour de la grande table commune, alors que je sentais au fond de mon cœur le vide de la maison de Joseph, je devinais avec irritation la curiosité des parents de ma mère à propos du destin de mon père. L'hypocrisie des questions qui se voulaient innocentes mais cachaient au contraire la méchanceté de ceux qui veulent savoir pour s'apitoyer ensuite. Peut-être avec des allusions à une faute de ma mère. Je percevais quelque chose d'ambigu dans leur curiosité ; leurs questions n'étaient jamais directes ni claires, mais elles tournaient autour de la solitude de ma mère, avivant plus encore la blessure causée par le départ de mon père. J'allai me coucher de bonne heure, dégoûté, les laissant continuer à déchirer ma mère en lui demandant comment elle vivait seule, comment elle mangeait, qui faisait pour elle les réparations, les tâches lourdes, qui s'occupait du jardin. J'entendis ma mère répondre une fois seulement : « Mon fils. »

Ma mère dut elle aussi se sentir mal à l'aise devant l'insistance de ces questions, parce que, à son tour, elle se leva, salua l'assistance et alla se coucher. L'endroit où je dormais était tout proche de celui où nous mangions et je continuai à écouter sans curiosité les commentaires des personnes de la famille. En fait, ces gens m'ennuyaient. Dans le demi-sommeil où j'étais plongé désormais, leurs paroles, parfois chuchotées, parfois animées par l'indignation, se mêlaient pour devenir le monologue d'une seule voix qui racontait l'histoire – inconnue de moi – de ma mère.

Si jeune et déjà enceinte. Dans la famille, cette grossesse avait été extrêmement embarrassante. Dès qu'elle s'était annoncée. Ma mère avait quatorze ans à l'époque. Trop jeune pour l'expérience de l'amour et de l'accouchement. Elle venait d'être fiancée à mon père, beaucoup plus vieux qu'elle, si éloigné des années de fécondité que beaucoup – tout le monde – doutaient qu'il puisse être le père. Un homme bon, disaient-ils, peut-être trop même, qui acceptait la paternité d'un enfant qui n'était probablement pas le sien. Tandis que, à moitié assoupi, j'écoutais l'histoire de ma famille – mon histoire –, le visage de mon père, que j'avais presque oublié, me revint comme en rêve, avec une grande précision de détails et de gestes, avec le son de sa voix perdue désormais, au point que j'eus la sensation de l'avoir à côté de moi. J'allais le retrouver à mon réveil, sans aucun doute. Je revis son regard toujours voilé d'une sourde inquiétude, la peur qu'il m'arrive quelque chose, que je me blesse ou sois blessé, que je disparaisse. Pour mon père, j'avais été un don inattendu. Sans doute, à son âge, avait-il renoncé à l'hypothèse d'un enfant.

Peu à peu, les années passant, le souvenir de son visage est devenu imprécis, toujours plus flou. Je me rappelle un matin, il n'y a pas longtemps, je venais de me réveiller et je regardais le ciel encore noir de nuit en cherchant une lueur de l'aube qui tardait. Combien de fois, enfant, ai-je vu, à la lumière de la torche, mon père debout sur le seuil lui aussi, occupé à scruter l'horizon en quête de nouvelles quant au jour qui s'annonçait, aux nuages porteurs de pluie, aux halos de lune informant sur la chaleur de la journée à venir, ou au gel qui fend le bois. Moi, au contraire, ce matin-là, dans l'obscurité du ciel, je cherchais le visage de mon père définitivement perdu. Et je répétais ma question : Père, pourquoi m'as-tu abandonné ? Ses traits m'échappaient, son front droit, son nez légèrement busqué, ses cheveux ébouriffés par le sommeil. En fermant les yeux, j'arrivais à voir ses vêtements – j'en porte encore certains aujourd'hui –, ses sandales, son dos légèrement voûté par les ans. Mais pas son visage. Aujourd'hui, le seul souvenir net que j'ai de mon père, c'est son odeur de sueur, de bois et de colle, l'odeur de l'ânesse et de la cendre des feux qu'il allumait pour nous réchauffer. Je ne pourrai pas oublier l'odeur de ses mains quand, inquiet, il me touchait le front pour vérifier si je n'avais pas une de mes terribles fièvres enfantines : l'odeur d'eau et de métal de ses outils.

Les voix des personnes de la famille continuaient à raconter mon histoire d'avant ma naissance. C'était une histoire qui semblait appartenir à quelqu'un d'autre. Ils disaient que c'étaient des années sanglantes. Les soldats romains avaient été accueillis par des guets-apens au couteau dans les ruelles de Jérusalem, et partout ils vengeaient leurs compagnons tués ou blessés en faisant des razzias dans les villes et les villages. Ils tuaient, volaient, violaient les femmes. Même les plus jeunes – des fillettes, dit une voix pleine de pitié –, laissant pour héritage et avertissement des grossesses semblables à des marques d'infamie. Quatorze ans, élevée dans l'ignorance par les femmes pieuses de la famille, tellement peu préparée à l'aventure de sa vie qu'elle avait elle-même ouvert la porte à ces hommes-là. Et ceci non par peur des armes, mais en raison de sa gentillesse naturelle.

À travers mon sommeil inquiet, je perçus quelque chose d'ambigu dans ce récit parce que, à cause du ton indigné des voix et des chuchotements apitoyés qui ne voulaient pas trop en dire, je confondais le drame imprononçable de la violence sur ma mère avec l'abandon avéré de mon père. On parlait du « fait » et tenait pour établi que toutes les personnes présentes étaient au courant et qu'il était inutile de le désigner. Je parvins à comprendre que le « fait » s'était produit à Nazareth, ce qui brouillait encore plus la vérité, car deux événements se superposaient dans un même lieu.

Ma mère pleurait des larmes enfantines de douleur et de stupeur parce qu'elle ne comprenait pas ce qui s'était passé. Elle dit seulement à ses parents qu'on lui avait fait du mal. Elle balbutiait un nom, Gabriel, et ils n'arrivaient pas à comprendre si c'était celui de son violeur ou de quelqu'un qu'elle avait rencontré auparavant, dont le rôle dans cette grossesse restait vague et plutôt déconcertant. Ce n'était pas un prénom étranger, il appartenait aux terres d'ici. Les parents eurent beau enquêter discrètement et demander à des connaissances fiables et aux amis de la famille s'ils l'avaient entendu prononcer – dans les affaires ou chez les domestiques, parmi les voyageurs, les vagabonds et les fugitifs nombreux dans les sentiers autour de Nazareth –, jamais ils ne purent mettre un visage sur ce prénom ni établir des circonstances qui auraient pu mettre ma mère, si jeune encore, face à un homme portant ce prénom de Gabriel. Ils finirent par se dire que c'était là un de ces expédients que les enfants utilisent quand ils sont obligés de donner un nom à ce qu'ils ne savent ou ne veulent pas s'expliquer, à une peur, à un mystère, à des événements encore troubles et impénétrables pour eux. Dans ce demi-sommeil troublé – à cause du caractère déplaisant de ces souvenirs chuchotés qui avaient tout l'air de calomnies sur ma mère, à cause de ces voix que j'entendais par intermittence et qui me laissaient insatisfait et inquiet –, il me vint l'idée que Gabriel pouvait être vraiment le prénom de mon père.

La famille cacha cette honte à tout le monde. Pendant trois mois, jusqu'au moment où les signes de la grossesse ne purent plus être dissimulés par des vêtements amples et des mensonges, où la fillette fut plusieurs fois prise de nausées dans la rue. L'excuse d'une maladie ne suffisait plus – elle parut aux parents encore plus néfaste que la vérité elle-même à la bonne renommée de la famille –, pas plus que celle de fièvres récurrentes ou d'indispositions normales à cet âge. Ils l'emmenèrent dans un village éloigné où, selon les informations fiables venues du cercle familial le plus restreint, une femme résolvait ce genre de grossesse imposée. À ma mère, ils n'expliquèrent rien. Pendant le court trajet, elle se sentit mal. On l'aida à descendre de l'ânesse. Pâle, exténuée, elle vomit et s'affaissa, évanouie. Son père, qui l'accompagnait, espéra que ce malaise annonçait ce que l'on attendait : le problème s'était résolu de lui-même. Il trouva une confirmation à son hypothèse dans ce que racontaient les femmes de la famille : les grossesses aussi précoces, bien souvent, n'arrivaient pas à terme. Mais ma mère reprit des couleurs, se sentit mieux. Son père l'aida à grimper sur l'ânesse, et ils se remirent en chemin.

La femme pratiquait son activité en dehors du village, dans un antre proche des bergeries – j'imaginai l'étable de ma naissance –, afin que les clients se sentent plus tranquilles loin des yeux et des commérages. Lorsqu'ils firent entrer la fillette, la femme l'accueillit avec ces petits mots gentils qu'on réserve aux jeunes enfants. Il y avait chez elle quelque chose de faux et de mielleux qui alarma tout de suite ma mère. La femme lui caressa la tête en lui promettant que ce serait vite fini : elle reprendrait bientôt ses jeux de petite fille. Effrayée, ma mère regarda autour d'elle et crut être dans une de ces cavernes où les bergers se rassemblent pour faire le fromage. Son père, une fois, l'avait emmenée voir comment le lait de brebis caillait dans le grand chaudron sur le feu. Elle avait aimé ce miracle savoureux qu'on lui avait fait goûter encore chaud. De l'eau bouillait sur le feu et le peu d'espace éclairé par la torche laissait voir une table et des instruments qu'elle ne reconnaissait pas. Tout autour, c'était le noir. Elle vit par terre des jeux d'enfants et se dit que beaucoup d'autres petites filles avant elle étaient passées sur cette table, entre les mains de cette femme. Celle-ci lui faisait des sourires rassurants – en réalité tous destinés au père pour le tranquilliser – et elle lui montra un cordon avec une toupie en bois ainsi que d'autres jouets : avec ça, elle pouvait faire passer le temps et toute inquiétude. Ma mère fit non de la tête : la terreur l'empêchait d'exprimer ses pensées.

Tandis que la femme immergeait ses instruments dans l'eau bouillante, ma mère commença à comprendre. Mais lorsqu'elle demanda aux hommes, au père également, d'attendre à l'extérieur, lorsqu'elle força ma mère à s'allonger sur l'espèce de table et à ouvrir les jambes, celle-ci se mit à crier et à résister. Pour la rassurer, la femme lui mit une main sur l'épaule. C'est à ce moment-là que ma mère se sentit profanée et qu'elle repoussa de toutes ses forces la femme qui, prise par surprise, fit tomber par terre les instruments qu'elle venait de laver. La mégère révéla alors son vrai visage et l'agonit d'insultes. Elle dit à ma mère, en montrant les dents, que cela lui avait sans doute plu de se faire mettre enceinte. Elle n'avait qu'à payer maintenant les conséquences de ce divertissement. La femme en avait connu d'autres, de ces filles de riches qui ne se gênaient pas pour s'amuser, après quoi les parents venaient lui demander d'arranger la chose.

Les cris de sa fille avaient inquiété le père, qui décida d'entrer dans la pièce. Il trouva ma mère bouleversée, recroquevillée dans un coin, derrière la table. La femme, furieuse, la secouait par un bras pour la tirer de là. Le père donna quelques pièces à cette femme – pour acheter son silence – et emmena ma mère. C'est ainsi que je continuai à grossir dans les entrailles d'une petite fille. C'est par nécessité, et pour le bon renom de la famille, que les parents distinguèrent en mon père, le vieux charpentier de Nazareth, l'homme bon qui la prendrait pour femme.

Je ne savais plus ce qui était réel et ce qui appartenait au travail de mes rêves. Endormi maintenant, j'écoutais les voix autour de la table où nous avions mangé, comme les berceuses que ma mère me chuchotait pour m'endormir dans les nuits de tempête, quand je voulais fuir ma terreur en m'agrippant à ses vêtements et à l'odeur de ses aisselles, quand les coups de tonnerre éclataient dans mon sommeil pour me rendre un instant à l'angoisse, puis je sombrais de nouveau dans le noir de la quiétude. Ainsi, je ne sais s'il appartenait à l'histoire entendue ou au rêve, ce souvenir – qui ne pouvait être mien – du jour où ils avaient accompagné ma mère jusqu'à la maison de Joseph. Ils l'avaient vêtue de sa plus belle tunique, lui avaient fait une belle coiffure. La grossesse désormais visible avait arrondi ses joues, lui donnant un air encore plus enfantin. Lorsque

Joseph fit entrer la famille dans sa maison – la maison où j'ai grandi –, il se trouva face à des parents désespérés, mais hautains, et à une fillette silencieuse. Il avait déjà été informé par des connaissances communes du but de la visite. Joseph, par choix, ne s'était jamais marié. Il avait préféré une jeunesse laborieuse de solitude. L'espace, dans la maison, était occupé par ce qui servait à son travail, il n'avait jamais eu l'occasion d'imaginer le lieu autrement, ni ouvert à une femme.

Il avait été un jeune homme silencieux et timide, et, maintenant qu'il aurait désiré avoir une famille et devenir père, les années de trop l'avaient éloigné de cet espoir. Il avait accepté de rencontrer ma mère et ses parents par simple générosité, mais, durant les jours qui le séparaient de ce rendez-vous demandé selon les formalités de la tradition, une légère curiosité avait fleuri en son cœur. Il connaissait ma mère pour l'avoir vue souvent auprès de ses parents et des autres femmes de la famille, il l'avait effleurée sans même s'apercevoir qu'elle était là lors des rites publics. C'était une fillette, et jamais il n'aurait imaginé qu'elle puisse devenir sa femme. Il les fit entrer dans sa maison parmi des copeaux de bois arrachés par ses rabots, au milieu de ses planches noueuses, de ses outils éparpillés sur le sol, devant son feu allumé pour fondre ses colles. Joseph n'avait pas l'habitude d'accueillir chez lui. Jamais personne ne venait s'asseoir dans l'intimité de sa tanière solitaire. Les seuls qui passaient étaient les clients avec qui il se mettait rapidement d'accord sur le prix à l'ombre du préau. Il fit asseoir les parents sur les seules chaises disponibles – il venait de les réparer pour un voisin – et invita ma mère – à ses yeux une enfant qui semblait prête à se contenter de peu – à se poser sur la racine parfumée d'un olivier qu'il avait péniblement arrachée à la terre en attendant que sa fantaisie imprime une forme à ce bois récalcitrant.

Les parents se repentaient d'avoir choisi cet homme comme fiancé. Qui sait quelle vie de sacrifices, quelles peines et quelles gênes il allait imposer à leur fille ? Mais le temps manquait pour chercher encore. La mère de ma mère regardait en frémissant les rares ustensiles de la cuisine, ces louches grossièrement arrachées à la nature des bois, ces marmites ébréchées par une utilisation trop rude et simple, qui avaient perdu leurs poignées depuis longtemps, les bols pour la nourriture et l'eau, sales et abandonnés par terre à côté des outils, sans souci de la forme ni du contenu. Cette femme pleurait intérieurement des larmes très amères : elle avait élevé sa fille dans l'apparence des aises et de la caste avec la certitude d'un mariage prestigieux, bien différent de cette honte-ci. Elle était en train d'offrir sa si belle enfant à cet homme qui avait de la sciure dans les cheveux et la barbe, qui n'avait même pas eu l'idée d'offrir un bol d'eau à ses hôtes, et qui avait leur âge. Ce fut une rencontre silencieuse. Ils ne savaient pas quoi se dire.

Chacune des parties s'en tenait à un accord qui avait été proposé par des connaissances communes, sans avoir jamais été clairement validé. Le père de ma mère et Joseph se dévisagèrent longtemps sans parvenir à exprimer les perplexités que ce mariage suscitait en eux. À un moment donné, le père décida qu'il n'y avait rien d'autre à ajouter et se leva, suivi par sa femme. Joseph se leva à son tour. Il regarda sa fiancée avec tendresse : ce ventre déjà tout près de fructifier promettait un enfant. Joseph fut ému de cette évidence si concrète, voisine. Seule ma mère s'attardait, assise sur la racine d'olivier : elle observait les outils et les morceaux de bois éparpillés en désordre sur le sol. Elle imaginait ce qu'elle pourrait construire dans cette maison, pour s'amuser.

Joseph les observa tandis qu'ils s'en allaient. Les parents étaient pressés de s'éloigner après avoir pris congé. Ma mère les suivait en songeant encore aux jouets et aux jeux qu'elle pourrait inventer sur le sol de cette maison. Mais quand elle voulut les rattraper en courant, comme elle le faisait d'habitude, elle fut obligée de ralentir, freinée par le poids de son ventre volumineux.

Ainsi, rapidement, les noces furent organisées. Les parents parvinrent à brouiller la date des fiançailles de manière qu'une année semble avoir passé depuis cette rencontre, faisant ainsi taire les médisances et limitant la méchanceté de la curiosité. Le mariage fut fait discrètement, et seuls les plus intimes, qui avaient déjà connaissance de la grossesse, participèrent à la fête. Et quand Joseph la ramena à la maison lors de la première nuit de noces, ma mère la trouva toute propre et rangée.

Elle en fut déçue : tous ces engins et petits bouts de bois qui lui avaient inspiré des fantaisies de jeux avaient disparu. Mon père, en cachette, avait demandé aide et conseil aux femmes de ses clients les plus amicaux sur la façon d'accueillir sa petite épouse. Elles s'étaient empressées de l'aider, heureuses de pouvoir le faire : elles étaient arrivées avec des chiffons et des bassines et avaient travaillé toute la journée pour rendre confortables les pièces de la maison. Lorsque ma mère franchit la porte, elle trouva un lit prêt pour elle seule. Joseph s'organisa pour dormir un peu plus loin et ne pas déranger avec son sommeil agité d'adulte les quelques mois qui restaient jusqu'à l'accouchement.

En vue de ma naissance, mon père avait acquis, en échange de son travail, une jeune ânesse afin de rendre les déplacements de sa jeune épouse moins pénibles et dangereux. Sur le conseil de la mère de la jeune femme – cela parut à Joseph un ordre impérieux –, ils décidèrent d'aller rendre visite à la cousine Élisabeth, elle aussi sur le point d'accoucher, mais beaucoup plus âgée. Elle mettrait au monde celui qui serait son premier et unique enfant, mon cousin Jean.

Les voix autour de la table se firent plus basses et lointaines encore pour que la maîtresse de maison, Élisabeth, n'entende pas les commentaires sur cette rencontre. Mon sommeil continuait à emboîter les voix comme dans un récit suspendu entre la mémoire et le rêve, et j'unissais dans cette histoire les faits que je connaissais déjà et les informations nouvelles qui me parvenaient tandis que je croyais dormir. Les deux cousines se connaissaient peu. Elles ne s'étaient rencontrées que deux fois, pour la Pâque à Jérusalem. Mais maintenant, face à face, chacune mesurait l'extension du ventre de l'autre avec des caresses réciproques. Ceux qui avaient assisté à leurs étreintes de tendresse et de réconfort racontaient combien cette rencontre avait semblé bizarre, et en même temps si conforme au caractère singulier de la famille. Deux femmes enceintes, ventre contre ventre, toutes les deux à leur premier accouchement, également inquiètes et émerveillées devant le mystère de la naissance ; l'une encore une enfant, et l'autre tellement avancée en âge qu'on pouvait depuis longtemps la considérer comme stérile et incapable de procréer. Deux femmes, une trop en avance, l'autre excessivement en retard. L'un des membres de la famille souligna à quel point cette réunion semblait être un signe, une prémonition, un avertissement. Personne n'arrivait à comprendre quel destin pouvait annoncer cette double grossesse. Je dormais maintenant, mais je me rappelle encore un instant de conscience où ressurgissait cette ennuyeuse jalousie pour l'intimité que ma mère avait avec Jean, l'aveuglant – refoulé – soupçon que j'avais lorsque j'étais enfant : mon cousin et moi, tous deux du même âge et tellement semblables, avec ces mères qui nous avaient enfantés à des moments opposés de leur vie, nous avions certainement été échangés au berceau. C'était Jean, le fils de ma mère ! Voilà quel était le malaise qui me troublait quand ma mère interrompait nos jeux pour rester seule avec mon cousin. C'est à lui, en réalité, qu'était confiée la responsabilité de son ambitieux projet, à Jean, si impétueux et sûr de lui, si assuré et inflexible : jamais il ne se plierait à la médiocrité de la vie. J'imaginais que durant ces rencontres avec mon cousin, desquelles j'étais écarté sous divers prétextes, ma mère affinait ses desseins, fournissait des indications nouvelles et plus circonstanciées. C'était Jean, l'élu. Moi, j'étais un second choix, un plan de réserve. Mais cette lueur de soupçon s'éteignit, et je me mis à rêver que ma mère et Joseph quittaient la maison d'Élisabeth enceinte pour rentrer à Nazareth. Joseph, à pied, traînait l'ânesse alourdie par le poids de la fillette au gros ventre, ennuyée par ce long voyage, lassée de ce rôle de mère à venir qui ne lui convenait pas. Joseph, qui était un homme sérieux et prévoyant, avait pensé à tout : il tira d'une sacoche une poupée pour distraire sa petite épouse. Il l'avait fabriquée lui-même pour que ma mère s'habitue à bercer un nouveau-né. Il l'avait façonnée dans la racine d'olivier où il avait, la première fois, fait asseoir sa fiancée.

8

Nous passâmes d'autres Pâques à Jérusalem. Je rentrais toujours à Nazareth avec soulagement. Je n'aimais pas ces vérités chuchotées à demi-mot entre les membres de la famille, la reconstruction de l'épopée familiale comme une médisance, une tare à dissimuler. Ma mère et moi sommes cette famille, avec toutes ses limites, ses péchés, ses secrets. Nous l'avons construite dans la douleur. Je préférais la dure pauvreté de Nazareth à l'opulence fausse et indiscrète de Jérusalem. Dans la capitale, j'aurais été ouvrier dans un atelier. Ici, j'étais charpentier.

À ce moment-là, je travaillais au rabot de verre lorsque j'entendis au loin un chœur de voix, un chant qui approchait, accueilli avec joie par les voisins, par les rires stupéfaits des enfants. Je posai mes outils et me laissai emporter moi aussi par la curiosité.

Vêtus de tuniques blanches, ils entraient à Nazareth en entonnant un chant de fidélité à Dieu, créateur de toutes choses, un Credo simple mais rigoureux qui devait refonder le destin de la Palestine : elle ne devait plus être une colonie romaine, mais de nouveau la Terre promise. Au milieu d'eux – une quinzaine d'hommes dont beaucoup étaient très jeunes, qui marchaient avec de la nourriture et de l'eau dans leurs besaces – : le visage de mon cousin Jean. Il était devenu adulte. Cela faisait des années que je ne l'avais pas vu. Lui aussi portait la barbe et il avait toujours cette lueur de tempête dans les yeux. Je traversai le cortège, et nous nous retrouvâmes face à face. Nous nous étreignîmes. Il était grand et plus maigre qu'avant, avec les yeux cernés des gens qui mangent peu et marchent beaucoup. Lui et quelques autres me suivirent chez moi, où ma mère le prit longuement dans ses bras : elle était heureuse de retrouver son neveu préféré. Nous les fîmes bien manger, lui et ses amis – les voisins firent de même avec le reste du groupe –, et nous passâmes un long moment à parler.

Il me raconta son voyage. Cela faisait des années maintenant qu'il traversait les villes et les villages à la recherche de jeunes gens – seuls les plus jeunes ont l'intuition du futur – qui voudraient embrasser leur illumination. Ce n'était pas facile. Les soldats romains les en empêchaient de toutes les façons possibles, car ils craignaient leur prosélytisme : plusieurs fois ils avaient résisté aux hommes armés et souvent ils avaient dû fuir pour éviter d'être blessés, ou pis encore. Les Romains ne toléraient pas ces appels au rassemblement sous l'enseigne de Dieu, l'ostracisme radical à l'égard des autres cultes, le choix de la pauvreté et de la simplicité des besoins :

au fond de cette adhésion si totale et authentique, les Romains – mais aussi les Juifs les plus riches – décelaient la sédition et la rébellion, le refus des privilèges et des castes. Les noms des jeunes du groupe étaient connus, et leurs familles avaient elles aussi subi des pressions et des menaces. Nombre d'entre eux avaient abandonné la voie du défi pour retourner dans leurs confortables maisons. Mais d'autres, plus résolus et téméraires, avaient choisi de les suivre. Ils évitaient les routes principales et étaient parvenus jusque dans les lieux les plus reculés où Dieu aime lui aussi à s'isoler, pour y planter la semence de la foi retrouvée. Ils voyageaient de nuit, souvent à travers le désert, suivant l'instinct des parcours et la suggestion des étoiles. C'est ainsi qu'ils étaient arrivés à Nazareth, non par un choix conscient, mais par l'entrecroisement des routes.

J'étais content de pouvoir embrasser de nouveau Jean. Les dernières Pâques que nous avions passées à Jérusalem avaient été tristes sans lui. Je l'accompagnai dans la cour pour lui montrer l'endroit où je travaillais. Je voulais rester seul avec mon cousin pour lui révéler mes difficultés. Je lui racontai ma fuite, mon amour pour Delia, sa trahison. Il devina combien ma déception était profonde et, m'étreignant, se mit à pleurer. Jean est expansif, sensible à la douleur des autres. Il a toujours des réactions bizarres et imprévues : ses émotions sont tellement violentes que, souvent, il ne parvient pas à les contrôler. La dernière fois, nous nous étions vus dans la maison, vide maintenant, de Joseph de

Jérusalem, lorsqu'il m'avait offert la bourse pleine de pièces. C'était justement du charpentier qu'il voulait me parler.

Il me raconta qu'ils étaient arrivés en Samarie, dans un village dont il ne savait même pas le nom. Son groupe, comme d'habitude, entrait dans l'agglomération en chantant. Une stratégie prudente pour montrer qu'ils venaient en paix, avec la promesse d'une foi plus authentique. Auparavant, quand ils ne chantaient pas et ne s'annonçaient pas, ils avaient parfois été chassés des villages à coups de pierres. On les prenait pour des voleurs et des mendiants. Ce jour-là, tandis qu'ils avançaient en chantant dans les ruelles du village, ils avaient croisé un convoi funéraire qui transportait un corps enveloppé dans un suaire. Par respect, le groupe s'était tu et s'était joint à la famille pour le rite. Le mort était le père d'un jeune qui avait notre âge, mais déjà marié et père de deux enfants. Au moment de la mise en terre, ils s'étaient approchés pour exprimer leurs condoléances et apporter de la consolation au jeune homme en deuil. Jean voulait lui communiquer la force de son Credo obstiné – il y avait un ailleurs pour les morts, plus heureux, plus juste –, mais l'homme était inconsolable parce que, avait-il expliqué, il avait peu connu son père de son vivant, et peu lui importait cet ailleurs pour les morts. Son père était parti, l'abandonnant, quand il était encore enfant. Il était allé s'installer à Jérusalem parce que son métier de charpentier n'offrait pas de ressources dans leur petit village.

Peu à peu, par l'intermédiaire de gens de confiance, étaient régulièrement arrivées des sommes d'argent qui leur avaient permis, à sa mère et à lui, de vivre sans trop de soucis. Un matin, ces mêmes connaissances l'avaient informé que son père était souffrant. Le jeune homme s'était rendu à Jérusalem et était revenu, après un voyage compliqué, avec son père malade. Le vieillard ne s'était pas remis. Cet homme qu'ils venaient d'ensevelir, c'était Joseph, le charpentier.

La nouvelle de cette mort ne me surprit pas. D'une certaine façon, pour moi, Joseph était mort lorsque j'avais visité sa maison vidée et profanée : son absence du lieu où j'avais continué à cultiver son souvenir durant ces années était déjà un deuil. Pendant que Jean me racontait comment il avait appris la mort de Joseph, je repensai à mon père : il était plus vieux que Joseph de Jérusalem, certainement plus accablé par le sentiment de culpabilité. J'eus la certitude fulgurante que mon père était mort lui aussi. Qui savait où et en quelle solitude ? Je tentai d'imaginer ses derniers instants : avait-il eu une pensée pour moi ? Quel horizon s'était éteint dans ses yeux ? Avait-il senti cette pointe douloureuse de nostalgie, de tendresse, d'absence, semblable à celle que j'avais essayé de combler chaque jour depuis sa disparition ? Père, pourquoi m'as-tu abandonné ? Quelles mains avaient lavé son corps ? Qui s'était occupé des prières ? Qui, plein de tendresse et de larmes, l'avait accompagné jusqu'à sa dernière sépulture ? Avait-il pu imaginer combien je l'avais cherché, combien j'avais désiré revoir son visage, chaque jour désormais un peu plus lointain, impossible à reconnaître ? Mon père, l'homme qui avait pris soin de moi durant toute mon enfance, qui, par amour, par sentiment de responsabilité, avait vécu avec le cœur battant la chamade chacune de mes absences enfantines, chacun des risques imaginaires ou réels que je courais, cet homme n'était plus.

Mon père, qui faisait des miracles avec le bois, avec ses mains omnipotentes, qui avait, pour me divertir, dégrossi dans des racines tous les animaux de la Création – il aurait suffi d'un souffle pour donner vie à ces jouets –, s'était perdu pour l'éternité. Jamais plus, nulle part, je ne le rencontrerais. Jamais plus je ne pourrais lui demander : pourquoi m'as-tu abandonné ? La conscience de cette absence était si nette, si profonde, que j'en eus le vertige. Je ne dis rien à Jean, rien à ma mère. Depuis le départ de mon père, lorsque j'avais compris qu'il ne reviendrait pas du voyage de travail qu'elle avait inventé, ni ma mère ni moi n'avions plus prononcé son nom. Son absence était si encombrante que, s'il nous arrivait de trouver dans la maison un objet, un vêtement lui appartenant, nous n'en parlions pas. Chacun s'en occupait de son côté, sans prévenir l'autre, et nous l'ôtions au plus vite de la vue commune pour l'intégrer dans nos souvenirs privés, dans la mémoire vive de notre quotidien si solitaire. Nous ne voulions pas rouvrir les cicatrices de son absence. Ses vêtements que j'avais retrouvés me couvraient tous les jours. Ses sacoches, ses sangles qui lui servaient à garder en ordre ses outils sont devenues miennes. Plusieurs fois, le matin, quand elle ne se sentait pas observée, j'ai vu ma mère, le regard tourné vers des endroits anciens connus d'elle seule, se caresser les cheveux avec le peigne de mon père, sculpté par lui dans du bois de noyer. Pourtant, ma mère ne manquait pas de peignes bien à elle.

J'avais besoin de vérifier en moi, seul, ces sensations de détachement et de perte. Mon histoire était tellement semblable à celle du fils de Joseph de Jérusalem, comme un reflet inversé, tellement pleine de signes et d'annonces qu'il n'y avait aucun doute possible quant à la mort de mon père. Et peut-être que l'affection – sa générosité, sa tendresse – que m'avait manifestée cet homme enterré en Samarie était aussi le fruit de sa nostalgie pour son fils lointain et presque inconnu.

C'est avec cette funèbre certitude dans le cœur que je raccompagnai Jean vers le groupe de ses amis. Les gens du voisinage avaient été frappés par la force de l'ingénuité de ces jeunes vêtus de blanc qui refusaient de manger de la viande et de boire du vin. Intrigués par leur simplicité pleine de rigueur, ils écoutaient leurs serments fervents, leurs dogmes qui semblaient bizarres. Il paraissait impensable, pour les gens de Nazareth, de ne pas manger de viande, une nourriture qui, absente de la vie quotidienne, était servie seulement aux grandes occasions. Ils étaient fascinés par ces voix enfantines, par ces bouches innocentes, à peine encadrées d'un soupçon de barbe, qui prononçaient la sévérité des lois.

Mon cousin Jean semblait être le plus âgé du groupe : il en était le guide et le porte-parole. Quand ses compagnons le virent, ils l'entourèrent en l'informant, tout joyeux, que les habitants au cœur large leur avaient offert l'hospitalité dans une maison qui venait d'être construite : elle attendait un jeune couple de fiancés. Elle était encore vide à cause des longs délais requis par les mariages dans nos contrées. Ils pouvaient en profiter pendant quelques jours. Ils m'invitèrent le soir à manger avec eux : ils avaient, au cours du voyage, recueilli des mains des paysans et des bergers suffisamment de nourriture. Je refusai, avec l'excuse de ne pouvoir laisser ma mère seule : nous nous verrions le lendemain. J'avais besoin de fuir toute forme de compagnie, d'affronter dans la solitude mon deuil silencieux.

Lorsque je revins, ma mère s'aperçut de mon trouble et de ma douleur. Elle m'observait, comme elle le faisait quand j'étais enfant, sans rien me demander. Elle prépara la table pour le repas du soir. Je lui dis que j'étais fatigué et que je désertais. Je la laissai seule, à se torturer de suppositions et de doutes, et je pris ma flûte : j'étais en retard pour mon rendez-vous avec le coucher du soleil. Au jardin, l'astre était déjà presque passé sous l'horizon. Je me mis à jouer en souvenir de mon père – comme je l'avais toujours fait durant ces années, comme si ce chant pouvait le ramener à moi –, mais la mélodie que je soufflais sortit de l'instrument si ténue et résignée que j'eus moi-même peine à la reconnaître. Ma flûte avait à son tour choisi un chuchotis parce que le visage de mon père était tellement estompé qu'aucune note n'aurait pu me le restituer. La musique est capable de rappeler plus profondément que les mots, et avec plus d'intensité. Les mélodies qui avaient empli le jardin avaient toujours été mélancoliques, mais elles dissimulaient encore des tons énergiques d'espoir, de jeu même, et le soleil qui disparaissait entre les oliviers me répondait d'un éclat vif d'assentiment. Maintenant, ma flûte avait le son raréfié de l'air, le bruissement des nuages de passage. Il n'y eut pour me répondre que l'obscurité soudaine de la nuit qui n'avait pas pardonné mon retard. Au moment où je tentai de m'endormir, des notes étrangères à celles de ma flûte arrivèrent jusqu'à moi. Je me dis que c'était le rêve, proche désormais, qui me suggérait de nouvelles harmonies à essayer dans le jardin. Mais des paroles me parvenaient en même temps que la musique : c'était le groupe de mon cousin Jean qui chantait des hymnes et des hosannas. Ces chants traversaient le ciel nocturne de Nazareth pour parvenir à mes oreilles.

Le matin, je me mis à travailler dans la cour en attendant que le soleil soit haut, certain que mon cousin et ses compagnons dormaient encore après avoir chanté jusque tard dans la nuit. Mais Jean se présenta alors qu'il faisait encore noir. Il m'expliqua qu'ils se levaient très tôt, bien avant l'aube, parce que la naissance du soleil avait pour eux une signification mystique fondamentale : ils priaient aux premières lueurs porteuses de renouveau, d'un cycle neuf de la nature. Le soleil nouveau-né et encore innocent des péchés des hommes regardait le monde avec la stupeur de la première lumière après le Chaos : ses amis et lui voulaient chaque matin voir de leurs yeux cette candeur des premiers temps.

Jean se mit à me raconter, pendant que je travaillais, leurs rites de purification, leurs prières, toutes les occasions qui se présentaient au cours de la journée pour remercier Dieu dans l'attente d'un signe de lui. Ils n'admettaient pas de femmes dans le groupe. Et même tout rapport charnel avec l'autre sexe était banni : aucun d'eux ne prendrait femme ni n'aurait d'enfant. Il me demanda si je voulais partir avec eux et, à travers les épreuves rituelles d'initiation, embrasser par le corps et l'esprit la simplicité révolutionnaire du Credo, montrer l'exemple de ma propre vie, traverser les montagnes et les déserts, les villes et les villages reculés pour révéler au monde l'urgence du changement et ouvrir la route au Messie. Même si c'était Jean, mon cousin, qui me proposait cette nouvelle aventure, je refusai poliment. Je lui répondis que je ne pouvais pas partir avec eux. J'avais déjà une fois abandonné ma mère, j'allais finir par la tuer. Mais ce n'était pas la seule raison de mon refus : je craignais tout ce qui ressemblait à un rituel, l'atmosphère fanatique de ce groupe me laissait perplexe, cette obligation de partager les mêmes paroles, les mêmes gestes, jusqu'aux vêtements immaculés qui avaient l'air d'un uniforme, le poids des dogmes sous la légèreté des chants, la prière commune.

Moi, cela faisait des années que je ne priais pas. J'avais perdu tout contact avec cette part de moi-même que ma mère avait cultivée et fertilisée depuis que j'étais petit – malgré les regards inquiets de mon père –, à travers la lecture obstinée des Textes, les prières du soir, le respect et l'acceptation des sacrifices et des offrandes. Elle aussi semblait s'être rendue à mon scepticisme. Le soir elle priait seule. Probablement demandait-elle pardon pour ce fils qui s'était éloigné de l'ancienne religion familiale. Je ne croyais pas en Dieu. Je ne croyais plus en les hommes. Je ne sais pas ce qui s'était produit dans mon cœur. Depuis que j'avais été abandonné par mon père, je ne m'étais plus posé de problèmes de ce genre. Quand je m'interrogeais sur Dieu, seule me répondait une profonde et silencieuse obscurité. Je me gardai bien de révéler tous mes doutes à Jean, il en aurait souffert. Il accepta mon refus en me répondant que je n'étais pas encore prêt : je trouverais en moi et dans l'aventure de la vie les raisons de me joindre un jour à lui.

Ils allaient bientôt repartir. Jean me demanda des conseils sur les routes – les plus cachées, les moins fréquentées – qu'il serait pour eux plus opportun d'emprunter pour la suite de leur voyage. Il craignait de rencontrer des hommes armés, de tomber dans un guet-apens. Il craignait les délateurs et les espions qui, d'après lui, étaient largement rétribués pour la moindre information sur leurs parcours, leurs activités de prosélytisme, sur les gens qui leur offraient hospitalité et amitié. Il me dit aussi – c'était un garçon intelligent – qu'il avait également soupçonné, derrière cette recherche d'informations sur leurs déplacements, la présence occulte de la riche main de certains parents ou proches des jeunes du groupe, qui ne se résignaient pas à imaginer leur enfant sur les sentiers ardus de ce choix de vie, frugal comme un sacrifice. C'était la seule explication au fait qu'ils n'avaient jamais été ouvertement attaqués : au fond, ils n'étaient qu'une petite troupe de jeunes gens sans armes, guidés uniquement par la foi et la volonté de paix. Cela aurait été facile et définitif. Peut-être ces gens invisibles qui les filaient obéissaient-ils à l'ordre de ne pas mettre en danger la vie d'un proche.

Il me raconta qu'il avait à plusieurs reprises eu la sensation que quelqu'un les épiait durant leur voyage, les suivait de loin, leur faisait sentir sa présence hostile sans jamais se manifester. La nuit, tandis que ses compagnons dormaient, il avait vu, lui qui n'arrivait pas à s'endormir, submergé par l'inquiétude et la responsabilité qu'il ressentait à l'égard de ces jeunes, des feux distants, mais pas si lointains, de campements qui, au matin, avaient disparu. Il avait remarqué sur les versants des collines des yeux qui les observaient, des têtes qui n'appartenaient à aucune armée, ni à celle des Romains ni à celle des rois du lieu. Il avait entendu des bruits et des cris d'animaux, le mouvement rapide de troupes légères, bien équipées et expertes. Mais personne ne s'était jamais montré pour les affronter. Peut-être s'agissait-il de mercenaires, rassemblés par le salaire que quelqu'un leur avait versé. Jean me raconta comment, dans ses voyages, il lui était arrivé de rencontrer des rabbins radicaux et aguerris qui lisaient des textes univoques et concordants dans le pressentiment du futur : l'empire romain se déliterait, entraînant dans l'oubli le pouvoir des corrompus et des puissants. Et la première fissure, c'était précisément ici qu'elle apparaîtrait, dans le territoire obscur et misérable de Nazareth, où personne n'aurait imaginé un germe aussi précieux et dangereux. Des échos de cette légende étaient parvenus aux oreilles sensibles des espions et des délateurs qui vivaient de la vente de ces ragots aux Romains et aux rois inutiles de la Judée et de Galilée. Jean me suggéra la plus grande prudence parce que, sur les cartes de leurs peurs, ces puissants avaient entouré en rouge Bethléem d'abord, et Nazareth ensuite.

Nous passâmes la journée ensemble, partageant le repas avec ma mère. Pendant que je rangeais la table et lavais les plats, ils restèrent seuls à parler un grand moment. Peut-être pour que je ne les entende pas, ils sortirent. Jean aidait ma mère à ôter de l'étendoir les tuniques et le linge qui séchaient. Je pouvais les voir par la fenêtre, à leur insu. Ils discutèrent longuement, ma mère à sa manière aimable et laconique, Jean avec la ferveur de son caractère.

Il pleura. Ma mère le consola d'une tendre étreinte. La nostalgie de sa famille à Jérusalem, peut-être, ou le poids de sa responsabilité l'avaient un instant abattu. Mais en cet âge désormais adulte, je sentis de nouveau les épines de la jalousie devant leur complicité qui m'avait fait souffrir depuis l'enfance, leurs secrets dont je me sentais exclu. Une fois encore se présenta à moi le soupçon enfantin qu'en réalité c'était Jean le fils de ma mère, sa promesse de rachat. Leur silence soudain, lorsque je les rejoignis à l'extérieur, me sembla gêné.

Le soir venu, j'emmenai mon cousin dans le jardin pour lui faire écouter le son de ma flûte et mon salut au soleil couchant. Il me dit que je devais dominer cet engouement pour le crépuscule et consacrer, comme le faisait son groupe justement, plus d'énergie – d'espérance – à l'aube : ma tristesse n'était que nostalgie du passé. Il me fallait parier sur le futur. C'est là que se cache le mystère de la vérité, me dit-il.

À la nuit tombée, ils décidèrent de partir. Je les accompagnai pendant un moment : je voulais leur indiquer les sentiers les plus sûrs dans leur progression nocturne vers les collines. J'embrassai Jean et il promit que nous nous reverrions. Il en était certain : tôt ou tard, je le rejoindrais. Je les regardai s'éloigner jusqu'au moment où je les perdis de vue. L'espace d'un instant, j'eus la tentation de les suivre, de m'unir au groupe. Je me dis que l'âge et le temps qui passait diminuaient comme dans un entonnoir : jamais plus je ne pourrais faire un choix aussi aventureux, jamais plus je ne pourrais embrasser une vie aussi ouverte au hasard et à l'ivresse, jamais plus je ne partagerais avec d'autres une espérance. Mais je sentais que cela ne m'appartenait pas. Ma maison était à Nazareth avec tous les souvenirs, les remords qui remplissent le bagage d'un homme fait désormais. Je m'en revins.

Comme tous les matins, je travaillais sous l'auvent derrière la maison. Suivant le conseil de Jean, j'attendais avec un peu plus de curiosité le lever du soleil. Je préparais les pièces de bois de la journée, sortais mes outils de leurs étuis, allumais le petit fourneau pour réchauffer la colle. J'entendis les bêlements habituels du troupeau qui approchait : il allait passer devant la maison, guidé par le berger qui, chaque matin, nous proposait son lait qu'il trayait devant ma mère.

La journée semblait s'ébranler dans la répétition laborieuse des gestes, dans la parabole ascendante du soleil qui scande le rythme de notre existence. Le piétinement du troupeau de plus en plus proche m'alarma : jamais il n'était arrivé à cette allure débridée, sans le frein du berger et du chien. À entendre ces bruits, cette agitation, il semblait hors de tout contrôle. De fait, il passa devant moi au trot et en désordre, comme s'il était poursuivi. Je posai mes outils et allai voir ce qui se passait, mais je ne pus dans le noir distinguer le berger ni entendre les aboiements du chien qui maintiennent le troupeau uni à l'instar d'une chaîne invisible. Les animaux continuèrent leur course jusqu'au moment où ils s'amassèrent comme l'anse d'un fleuve à la limite des champs, freinant de leur propre chef. Je décidai d'aller vérifier où était le berger et remontai le sentier en pénétrant dans l'obscurité, loin de la torche de mon atelier.

Je ne le vis pas tout de suite. J'entendis d'abord le halètement de sa course, et tout d'un coup je le trouvai presque sur moi, il ne m'avait pas vu lui non plus. Il s'accrocha à moi comme s'il était sur le point de tomber. Dans le noir, je sentais qu'il chancelait, mal assuré. Il était incapable de parler et, le soutenant par le bras jusque chez moi, je m'aperçus qu'il tremblait. À la lumière de la lampe, je le vis enfin : il avait les yeux dilatés par la peur, le visage tuméfié, un filet de sang coulait de son nez. Je lui donnai de l'eau, il respira profondément pour reprendre son souffle et me raconta que, plus haut, avant la descente qui plonge vers Nazareth, il s'était approché avec son troupeau d'un feu de campement, non par curiosité, mais parce que les animaux prennent toujours le même chemin quand ils le savent sans danger. Tandis qu'il descendait vers ce feu, il se demandait qui étaient ces hommes qu'il n'avait jamais rencontrés et qu'il découvrait maintenant peu à peu, sans pouvoir deviner leur nombre, à cause de la lueur tremblante des flammes. Voyant des lances et d'autres armes, des bâtons, il avait pensé à des chasseurs de sangliers, puis il avait vu les chevaux et, finalement, ces hommes qui le regardaient sans dire un mot. À l'approche du troupeau, certains de ces hommes, quatre peut-être, s'étaient levés, et lui, il avait ralenti, pensant à la chance inattendue de pouvoir vendre du lait. Première vente de la journée. Il avait salué d'un geste. Alors, comme si ces hommes n'attendaient que cela, ils s'étaient lestement emparés d'une brebis, et d'une autre encore, et encore peut-être. Il ne parvenait pas à compter, distrait par son chien qui se jetait, furieux, sur le premier homme. Mais il avait vu un bâton se lever et, avec précision, s'abattre sur le chien, à plusieurs reprises, jusqu'au moment où il n'avait plus entendu son gémissement. Il ne parvenait pas à comprendre ce qui se passait en cette matinée qui lui avait semblé tellement identique aux autres, plus prometteuse même, et qui s'était transformée en une aube féroce. Il s'était à son tour approché des hommes pour tenter de les arrêter, de reprendre les bêtes qu'ils lui avaient volées, mais un bâton l'avait frappé au visage, de travers parce qu'il avait réussi à faire un bond en arrière. Le troupeau, terrorisé par ce traquenard et par la mort du chien, avait pressé le pas en une fuite qui l'avait sauvé : les autres coups de bâton qu'on essayait de lui assener étaient tombés dans le vide grâce à l'impétuosité des bêtes qui avaient obligé ces hommes à s'écarter sans tarder, à faire place à ce flot de moutons en pleine course. Lui se trouvait au milieu du troupeau, protégé par le nombre des animaux et par l'obscurité. Il s'était laissé porter jusqu'à la vallée où je l'avais découvert.

Ma mère, entendant nos voix, nous rejoignit dans le patio. Elle lava elle-même la blessure du berger et le réconforta, car il était désespéré par le vol des bêtes et par la mort du chien : c'était toute sa famille. Il pleurait au souvenir de ces instants terribles. Nazareth commençait à s'éveiller. La nouvelle de ce guet-apens rassembla une petite foule devant notre maison. Le berger, conforté par l'indignation générale, fut obligé de raconter à plusieurs reprises sa cruelle aventure. Jonathan, le vieil ami de ma mère, se présenta lui aussi dans notre cour. C'est lui qui, le premier, formula des hypothèses sur l'identité des mystérieux auteurs de cette violence. Des pillards, probablement. Il avait entendu de la bouche épouvantée de certains voyageurs le récit de nombreux désespérés qui s'assemblaient comme des loups pour commettre des rapines. Les caravanes n'étaient même plus en sécurité : les voleurs se cachaient le long des routes les moins fréquentées et, profitant du bon cœur et de la candeur des gens des villages, encore plus vulnérables en raison de la difficulté des déplacements, l'un d'eux demandait de l'aide. Parfois il simulait un malaise, d'autres fois il inventait un mensonge comme la mort de son âne, la perte de son chargement tombé dans un ravin. Il suffisait que la caravane s'arrête ou ralentisse, et les autres voleurs surgissaient alors de leur cachette, les armes à la main, pour dépouiller les voyageurs de tous leurs biens. Ceux qui résistaient ou tentaient de le faire prenaient des coups de bâton.

Les autres voisins n'étaient pas convaincus par l'hypothèse de Jonathan : le guet-apens contre le berger s'était déroulé trop près de Nazareth, avec une assurance et un sentiment d'impunité proprement étonnants. Il ne pouvait pas seulement s'agir de voleurs de grand chemin, affamés, sans règle ni loi. On aurait plutôt dit les restes d'une armée en débandade, peut-être vaincue ou fuyant la sévérité militaire. On demanda au berger s'il avait remarqué quelque enseigne, quelque signe d'appartenance, mais l'obscurité était trop profonde, l'action trop rapide, sa peur trop intense pour qu'il ait pu noter autre chose que sa propre horreur.

Peut-être étaient-ce des soldats romains, dit quelqu'un d'autre, des réfractaires à l'appel qui avaient déserté leurs camps, à la recherche de conquêtes privées au-delà des frontières de l'empire. Peut-être en voyage vers les déserts sans maîtres de l'Arabie et de la Syrie. Ils parvenaient à survivre grâce à tout ce qu'ils pouvaient voler, dérober avec l'habileté de leur science militaire, en poursuivant le rêve illusoire d'un nouveau royaume pour eux seuls. Il était déjà arrivé que des soldats aveuglés par les succès faciles de l'armée impériale rêvent de terres franches et de butins de guerre qu'ils ne partageraient pas.

Je les écoutais sans faire part de ma version : j'étais troublé par la férocité inattendue de cette aube – jamais une telle violence ne s'était produite à Nazareth – et par ce que m'avait confié Jean. J'étais persuadé que ces hommes mystérieux étaient les mêmes qui suivaient de loin le groupe de mon cousin. Je ne savais comment révéler cette intuition sans présenter Jean et ses compagnons sous un jour négatif. Je craignais que quelque chose d'autre, et de bien plus grave, ne puisse arriver. Je sentais grandir en moi l'inquiétude, la peur que ce groupe de gamins ne tombe dans un piège. Ces hommes étaient trop proches, ces jeunes avaient parcouru trop peu de distance durant leur marche nocturne. Le chemin était escarpé tant pour les hommes que pour les animaux. Je fus saisi d'un sentiment de culpabilité à l'idée d'avoir mal conseillé Jean quant à l'itinéraire, d'avoir sous-évalué le danger. Mais quelle autre route aurais-je pu lui conseiller ? Si ces hommes violents étaient arrivés jusqu'aux portes de Nazareth, sans doute connaissaient-ils la moindre voie, le moindre sentier, et probablement surveillaient-ils depuis trop longtemps mon cousin et ses compagnons pour se laisser surprendre par leur fuite nocturne.

Les voisins et nombre d'autres habitants rassemblés devant notre maison décidèrent qu'il était temps d'aller vérifier si ces hommes étaient encore en vue de Nazareth. Certains avancèrent l'idée d'une vengeance, proposèrent d'opposer la violence à la violence : nous ne pouvions pas regarder ailleurs et permettre que de semblables actes soient perpétrés sans punition. Ils refusaient que le bruit se répande, que notre résignation pacifique fasse naître une rumeur présentant Nazareth comme une proie facile, incapable d'opposer une résistance aux abus et aux violences. D'autres groupes dangereux viendraient se livrer au pillage, assurés de l'impunité. Il nous fallait donner immédiatement une réponse à la hauteur de la provocation. Les hommes de Nazareth coururent chercher des armes ou ce qui y ressemblait. Ils avaient les fourches et les bêches que j'avais moi-même réparées à plusieurs reprises. Ils avaient des outils de travail, des bâtons, et même des frondes qu'ils avaient empruntées aux jeux de leurs enfants. À Nazareth, il n'y avait pas de vraies armes. Quand ils se retrouvèrent devant notre maison, leur confiance sembla faiblir. Ils se regardaient, cherchant sur le visage de l'autre l'assurance qui y était auparavant, mais ils ne trouvaient que la perplexité des désarmés. Moi, je n'avais pensé à rien et, lorsqu'on me demanda ce que j'avais sous la main, je saisis un morceau de bois de mon atelier : j'aurais été plus efficace en jetant des pierres. Mais nous ne pouvions pas revenir en arrière. Le berger, encore horrifié par la mort de son chien, nous indiqua de façon plus précise l'endroit de l'attaque : c'était à quelques centaines de pas de ma porte. Nous nous mîmes en marche, plutôt effrayés de notre propre audace.

Nous étions une trentaine, pour la plupart des jeunes. Nous nous laissions guider par le courage de cet âge belliqueux. Lentement, nous remontâmes la côte, tressaillant à chaque bruit, à chaque criaillerie d'oiseau qui s'envolait des fourrés en battant des ailes, surpris par notre hardiesse. Nous étions sur le qui-vive dès qu'une pierre que nous avions heurtée dévalait la pente. Finalement, nous arrivâmes. Les hommes étaient partis. Certains pensèrent qu'ils nous avaient vus arriver et avaient pris la fuite pour échapper à la confrontation. Moi, j'imaginai avec horreur qu'ils étaient maintenant sur les traces de mon cousin. Nous trouvâmes les braises encore chaudes, finissant de consumer les restes des moutons volés et aussitôt égorgés. Nous trouvâmes le cadavre du chien dans une flaque de sang caillé. Une vision affreuse. Mais ce fut un soulagement de constater l'absence des hommes armés : nous n'aurions pas à les affronter. Nous retournâmes au village dans l'euphorie de la victoire – qui pour moi ne serait jamais une réalité, car j'étais sorti vaincu de toutes les expériences de luttes et de bagarres de mon adolescence – et avec une confiance accrue en nous-mêmes. Tout en marchant, nous nous racontions le mensonge illusoire de la fuite des ennemis, mais lorsque nous fûmes en vue de ma maison, je vis que ma mère nous attendait sur le seuil, inquiète. Les enfants couraient vers nous en criant des mots que nous ne comprenions pas, et derrière eux les mères marchaient d'un pas rapide et soucieux. Elles nous rejoignirent enfin et nous apprirent qu'un petit groupe d'individus malintentionnés avaient pris possession du village. Au dire des femmes effrayées, ils avaient des façons et des mines hostiles. Ils avaient attaché les ânes et les bœufs de leurs chariots aux oliviers des champs et s'étaient présentés au milieu des maisons, les armes au poing. C'est seulement alors que je compris : ces hommes n'étaient pas venus pour mon cousin et son groupe, ils cherchaient Nazareth. Ils me cherchaient ?

J'avais l'impression que Bethléem, où j'étais né, et le village où j'avais grandi étaient unis par la concordance des événements. À Bethléem, autour de l'étable de ma naissance, une foule s'était assemblée par instinct et par prophétie. Je semblais attendu par beaucoup, annoncé par des signes prémonitoires que les voyants, les prédicateurs étrangers et les nomades avaient marqués dans leurs calendriers changeant selon l'idiome par lequel le temps est exprimé, parce que chaque pays parle une langue différente. J'imaginais que les signes et les prophéties, le temps passant – sans que j'aie rien fait pour les confirmer –, s'étaient reproduits et multipliés sans contrôle. Peut-être étaient-ils nombreux, parmi les puissants inquiets, à avoir prêté foi à ces racontars de légende qui m'avaient poursuivi longtemps et rejoint à Nazareth.

9

Profitant de notre expédition intrépide, toute remplie d'une hâte de vengeance, en direction de leur campement nocturne, là où ils avaient tendu un guet-apens au berger en lui volant ses moutons et en tuant son chien, ces hommes s'étaient installés dans le village sans aucun effort ni menace. Nous absents, il ne restait à Nazareth que les femmes, les vieillards et les enfants. Cela nous parut une manœuvre maintes fois éprouvée de la part de ces hommes si prompts aux armes, si habitués à provoquer des réactions prévisibles : une diversion pour nous éloigner. La violence a son intelligence, son savoir-faire, l'expérience du métier. Ils occupaient stratégiquement la place des abreuvoirs, où se trouvait le puits – si aride aujourd'hui –, cantonnés entre notre soif et l'eau.

Ils avaient allumé un grand feu et planté leurs lances et leurs épées afin que, les voyant, nous en sentions la menace. Ils se déplaçaient comme si nous, les habitants, n'étions pas là. Par précaution et pour ne pas les provoquer, nous avions laissé nos armes improvisées, nos instruments de paysans et d'artisans sans préparation, inadaptés au conflit, derrière notre maison, près du jardin, où l'on ne pouvait les découvrir. Nous nous avançâmes lentement pour ne pas déclencher de réactions. Mais, malgré le calme que nous nous imposions – en réalité, nous avions peur parce que leur installation promettait des développements tragiques –, ils mirent la main sur leurs armes dès qu'ils nous aperçurent. Ils ne semblaient pas avoir l'intention de les utiliser tout de suite, mais voulaient nous faire comprendre qu'ils étaient prêts à toute éventualité. Ils restaient assis autour du feu, attendant quelque chose que nous n'arrivions pas à saisir. Nous nous éloignâmes pour éviter la moindre provocation.

La journée passa tandis que nous les regardions depuis une distance que nous estimions sûre. Le soleil avait beau être haut, leur feu restait allumé, alimenté par les branches des oliviers qu'ils ne cessaient de couper sans pitié. Ils avaient laissé debout quelques troncs dépouillés auxquels ils avaient attaché leurs animaux. Nous commençâmes à nous habituer à leur présence menaçante. Beaucoup de gens reprirent leurs activités quotidiennes en renonçant à aller chercher de l'eau au puits qu'ils gardaient. La nécessité de survivre est capable de s'adapter aux circonstances les plus hostiles. Le soir descendait, l'obscurité était proche. Le vieux Jonathan, courageusement – je me dis que c'était aussi pour impressionner ma mère qui l'observait, inquiète –, décida de s'approcher de leur feu.

Nous le regardâmes tandis que de son pas incertain d'homme âgé, les mains levées et un sourire forcé sur les lèvres, il entrait dans le cercle hostile de ces hommes. Nous le vîmes qui parlait, mais nous ne comprenions pas ce qu'il disait. Un des types leva la tête et répondit brièvement quelque chose. Jonathan revint sur ses pas, pâle, le regard tourné vers un point du futur qui lui semblait horrible. Il ne répondit pas tout de suite à nos questions angoissées, on aurait dit qu'il devait d'abord les comprendre lui-même. Pour finir, il confirma nos terreurs. Il leur avait demandé ce qu'ils cherchaient à Nazareth. Un de ces hommes, le regard déterminé et privé d'émotion, lui avait répondu : « Vieillard, si ceci est Nazareth, rentre chez toi et sauve ce que tu as de plus précieux. » Glacés, nous essayions de trouver quelque chose de raisonnable dans ces paroles, une échappatoire, une méprise.

Qui sait pourquoi, moi, j'avais déjà compris. Ces quelques paroles adressées à Jonathan étaient un message pour tous. Ces hommes n'étaient ni des pillards ni des voleurs, ils ne cherchaient ni or ni argent, ils n'étaient pas des soldats en fuite, sans quoi ils auraient déjà fait leur razzia. Ce devaient être des représailles exemplaires pour que d'autres comprennent ensuite. Je savais que j'avais raison, alors même que la cause de cette intuition m'échappait, mais je n'informai personne de cette certitude. Chacun décida de rentrer chez lui et de mettre en lieu sûr sa famille et ses biens, les choses les plus précieuses et urgentes de son travail, ses outils, les animaux, les souvenirs. Moi-même, alors que ma mère accompagnait Jonathan qui avait l'air troublé et perdu après ce lapidaire et terrible colloque, je me précipitai pour sauver ce qui nous appartenait. Mais lorsque j'ouvris la porte de la maison, je m'aperçus que rien de tout ce que nous conservions n'avait pour moi de valeur.

J'éprouvai une sensation ambiguë de libération et en même temps de solitude : rien ne m'appartenait, ni les objets habituels de notre vie quotidienne ni ceux qui, d'une façon ou d'une autre, s'étaient sédimentés avec le temps, ceux qui avaient appartenu à mon père, ceux que j'avais moi-même mis de côté dans une illusion de futur. J'observais la moindre chose sans hiérarchie d'affection ni de préférence. Notre vie me semblait si aride et pauvre, si misérable et affamée, si punitive par rapport au seul péché d'être au monde, que l'espace d'un instant je me pris à espérer que les envahisseurs emportent tout, nous dépouillent de tout, nous ôtent tout prétexte et toute excuse pour continuer à mâcher l'herbe amère de notre condition.

Seuls mes instruments de travail me parurent dignes d'être sauvés, mais uniquement par nécessité. Je les enlevai de la cour pour les cacher comme je pouvais dans le jardin parmi les plantes. L'arrivée agitée de ma mère me fit sortir de ce sentiment d'étrangeté. En entrant dans la maison, elle regarda autour d'elle. Elle pensait que j'avais déjà mis en lieu sûr une grande partie de nos affaires. Pourtant, tout était là comme elle l'avait laissé. Elle se mit tout de suite au travail, attrapant rapidement les vêtements et la nourriture, les sacs et les ustensiles, suivant la sélection de chaque chose avec clarté et avec une frénésie que lui avait communiquée, le long du chemin de retour, le désespoir des voisins qui couraient comme des fous, troublés eux aussi de ne pas savoir ce qu'il fallait garder et ce qu'il fallait abandonner, entrant et sortant de chez eux, submergés par la panique, par le souci de faire vite. Ils étaient tellement hébétés qu'ils saisissaient, pour les mettre à l'abri, des objets usuels, des affaires inutiles ou fantaisistes : à cet instant-là, ces choses leur semblaient indispensables et nécessaires. Mais une fois dehors, ils s'apercevaient que ce n'était pas les objets auxquels ils tenaient le plus et ils retournaient dans la maison, recommençaient à chercher et à choisir, sentant que le temps passait sans qu'ils soient parvenus à rien mettre à l'abri. Alors, ils éprouvaient encore plus la détresse des pauvres qui ne possèdent que le nécessaire et qui, dans leur illusion de besogneux, désirent les choses qu'ils n'ont jamais possédées, seulement imaginées dans leurs rêves. Pourtant, ils continuaient à les chercher au milieu des objets usés de leur misère, brouillant la réalité extrême de leur condition.

Moi aussi, je me secouai. Je pensai à l'ânesse que je sentais nerveuse et apeurée. Je la pris par le mors et la traînai en dehors de son étable, le plus loin possible de la maison. Elle opposait une résistance têtue de pressentiment, raidissant ses pattes, allongeant son cou, émettant un long braiment de peur, un souffle lourd sans consolation. Je finis par l'attacher à un olivier, au-delà du jardin. J'essayai de la calmer en lui caressant le museau. Je la regardai dans les yeux, grands, terrorisés. C'est alors que je vis, dans sa pupille, le reflet des lueurs des premières flammes, comme si elles s'élevaient de l'intérieur de l'ânesse.

Ils avaient allumé les incendies avec les torches qu'ils embrasaient dans leur feu de camp. Ils avaient patiemment attendu qu'il fasse nuit et ils couraient maintenant pour contenir le moindre mouvement de résistance ; chacun d'entre eux était escorté de lances et d'épées pour tenir éloignés les plus désespérés d'entre nous qui, hurlant, insouciants des pointes acérées, s'élançaient vers leurs maisons dans l'espoir d'éteindre les flammes. C'était une pensée tellement hors de raison qu'à peine tentaient-ils d'ouvrir la porte, des langues de feu s'allongeaient pour les atteindre, les obligeant à reculer. Les plus obstinés, qui tentaient un second assaut pour s'opposer à l'incendie de leur propre corps, étaient repoussés par les sinistres occupants.

Ceux-ci ne voulaient pas nous tuer. De leurs bâtons, ils frappaient les jambes et les bras, comme s'ils connaissaient l'anatomie la plus secrète des hommes, celle de l'âme : ils ne brisaient pas les membres, mais pliaient jusqu'à la résignation la force du désespoir de tous ceux qui voyaient s'évaporer dans le ciel nocturne l'intimité de leur maison, la peine d'en avoir posé chaque pierre, les poutres du toit, les tables où ils avaient consommé la frugalité de leurs repas du midi et du soir, les couches de leur repos où ils avaient conçu leurs enfants. Le souvenir même des affections semblait brûler et se transformer en cendres incandescentes dans cet incendie qui minait toutes les maisons par contagion. Maintenant le feu haut et imposant se reflétait dans la nuit de Nazareth, informant toute la région de notre punition. Mon cousin Jean aussi, entouré de ses compagnons vêtus de blanc, apercevait sans doute les lueurs du châtiment. J'espérais qu'ils ne feraient pas demi-tour pour s'informer de notre destin.

Avec les autres habitants, je tentai de m'approcher du puits, car seule l'eau pouvait éteindre ces flammes et sauver ce qui n'était pas encore parti en fumée, mais un petit groupe d'hommes aguerris et bien armés, pourvus d'une intelligence expérimentée dans d'autres embuscades de ce type – sachant que les désespérés ont des réactions identiques –, montaient la garde autour du puits. Ils nous éloignaient des bassines et de l'eau en nous repoussant de la pointe de leurs lances. Nous reculâmes. D'autres gens du village, parmi les plus jeunes, s'étaient joints à nous. La hardiesse exhibée durant la mission de l'aube s'était refroidie. Ils voulaient se rattraper en tentant d'arriver jusqu'à l'eau. Nous décidâmes rapidement d'une stratégie : tandis que certains d'entre nous, à l'aide de grands bâtons, occuperaient les hommes de la bande, les autres, plus jeunes et agiles, prendraient de l'eau.

Je fus le premier, avec une perche récupérée dans un grenier désormais perdu, à commencer à pousser et à menacer ces types armés. D'autres m'imitèrent, téméraires par désespoir. Nos adversaires reculèrent, se replièrent de l'autre côté du puits, s'immobilisèrent. Ils ne semblaient pas inquiets de notre avancée et avaient immédiatement compris notre stratégie. Un des garçons était parvenu à s'approcher du puits, un seau dans les mains, à nouer une corde pour le plonger dans l'eau, et il semblait avoir réussi lorsque nous entendîmes un bruit sec, puis un bref sifflement. Le jeune s'écroula à terre en hurlant de douleur : une flèche l'avait touché à la cuisse. Nous vîmes la pointe ensanglantée sortir des chairs déchirées. Certains des hommes armés avaient pris leur arc et se tenaient prêts à décocher d'autres flèches, tandis que les autres continuaient à nous maintenir à portée des lances. Ils laissèrent le père du jeune blessé s'approcher pour l'emmener à l'abri et reprirent possession du puits. Nous aidâmes nous aussi ce garçon qui pleurait de douleur et de frustration, et sa mère accourut pour le prendre dans ses bras. Ceux qui, parmi nous, étaient les plus habitués aux accidents et aux blessures se présentèrent pour extraire la flèche et bander la blessure.

Nous comprîmes qu'il serait impossible de gagner ce combat-là sans de lourdes pertes, des blessés, des morts peut-être, et nous repartîmes complètement vidés, sans force désormais, résignés, contempler l'incendie qui était en train de détruire Nazareth.

Les familles s'étaient rassemblées par groupes à proximité de leurs logis, comme si rester dans les parages pouvait les consoler et consoler leurs maisons qui se défaisaient en étincelles montant vers le ciel. Au côté de Jonathan, sans larmes, ma mère regardait notre demeure s'évaporer. Elle semblait même détachée, presque fascinée par ce spectacle – par la toute-puissance de cette horreur – de chaleur et de lueurs. Elle m'indiquait du doigt à qui appartenaient les lieux qui s'embrasaient en un instant. Il y avait dans ses yeux de la stupeur, mais pas la moindre terreur. C'était comme si elle assistait à une représentation, distante de la scène et de la vérité de ce spectacle. Jonathan et moi échangeâmes un regard perplexe, persuadés que le choc de cette tragédie l'avait bouleversée. Le vieux voisin lui avait posé une couverture sur les épaules pour la protéger de l'humidité de la nuit. Sa maison, parmi les premières en proie aux flammes, était maintenant une ruine de braises incandescentes. Un nuage de fumée opaque enveloppait Nazareth : la chaleur du feu et la fraîcheur de la nuit s'étaient amalgamées en un brouillard artificiel où nous nous déplacions comme des fantômes résignés à la nostalgie. Nombreux étaient les habitants qui s'étaient arrangés des grabats de fortune et avaient croulé en un demi-sommeil douloureux ; d'autres pleuraient des larmes sans plaintes, comme si toute rage était épuisée en eux, toute émotion ravagée par le feu.

J'errai un moment dans cette brume où résonnaient de temps à autre des gémissements, des sanglots épuisés désormais, des jurons rauques dans cette nuit sans Dieu, et clandestins, car on ne pouvait identifier le visage de leur auteur dissimulé dans le brouillard des feux. J'entendis les pleurs capricieux d'un enfant : ses jouets étaient restés dans la maison, de petits oiseaux qu'il avait modelés dans l'argile le matin même et qui attendaient les dernières retouches. Il pleurait parce qu'il voulait les ravoir. Pour pouvoir accepter les tragédies, les enfants en découpent un morceau à leur mesure. Le père tentait de le calmer tandis que la mère, muette, assise, contemplait les ravages du feu. Ces pleurs agaçants et persistants, tellement hors de propos, me poussèrent à aller récupérer les jouets : depuis la porte qui n'était pas totalement consumée par le feu, j'entrevoyais une partie de la maison encore épargnée par les flammes. Je dis à l'enfant de se calmer et d'espérer : j'allais essayer de sauver ses oiseaux. Il me regarda, incrédule. En fait, il avait déjà depuis un bon moment renoncé à ses jouets, sa plainte n'était qu'une sorte de berceuse pour apprivoiser le sommeil qui ne venait pas. Je ne savais où chercher ces objets en argile et je fis quelques pas dans la maison envahie par la fumée. La chaleur était insupportable, les poutres du plafond, mangées par le feu, n'allaient pas résister longtemps. L'une d'elles s'écroula à quelques pas de moi, entraînant des tisons. Je fus obligé de refaire surface en passant par la porte. Le père m'étreignit en me remerciant de mon courage. Je pensais que ma générosité avait été inutile, mais le petit garçon avait cessé de pleurer. Il m'accueillit avec un sourire, me disant que ses oiseaux étaient sauvés : il les avait vus s'envoler pendant que j'étais encore à l'intérieur. Miracle des hallucinations de la nuit.

Je revins vers les vestiges de notre maison. Ma mère avait entreposé ce qui en restait dans le jardin. Jonathan, qui n'avait pas d'autre endroit où se réfugier, dormait, épuisé, à quelques pas de nous. La nuit était froide mais le feu de Nazareth ne nous laisserait pas en pâtir. Nous nous installâmes avec quelques couvertures au milieu de ce qui restait du mobilier. À la lueur des flammes, parmi les objets sauvés par la tendresse de ma mère, j'aperçus ma flûte ; elle ne l'avait pas oubliée ! Je fus surpris de cette attention de sa part – elle aurait pu sauver mille autres petites choses qui envahissaient notre espace, certainement plus utiles et nécessaires. Dans notre vie commune, de plus en plus silencieuse et distante, presque hostile parfois, elle continuait à m'aimer. Malgré sa tristesse résignée et muette parce que je n'avais pas exaucé son mystérieux désir, ne m'étais pas montré à la hauteur de son investissement, elle s'était souvenue de ma flûte. Ma mère. La regardant s'endormir, je me surpris à réfléchir sur son comportement devant l'incendie de Nazareth : un chapitre dramatique et douloureux de notre existence. Mais nécessaire. J'étais bouleversé par sa curiosité résignée à l'égard du futur qui germait au sein des cendres. Et elle semblait être la seule capable de le voir. Que lisait-elle, ma mère, dans la grammaire des flammes qui consumaient notre vie si marginale, à l'écart, si humble et éloignée des grands événements, si étrangère à l'Histoire ? L'incendie brûlait tous les ponts qui nous reliaient au passé pour nous laisser nus et sans refuge dans les mains d'un futur ignoré, sans alternative. Il me vint à l'idée que ces hommes armés pouvaient même appartenir au petit groupe candide et inoffensif de mon cousin Jean qui m'avait si fortement pressé d'embrasser le futur. Je pris ma flûte et m'éloignai au-delà du jardin, là où seule l'ânesse pouvait m'écouter. J'entonnai ma plainte sur des souffles légers, elle s'élevait dans le ciel illuminé à la fois par les lueurs de l'incendie et par les étoiles de cendre évanescente, comme une danse intangible.

Je repensai à Delia, à la légèreté de ses pieds nus sur le rythme de mes notes, à ses chevilles se croisant, à la grâce de ses mains, à l'étonnement de son regard, au mystère voilé de sa beauté. Un souvenir désormais lointain qui se dissipait dans le brouillard du feu. Jamais je ne me suis senti aussi seul. Je laissai le crépitement de l'incendie reprendre possession de la nuit de Nazareth et m'allongeai à côté de ma mère qui dormait déjà. Fermant les yeux, j'entrai dans un rêve d'eau.

Peut-être était-ce un lac. J'entrevoyais des collines basses et bleutées dans le lointain, sous le soleil haut du matin. Je n'étais pas seul, mais entouré de compagnons de voyage. Je ne voyais pas leurs visages parce que je regardais devant moi la transparence cristalline de l'eau limpide et calme comme l'air. Dans mon rêve, je savais que je devais atteindre l'autre rive, si floue qu'elle n'offrait aucune certitude, et pourtant, en dépit d'un sentiment raisonnable de peur, je m'avançai. Il n'y avait pas d'autre voie. Je commençai à marcher : je ne m'enfonçais pas dans l'eau. Je posais des pas assurés sur la surface du lac sans même me mouiller. Je volais. Dans mon rêve, je me disais que c'était naturel, normal, de marcher ainsi. Je pensais que si je ne pouvais pas devenir poisson, il me fallait devenir colombe, comme ces jouets d'argile de l'enfant qui avaient ouvert leurs ailes pour échapper au feu. J'avais l'impression de posséder cette aptitude de longue date, parmi ces nombreuses vertus apprises enfant, archivées puis oubliées dans la maturité. J'entendais dans mon dos mes compagnons qui me lançaient des encouragements et des cris d'étonnement, ils voulaient me suivre mais ne se rappelaient pas comment faire. « Faites comme moi », disais-je pour les rassurer. Regardant la splendeur de cette eau immobile, je les invitai d'un geste du bras à me rejoindre. Certains craignaient de couler, m'imploraient d'intervenir. Je me retournai pour les regarder et leur venir en aide, mais je me réveillai. Pris d'un désarroi par émerveillement. Je me dis que j'avais rêvé d'eau pour compenser la brûlure de cette nuit de feu. Je conservai en moi la légèreté des choses qui ne sombrent pas.

C'était l'aube. Il régnait une lumière rouge de feu couvant encore. Des ruines de Nazareth s'élevaient des fumées noires de braise humide. Laissant à Jonathan le soin de s'occuper de ma mère encore endormie, je partis en reconnaissance. Je craignais que les incendiaires ne soient prêts à de nouvelles punitions encore plus sanglantes. Mais il n'y avait plus trace d'eux. Même le feu de leur campement était éteint. Les armes avaient disparu. Satisfaits, ils étaient partis. Le brouillard s'était levé, et je croisais des voisins somnambules et noirs de suie, eux aussi en train de constater la tragédie.

Peu de maisons avaient encore leur toit. Le feu avait épuisé sa férocité grâce à la pauvreté des constructions, incapables de fournir suffisamment de bois pour l'alimenter. Après la flambée initiale, il avait diminué par déception et s'était éteint par inanition. Dans d'autres maisons, au contraire, le feu semblait avoir été plus intelligent. Il avait suffi de quelques objets abandonnés contre les murs, un balai, des vêtements, un baquet accroché à un clou, et le serpent des flammes avait trouvé la voie pour atteindre le banquet exquis des poutres, de la paille et des solives du toit.

Nous entrions dans les maisons encore fumantes – la pierre était brûlante – avec leurs propriétaires. Ils avaient des gestes de pitié envers eux-mêmes : ils balayaient les cendres, les charbons encore ardents, et au milieu de la dévastation posaient une chaise sauvée au centre de ce rien qu'était devenue leur maison ; ils récupéraient des bibelots, de menus objets oubliés dans la hâte de la fuite, et laissaient percer un sourire pour la chance que représentait cette trouvaille ; et quand émergeait de la cendre le pied d'une table carbonisée, ils le portaient à l'extérieur, à la lumière du soleil, pour imaginer avec plus de netteté comment la table serait une fois refaite.

Des villages voisins, des bergeries environnantes commençaient à arriver parents et amis qui avaient vu dans la nuit le rougeoiement des flammes dans le miroir du ciel. Ils s'arrêtaient à l'entrée de Nazareth qu'ils ne reconnaissaient pas, pensant avoir pris une mauvaise direction à un embranchement, tant était chaotique le spectacle noir de fumée et de ruine qui se présentait à leurs yeux. Ils s'enquéraient des gens de leur famille, de leur état de santé et, craignant de subir le même sort, essayaient de comprendre qui étaient ces assaillants et ce qu'ils voulaient. Ils nous racontèrent notre tragédie de leur point de vue. À la tombée de la nuit, ils avaient pris les premières lueurs de l'incendie pour un dernier flamboiement du crépuscule ; mais, à peine l'obscurité venue, il avait été clair qu'il s'agissait d'un grand feu, et ils avaient compris, les heures passant, que ces flammes montaient de Nazareth. Mais plus la nuit avançait, moins ils comprenaient pourquoi nous ne parvenions pas à les maîtriser avec l'eau du puits, si plein et si accessible pour toutes sortes de récipients. C'est alors qu'ils s'étaient mis en route pour porter secours.

Le long du chemin, ils avaient rencontré d'autres personnes, venues de villages plus lointains, qui s'étaient elles aussi mobilisées en voyant ce ciel rouge comme une alarme. Ils seraient tous arrivés plus tôt s'ils n'avaient, le long du chemin, croisé des groupes armés qui bloquaient le passage à leurs chariots. Ces sauveteurs avaient beau insister, vouloir porter rapidement secours et réconfort, les hommes en armes ne leur laissaient pas le champ libre et, pire, se montraient encore plus méchants et intransigeants à chaque tentative de percée. Ils avaient essayé de passer ailleurs, abandonnant leurs charrettes pour s'enfoncer dans la nuit privés de l'intuition des animaux qui reconnaissent leurs trajets à l'odeur. Mais d'autres ennemis les chassaient par des menaces et des coups de bâton, tenant les positions jusqu'aux premières lueurs de l'aube, avant de disparaître brusquement.

Ces informations nouvelles me firent comprendre que plusieurs groupes armés avaient pris part à la destruction de Nazareth. Il y avait un plan, un raisonnement, des personnes préparées, expertes, qui s'étaient retrouvées, rassemblées pour étudier la façon de laisser un signe aussi vaste et destructeur. Je ne comprenais pas quel danger pouvaient représenter mon cousin Jean et ses compagnons vêtus de blanc, quelle nouveauté retentissante pouvait couver sous leurs chants de grâce naïfs, quelle annonce subversive celaient leur choix de la pauvreté, leur renoncement à la famille et à l'amour charnel, leur étrange et inoffensif régime alimentaire. Les commanditaires ne pouvaient être que riches et puissants, des mangeurs de viande habitués à tous les vices, malades de luxure. Terrorisés par tout type de nouveauté.

La nouvelle de la destruction se répandait lentement jusqu'aux lieux les plus éloignés. Ceux qui avaient de la famille à Nazareth se mettaient en route. Nombre de nos voisins, les plus âgés, se laissaient convaincre d'abandonner toute illusion de reconstruction et de partir avec leurs enfants, frères et petits-enfants. Ceux qui laissaient leur maison nous donnaient la permission d'en faire l'usage le plus utile pour ceux qui resteraient.

Pour la première fois, Nazareth se vidait. Dominant notre désespoir, notre tristesse pour ce qui était perdu, pour la vie simple mais réglée – si loin du monde, si marginale et solitaire, parfois misérable et affamée –, nous étions parvenus à rendre vivables les maisons les moins ravagées par le feu. Moi-même, j'avais mis en place des appuis et des étais aux plafonds pour éviter qu'ils ne s'écroulent, j'avais rafistolé les huisseries en ajustant ensemble les portes et fenêtres partiellement atteintes par le feu. D'autres avaient remonté pierre sur pierre là où la chaleur s'était insinuée au plus profond des murs, les faisant exploser.

Nous décidâmes d'utiliser les habitations qui étaient en meilleur état pour mettre à l'abri des intempéries ce que nous avions pu sauver de l'incendie. Poussés par l'urgence des pluies, il nous fallut boucher la moindre voie d'eau ouverte par les flammes. Les maisons les moins humides et chancelantes furent occupées pour y manger et dormir. Nous parvînmes à isoler par des tentures la partie destinée au sommeil des femmes. Les hommes dormaient les uns à côté des autres en se racontant le désespoir d'avoir tout perdu, se consolant à tour de rôle avant de s'endormir. C'étaient des nuits où l'on entendait les pleurs des plus accablés et inconsolables : les habitants aisés de Nazareth. Dans le noir s'unissaient les voix de tous ceux qui formulaient des encouragements et des paroles d'espoir.

Jonathan avait choisi de dormir à côté de moi. J'étais surpris de son attention pleine de générosité à l'égard des plus affligés. Il passait la nuit assis auprès de ceux qui pleuraient leur malheur, les consolant par la promesse d'une maison bientôt reconstruite, allait d'un grabat à l'autre avec une sollicitude infatigable. Ma mère aussi, de l'autre côté du rideau suspendu, écoutait les consolations prodiguées par Jonathan.

Une nuit, pendant que dans un demi-sommeil je me laissais bercer par ses promesses ensorcelantes chuchotées à un voisin, j'entendis Jonathan prononcer mon nom. Quand il revint à son grabat après son tour de réconfort, il me dit qu'il avait promis mon aide pour reconstruire la maison du jeune homme qui devait se marier sous peu. Celui-ci était désespéré : il avait perdu, en même temps que la maison offerte par ses parents, tout espoir de mariage. C'était ce jeune homme qui avait accueilli mon cousin Jean et ses compagnons. Jonathan me dit qu'il n'avait pas trouvé autre chose pour le consoler, parce que ses pleurs étaient accompagnés, de l'autre côté du rideau qui nous séparait des femmes, par ceux de sa fiancée, tout aussi désespérés, aussi peu résignés. Irrité par un sentiment de culpabilité dû au fait de ne pas avoir partagé ma certitude quant à la cause de l'incendie, je répondis que je devais d'abord m'occuper du toit de ma propre maison. Comment pouvais-je aider un autre à arranger la sienne ? Voulait-il que je laisse ma mère éloignée de sa propre maison pendant que j'aidais les autres ? Jonathan dit que le jeune en question, en échange de mon aide, m'aiderait.

C'est ainsi que commença la reconstruction de Nazareth. Le matin, nous partîmes, ce garçon et moi, en quête d'arbres droits et peu noueux pour les poutres du toit. Après les avoir coupés, nous pûmes les transporter jusqu'au village avec l'aide d'un voisin qui avait sauvé sa charrette des flammes. D'autres se joignirent à nous, puis d'autres encore. Durant les repas que nous prenions tous ensemble, nous nous racontions le rêve de la reconstruction en cherchant dans notre mémoire le village de Nazareth qui n'existait plus.

Au cours de ces conversations d'exilés, chacun apportait une amélioration au souvenir de sa propre maison, une modification, comment arranger la cour, déplacer la fenêtre pour avoir la vue sur le jasmin du jardin ou ajouter une pièce pour les invités. Nazareth renaissait, même si c'était encore seulement dans l'imagination : j'allais m'employer, de mes mains, avec le métier appris de mon père, à la transformer en réalité.

Nombreux furent les parents venus s'informer de la santé de leurs proches, qui choisirent de rester pour apporter leur contribution. À quelques-uns, pleins de bonne volonté, j'appris comment scier les branches des troncs sans perte excessive de bois. Ce fut le début d'un échange de secours qui s'étendait de plus en plus, parce que ceux qui aidaient seraient aidés à leur tour pour remonter un mur, réparer un préau, le toit ou les fenêtres. Notre maison n'était pratiquement que cendres, une partie des murs s'était effondrée, et ma mère, chaque matin, en une procession tout à fait intime, se rendait jusqu'à cette ruine carbonisée. Au fond, son illusion d'épouse heureuse et de mère fière avait aussi brûlé dans cette maison. Il ne lui restait rien, à part quelques objets qu'elle possédait depuis toujours et avait arrachés toute seule aux flammes. Souvent, Jonathan l'accompagnait. Afin que son deuil soit plus digne, je demandai à un berger qui s'y entendait en pierre et mortier, un parmi tous ceux dont j'avais réparé la porte de la bergerie, s'il pouvait remonter les murs extérieurs et intérieurs : je lui revaudrais le service à la première occasion.

Les travaux de la remise en état de la maison des fiancés se remplirent des espoirs de chacun : accompagner ces deux jeunes vers leur demeure reconstruite sur les cendres de la précédente signifierait qu'une nouvelle saison pouvait s'ouvrir pour tous. Peut-être était-ce la raison pour laquelle les travaux progressaient rapidement. Notre main-d'œuvre était nombreuse, attentive, scrupuleuse et ne se plaignait jamais des longues heures de travail qui commençaient à l'aube pour se terminer au crépuscule. Les femmes portaient de l'eau et de la nourriture pour nos courtes pauses. Cela nous semblait même un travail joyeux.

Un jour, sur le chantier de la maison qui ressemblait de nouveau à un lieu d'habitation – il ne manquait que les planches du toit –, on vit arriver le vieux père du jeune homme. Il apportait de la nourriture pour remercier et un supplément de vin pour surmonter sa gêne de nous demander si nous avions une date pour la fin des travaux : il voulait remettre en route la clepsydre des noces et fixer un jour précis pour le mariage de son fils. « Une semaine », répondis-je, tandis que les autres me regardaient, complètement atterrés de ce délai trop court que j'imposais au labeur de tous.

Lorsque le père, bien content, se fut éloigné pour répandre la bonne nouvelle, tout le monde s'en prit à moi avec des questions et des remarques sceptiques, car il n'était pas possible de livrer le travail en une semaine. Nous avions employé toutes les planches déjà coupées et il fallait trouver de nouveaux arbres adéquats pour en faire de nouvelles, les scier, les raboter et enfin les fixer aux poutres. Il fallait ensuite organiser le minimum de mobilier indispensable que les deux jeunes gens n'avaient pas eu le temps de mettre à l'abri. À moi aussi, cela me semblait une folie, mais, dans mon désir de contenter ce père, j'avais hasardé une date qui avait tout l'air d'un mensonge.

Ce qui renforçait les doutes de mes compagnons, c'était la certitude d'avoir désormais épuisé les arbres permettant de faire des planches. Nous avions coupé tout le bois utilisable dans les environs. Et il n'y en avait pas tellement. Pour en trouver encore, nous fûmes obligés d'aller plus haut et plus loin, avec une fatigue et une perte de temps accrues. Comme j'avais été naïf et irréfléchi en fixant cette date ! Une semaine n'allait pas suffire. Ni même un mois !

Pressés par le temps, nous nous déplacions au début avec les outils sur le chariot. Mais plus nous nous éloignions, plus il nous semblait que la nature nous refusait sa générosité. Nous ne trouvions que des oliviers, tordus et têtus par tempérament, ou des sous-bois d'arbustes inutilisables. Comme si le monde entier avant nous avait eu le même besoin de reconstruire.

Nous revînmes déprimés. Une réunion de chantier nous permit de constater l'évidence : notre travail était à l'arrêt. Nous tentâmes d'imaginer des systèmes de substitution, des tissus à la place du toit, ou même les grandes mains de feuilles de palmier comme plafond, mais cela nous sembla trop naïf et d'autant moins sûr que les nuages montaient, promettant des pluies prochaines. Nous dûmes avouer notre défaite, et j'endossai moi-même la responsabilité d'avertir le père qu'il fallait repousser une nouvelle fois la date du mariage, ouvrant plus encore la plaie de sa déconvenue. Mais pas ce soir-là. J'étais trop fatigué de déception et de déplacements. C'est le lendemain matin que j'affronterais l'amertume de ce père.

Comme chaque soir, avant le coucher du soleil, je revins avec ma flûte dans le jardin, derrière la maison. Ce petit règne végétal m'avait écouté avec patience avant, pendant et après l'incendie de Nazareth. Il allait le faire encore tandis que le soleil s'éteignait. Je commençai par un souffle sonore de déception qui s'entrelaçait avec la mélancolie habituelle de ma solitude. On aurait presque dit que ma respiration faisait se lever la brise du soir qui agita doucement les feuilles du jardin triste, déplaçant çà et là les branches des oliviers qui encadraient l'arène de mon public muet. Un souffle de vent plus fort écarta tout à fait les frondaisons et me fit suspendre mon dernier son : derrière les oliviers, je vis les arbres que nous avions si inutilement cherchés. C'étaient des cèdres. Je percevais aussi, porté par le vent, leur parfum mystérieux et enivrant, si intense qu'il semblait se cristalliser dans l'air en sillages odorants. Franchissant tout de suite les limites du jardin, je pénétrai dans ce bois de parfum, caressai les arbres un à un, les comptai, réfléchis à l'usage souple de chacune de leurs parties. Il n'y avait pas de meilleur bois pour terminer notre travail.

Comment était-il possible qu'aucun de nous ne s'en soit souvenu, que personne n'ait jamais vu ces cèdres ? Et moi le premier, si proche, voisin, comme si ces arbres avaient poussé au son de ma flûte. Sans plus me poser de questions, je courus appeler tous mes compagnons de chantier afin qu'ils viennent constater ce miracle. Nous commençâmes à couper la nuit même, à la lueur des torches.

Ce bois, si docile et souple qu'il semblait pouvoir être travaillé à la main, comme de la glaise, pour les projets les plus audacieux, se révéla solide et robuste dans tous les montages et se laissa poser sur les poutres avec la plus grande facilité, rendant aisés les perçages et les assemblages. Lorsque nous eûmes terminé – à temps, et même avec un jour d'avance – et que le toit de la maison fut enfin couvert, nous invitâmes le père du marié à une visite de contrôle de manière à visualiser les espaces et à arranger le mobilier comme il le voulait. En réalité, à part quelques cadeaux de la communauté, il ne restait pas grand-chose : les meubles et les chaises destinés aux mariés avaient brûlé avec la maison.

En franchissant le seuil pour lui montrer avec fierté le fruit de notre peine, nous découvrîmes à quel point le parfum du cèdre était enivrant et lumineux comme un clair de lune. Nous arpentions ces espaces vides emplis de cette odeur qui faisait naître d'innombrables images. Nous vîmes alors la maison heureuse des deux époux, leurs enfants à venir, leurs petits-enfants, les joies des naissances et le cycle des morts, avec une telle ampleur de vue dans le futur qu'il nous fallut sortir pour retrouver la mesure de notre état. La promesse qu'offrait l'intérieur de cette maison détonnait tellement avec l'abandon calciné du reste de Nazareth que chacun de nous décida, désormais assuré de la reconstruction, qu'il voulait seulement du cèdre pour le toit de sa maison. Miracle de cette petite forêt imprévue que j'avais découverte au son de ma flûte. La flûte sauvée du feu par ma mère. Celle-ci contemplait la maison aux côtés de Jonathan et de moi, avec une satisfaction pleine de fierté. Fière de moi ou d'elle-même ? Au fond, c'était elle, muette, cachée, qui avait la première œuvré pour ce succès. Et c'était la première fois que je voyais en elle une lueur de bonheur. Pas définitif ni absolu. Le bonheur timide d'une personne qui a retrouvé le chemin perdu, mais qui a encore un long voyage devant elle.

Les festivités des noces commencèrent une semaine plus tard. Nous fûmes tous invités. Les parents venus d'ailleurs après la nouvelle de l'incendie se joignirent à nous. Je n'ai pas un souvenir bien net de ces jours de fête. L'époux aux yeux heureux et émus, plein de reconnaissance, l'épouse dans sa robe, ma mère qui me regardait avec affection et une patiente résignation. Il n'y avait pas assez de nourriture pour tous. Le père du marié avait fait égorger un agneau, mais les invités s'étaient multipliés avec les nouvelles arrivées. Chacun essaya de contribuer avec le peu qu'il avait, mais cela ne suffisait pas. Le vin non plus n'était pas abondant, mais il fit tout de suite son effet vu le manque de nourriture. Je m'enivrai. Je me rappelle ma danse désarticulée, titubante, un vertige qui dura toute la journée, le visage des voisins, des amis qui riaient de mon état insolite, si éloigné de mes habitudes sobres, tristes, même. Je me rappelle avoir joué de la flûte pour les époux, je me souviens des applaudissements.

Je me surpris à me demander comment il était possible que les coupes ne souffrent pas du manque de vin. J'imaginai les tonneaux inépuisables d'un Éden perpétuellement ivre où chacun puisait selon sa nécessité intime d'oubli, pour se sentir plus proche du mystère de l'ébriété. La nuit était bien avancée quand, dans un moment de lucidité, je décidai de revenir vers la maison où nous dormions tous. Je me souviens d'être tombé dans un fossé en chemin, inconscient à cause du vin. Le lendemain, ma mère me raconta que j'avais été retrouvé par Jonathan et par son fils venu de Béthanie avec ses sœurs, Marthe et Marie, et une nièce orpheline pour s'assurer de la situation de son père. C'était même le fils de Jonathan, du même âge que moi, qui avait chargé sur ses épaules et ramené à la maison mon corps épuisé par le vin. Je ne me rappelle rien de cette nuit-là. Sauf le nom de cet homme : Lazare.

10

Le lendemain de cette terrible ivresse aux noces – lorsque j'avais rêvé, dans la torpeur du vin, les tonneaux inépuisables de la cave, les coupes toujours pleines, la liberté de choisir à volonté sa propre quantité d'oubli –, une fois mon mal de tête combattu grâce aux infusions d'herbes de ma mère, j'allai, non sans quelque vertige encore, remercier le fils de Jonathan, Lazare, et m'excuser de lui avoir imposé le transport de mon corps sans connaissance jusqu'à mon grabat de la maison commune.

Je savais que, avec l'arrivée de ses enfants, Jonathan nettoyait les ruines de sa maison brûlée pour déterminer l'ampleur de la destruction, le montant des dégâts, s'il devait tenter la reconstruction ou accepter l'invitation des siens à déménager à Béthanie pour une vieillesse plus sereine grâce à leurs soins. Le toit de la maison n'y était plus, mais je trouvai Jonathan radieux : Lazare et ses sœurs, Marthe et Marie, avaient consenti à la reconstruction de la maison. Il m'étreignit, plein de bonheur et de crainte. Il voulait me demander, un peu embarrassé, s'il pouvait compter sur mon aide. Mon consentement était la condition pour que ses enfants cèdent à son entêtement tenace de ne pas quitter Nazareth. Je ne pouvais qu'accepter : ma mère n'aurait jamais cautionné un refus de ma part. Il promit que Lazare et ses sœurs m'aideraient plus tard à reconstruire notre maison, dans la limite de leurs moyens. À côté de lui se tenait Anne, nièce de Lazare, une orpheline qu'il avait prise chez lui par générosité et affection.

Depuis que j'avais souffert de la trahison et de la fuite de Delia, je n'avais jamais plus repensé à une femme. Je me contentais de son souvenir douloureux. Mais à peine eus-je croisé les yeux d'Anne que je sentis un germe de son regard prendre racine en moi.

Anne n'avait pas la douceur de ses tantes Marthe et Marie, et pas même une grâce féminine : anguleuse de caractère et d'aspect, les cheveux coupés court avec des méthodes expéditives – raccourcis, découvris-je plus tard, pendant des jeux avec ses tantes qui inventaient des coiffures cruelles pour l'orpheline –, vêtue de tuniques amples et commodes serrées à la taille par des cordons de fortune, chaussée de sandales robustes pour sa démarche rapide et assurée qui la portait dans les services les plus pénibles de la famille.

Avec ses mains trop délicates, sa grâce identique à celle de ses sœurs, Lazare n'avait pas les qualités nécessaires pour la dureté du travail manuel. Je découvris par la suite que le lourd fardeau de mon corps inconscient avait moins eu d'effet sur lui que sur sa nièce. Anne était concrète et impulsive comme son habillement ; peu soucieuse des apparences, elle avait une voix rauque de gamin qui mue. Anne m'intriguait. J'aimais la regarder marcher, si droite et indocile, si déterminée et sûre d'elle. Sa maigreur ne lui donnait pas un air fragile et faible, mais au contraire agile et efficace. J'appris plus tard qu'elle connaissait des choses d'homme que les hommes eux-mêmes ignorent. Elle savait utiliser des outils pour l'entretien de la maison, mener les animaux d'une main ferme et les récompenser ensuite de caresses pleines de gentillesse. Anne était forte en dépit de ses bras menus, de son cou fin, de ses chevilles minces. Elle n'avait ni pudeur ni réserve à montrer ses jambes nues jusqu'aux cuisses quand elle prenait de l'eau au puits : pour ne pas mouiller sa tunique, elle la nouait à la hauteur de l'aine, laissant voir sa force et sa beauté. Anne me fascinait.

Je me mis tout de suite à travailler sur les ruines de la maison du vieux Jonathan. Je revins plusieurs fois prendre les mesures afin de calculer la quantité de bois nécessaire pour les poutres et les solives, pour les fenêtres et les portes. En fait, le plan des travaux était déjà clair dans mon esprit, mais je cherchais un prétexte pour revoir Anne. Lazare, conscient de son incapacité naturelle, emmenait toujours avec lui sa nièce, si forte et prompte à l'action. À peine la voyais-je qu'une sensation de malaise me prenait l'estomac : j'étais en train de tomber amoureux de cette fille ! Comme elle était différente du souvenir que j'avais de Delia, elle qui s'exposait en pleine lumière, sans voiles ni ambiguïté, sans malice ni tromperie ! Anne était authentique.

J'avais appris à ne pas avouer la vérité de mes sentiments – pas même à moi – pour échapper à toute illusion, pour ne pas dévoiler ma naïveté. Parfois, avec Anne, j'exagérais jusqu'à en devenir brusque, presque désagréable. Je faisais semblant de ne pas la voir, ne lui adressais pas la parole. Cette dissimulation de mes émotions m'était nouvelle et douloureuse, et en réalité elle ne rendait que plus évidente l'attraction qu'Anne exerçait sur moi. J'étais resté un gamin sans expérience, troublé et submergé par les rares aventures de sa vie.

Avec Lazare et sa nièce, profitant de la charrette des voisins, nous allâmes dans le bois de cèdres couper les troncs. Anne me servait d'aide. Après un premier essai, Lazare se tint à l'écart, pour ne pas se faire mal car, dans sa bonne volonté distraite et sans expérience, il s'était blessé : un éclat de bois s'était fiché dans la paume d'une de ses mains alors qu'il élaguait un tronc à peine scié pour le débarrasser des petites branches. Sa réaction m'avait surpris : lui si tourné vers les plaisirs de la vie et les distractions, tellement homme quand il s'agissait de boire et de manger, était puérile dans ses peurs. Désespéré, il s'était mis à pleurer, certain que sa main était perdue. D'un geste déterminé, Anne saisit le poignet que Lazare dissimulait sous son aisselle, et arracha l'écharde d'un coup de dent. Il hurla d'une douleur excessive, et Anne le réprimanda. Persuadé que la blessure allait s'infecter, qu'il n'avait aucune chance de survivre à cet accident, il ne cessait de sangloter. Pour le calmer, Anne l'assura d'une guérison rapide et certaine, lui reprit la main et aspira le sang qui perlait encore. Elle lui promit qu'aucune infection, qu'aucune maladie ne le tuerait, et c'est seulement ainsi qu'il se rasséréna, retrouva son sourire et s'excusa du peu de courage dont il faisait preuve. Anne eut en direction de Lazare une petite moue de commisération, je lui souris et me remis à travailler. Sondant mon for intérieur, je me rendis compte que j'aurais aimé l'avoir, moi, cette écharde plantée dans la paume, pour sentir les lèvres bénéfiques.

Elle devait avoir deviné mon attention mal dissimulée à son égard car, les jours suivants, elle ne se présenta pas sur les ruines de la maison de Jonathan. Je me demandais si je n'avais pas été trop insistant dans mes regards, incapable de cacher l'intérêt que je lui portais. Je repassais dans ma mémoire les moindres conversations que j'avais eues avec cette jeune fille. Je n'y trouvais pourtant pas un mot susceptible de révéler mon état d'âme. Je fus contraint d'installer les poutres avec la seule aide de mon ânesse. Marthe me portait des carafes d'eau pour soulager ma soif et aussi des repas à manger sur le pouce. Quant à Marie, elle restait à me contempler, la tête renversée en arrière, tandis que je mettais les poutres en place. Elle avait un regard béat d'émerveillement. Je ne comprenais pas si son étonnement était réservé à ma personne ou à la qualité de mes gestes, de mon travail. Je la voyais d'en haut, comme ébahie, en train de scruter le moindre de mes mouvements, le moindre de mes rictus douloureux de travailleur à la peine. Sa sœur Marthe la réveillait de sa contemplation par des phrases d'abord – elle voulait qu'elle se démène un peu, elle aussi, pour m'apporter ce qu'il me fallait –, puis par des appels plus directs. Quand cela ne suffisait pas, elle la prenait par le bras et la secouait pour la sortir de son ébahissement.

Le caractère si opposé des deux sœurs m'amusait. Si, ayant besoin d'un instrument resté au sol, je demandais de l'aide à Marie, elle me regardait sans comprendre, la bouche ouverte, les yeux écarquillés de béatitude, et il fallait que j'insiste en l'appelant par son prénom, gesticulant pour attirer son attention concentrée ailleurs, vers un autre Jésus qui n'existait que dans son regard et qu'elle seule pouvait voir : un Jésus qui n'était pas moi. C'est alors que Marthe intervenait en la secouant, mais souvent cela ne suffisait pas. Alors elle prenait elle-même l'outil à terre et, tout en soufflant et pestant contre sa sœur, grimpait sur l'échelle pour me le tendre.

C'était un travail dur. Le soir, je descendais du toit avec des douleurs dans le dos et les bras car mettre en place les poutres et les solives était un travail pénible, quoique simple. Un soir, lorsque Marie et Marthe me virent plié de douleur, agrippé à l'échelle à cause de crampes aux jambes, incapable de faire un pas vers chez moi, elles s'avancèrent pour me soutenir, inquiètes. Je les rassurai : les douleurs auraient disparu le lendemain, et je reprendrais mon travail sans problème.

Le lendemain matin, je trouvai Anne sur le chantier de la maison de Jonathan, prête à m'aider. Les deux sœurs avaient sans doute parlé à Lazare de ma fatigue et l'avaient obligé à intervenir. Je suis presque sûr que celui-ci renonça à contrecœur à la compagnie d'Anne en lui donnant l'ordre de venir me donner un coup de main. Anne avait une influence positive sur ses peurs, sa paresse. J'étais certain qu'il n'était pas amoureux de sa nièce, car il semblait être incapable de sentiments aussi violents : de la tendresse, sans doute, mais l'amour semblait hors de sa portée.

Avec l'aide d'Anne, la pose du toit avançait rapidement. Elle était méticuleuse comme un artisan et forte comme un homme. C'était agréable de travailler avec elle. Nous parlions peu, mais nos gestes s'ajustaient avec naturel et précision, comme rodés par une longue complicité de travail. Je n'avais pas besoin de lui demander d'intervenir parce que, au moment opportun, avec l'intelligence de ses mains, elle était déjà prête, efficace.

Anne savait être amusante. Plus d'une fois, quand Marthe nous apportait de l'eau pour apaiser notre soif, Anne, voyant Marie en bas, bouche bée dans sa contemplation maniaque, laissait tomber quelques gouttes de son verre sur le visage de sa tante. Mais

Marie, même mouillée de la sorte, ne s'apercevait de rien, perdue qu'elle était dans sa béatitude. Anne écartait les bras en signe de résignation : même sous une averse de grêle, Marie ne serait pas revenue à la réalité. Nous riions.

En fin de journée, quand la lumière du soleil déclinait, nous restions quelques minutes en haut, sur le toit, à regarder la beauté du couchant. Nous ne parlions pas. Nous nous laissions emplir de notre fatigue, des sons et des odeurs du jour finissant, des cris vespéraux des animaux et des nouveau-nés qui pleurent à l'approche de la nuit.

Nous portions le regard jusqu'au plus lointain de l'horizon, cherchant un appui pour briser notre silence. Mais nous n'en trouvions pas, et nos yeux se posaient sur le ciel indéterminé, sur les nuages rosés des derniers rayons de soleil, sur le vol ondoyant et rituel des oiseaux. J'aimais ce silence au côté d'Anne. Que pouvions-nous raconter d'autre qui fût à la hauteur de cette sérénité dépouillée ? Ni nos malheurs passés ni nos espérances n'auraient pu combler le mystère de cet état.

Marthe appelait Anne quand c'était l'heure de rentrer pour le dîner. Nous descendions du toit en nous promettant de nous revoir le lendemain, mais je sentais que quelque chose de plus qu'un rendez-vous restait suspendu entre Anne et moi. Un soir, de retour dans la maison commune où ma mère m'attendait pour que nous dînions ensemble, juste à l'instant de disparaître de l'autre côté des rideaux qui nous séparaient des femmes, je me sentis atteint par un regard d'Anne. Je me retournai, et nous échangeâmes un sourire.

Ce sourire me tourmenta pendant tout le repas. Ma mère me demanda pourquoi je n'ouvrais pas la bouche. Je lui répondis que j'étais fatigué, mais elle n'en semblait pas convaincue. Plus tard, encore troublé et heureux à cause de ce sourire, je demandai à ma mère la flûte qu'elle avait sauvée du bûcher de notre maison : j'éprouvais le besoin de raconter à mon jardin le bonheur d'avoir trouvé Anne. Mais cette soirée, si tiède et paisible, semblait réserver d'autres surprises.

J'étais très en retard sur l'horaire de mon concert du crépuscule et j'imaginais l'étonnement du petit monde végétal habitué à m'écouter dans la dernière lueur du jour. Sans doute les fruits des semailles se demandaient-ils quel événement particulier justifiait cette mélodie à une heure si tardive, quel trouble je racontais par le chant de mon instrument. Alors j'essayai de me faire comprendre en jouant une musique pleine de nostalgie, mais dénuée d'angoisse et de tumulte intérieur car, une nouvelle fois, de manière inattendue, mon cœur s'était ouvert. J'expliquai à travers mes notes que le monde n'était pas aussi féroce, traître et assassin qu'il s'était montré jusqu'alors, qu'il y avait encore place pour un sursaut d'étonnement et d'émerveillement. Tout n'était pas illusoire et vain. Tandis que je m'efforçais d'instruire mon jardin, je vis soudain Anne qui m'écoutait. J'étais tellement concentré que je ne m'étais pas aperçu de son arrivée. Je parvins à retenir ma surprise et à dissimuler ma gêne pour cette musique si sincère, commencée les yeux fermés, et je continuai à jouer sans erreurs ni craintes.

Anne écoutait, assise, le menton dans les mains, aussi concentrée que moi sur ma mélodie. Cette jeune fille était vraie comme toutes les plantes de mon jardin, primordiale comme la nature et en même temps érudite et consciente comme un maître. Les limites et les habitudes n'avaient pour elle de poids que si elles étaient portées par le bon sens. Elle avait enseigné à sa famille adoptive le respect de son jugement, de ses choix, de son obstination à transgresser les règles et les préjugés qui limitaient la liberté féminine. Ses parents ne parvenaient pas à lui imposer des superstitions religieuses parce que, grâce à la simplicité de sa logique, elle avait réussi à conquérir autonomie et indépendance. Sa présence dans le jardin désormais plongé dans l'obscurité en était la preuve : aucune femme n'aurait, à cette heure-là, osé se promener dans Nazareth, aucune femme n'aurait pu rejoindre un homme qui jouait de la flûte la nuit dans son jardin.

J'avais d'autres mélodies à ajouter pour mes plantes, mais la visite d'Anne avait rompu cette intimité. Je cessai de jouer, écoutant la dernière note qui se perdait dans le bois retrouvé de cèdres, jusqu'au silence. Je ne dis rien et allai m'asseoir à côté d'elle. Elle me demanda où j'avais appris à jouer aussi librement de la flûte, parce qu'elle ne percevait dans ma musique aucune école, ni traditionnelle ni religieuse. C'étaient des sons tellement différents de ceux qu'elle avait entendus auparavant que, dit-elle, ils lui semblaient presque impies. Je lui racontai ma fuite et le cirque de Barabbas, les enseignements des musiciens et mon final de soliste où j'accompagnais Delia, omettant le nom de celle-ci et sa beauté voilée. Je ne sais pas pourquoi. Peut-être la blessure de la trahison n'avait-elle pas encore cessé de saigner, peut-être pour ne pas embarrasser Anne qui m'écoutait sans rien dire, avec, me sembla-t-il, une nouvelle lueur d'intérêt dans les yeux. C'était la première fois que je racontais mes aventures de gamin et je les découvrais teintées d'héroïsme et de danger, comme une histoire inventée pour l'impressionner. Et de fait, je crus avoir fait sa conquête. J'approchai mes lèvres des siennes et l'embrassai. Anne resta immobile tandis que je fondais d'amour et d'émerveillement à son contact.

Était-ce bien moi, celui qui osait la témérité d'un baiser, qui passait outre tout précepte et tout interdit, qui précipitait les étapes de l'approche naturelle, traditionnelle, que devait respecter l'homme en âge de fonder une famille face à une fille jeune, trop jeune et rebelle sans doute ? Lorsque j'éloignai mes lèvres et rouvris les yeux, Anne était déjà debout et s'éloignait dans le noir. J'étais certain d'avoir fait quelque chose de grave. Je m'étais comporté comme un adulte pitoyable et autoritaire qui avait utilisé le poids de son passé – et même de ses malheurs – pour faire son effet sur une orpheline sans défense. J'avais traité Anne comme une proie. J'étais bouleversé par mon audace, cette éruption soudaine de sensualité. Comment aurais-je pu expliquer – à elle, à tout le monde – que, moi, sur ses lèvres, je cherchais autre chose, que je cherchais Anne, celle qui me délivrerait de ce dessein secret qui me condamnait à la solitude.

Je revins vers la maison commune, ma flûte à la main. J'imaginais que même ce petit récital donné à mon jardin serait interprété comme une fanfaronnade ingénieuse pour affaiblir les défenses de la jeune fille. J'étais tellement sens dessus dessous que je m'étais persuadé d'avoir tendu ce piège pour profiter d'Anne. Je ne trouvais plus aucune candeur en moi. Je me jetai sur mon grabat avec l'idée d'endormir en même temps le dégoût que j'avais de moi-même. J'étais convaincu que je ne reverrais plus jamais Anne. Et, tout en m'endormant, je me dis que c'était un bien.

Le matin, de bonne heure, je revins travailler au toit de la maison de Jonathan, rempli d'inquiétude. Je craignais que le baiser nocturne n'ait compromis mes relations amicales avec cet homme – je pensais à la honte infligée à ma mère par mon comportement –, avec Lazare et sa famille. J'étais sûr d'avoir perdu vis-à-vis d'Anne toute éventualité non pas d'amour ni d'amitié – impensables alors –, mais de pardon. Tandis que je mettais de l'ordre dans les outils – je regardais le jour naissant avec la même indifférence que je regardais mon tourment –, Anne arriva, accompagnée comme toujours par Marthe et Marie. Elles me dirent bonjour, toutes joyeuses, contentes de me voir. Anne était prête, habile et intrépide comme toujours. Elle grimpa sur l'échelle et nous commençâmes à travailler. Tout le long de la journée, je refoulai tous mes doutes. Mon inquiétude quant à ma réputation avait diminué en voyant que, de toute évidence, Anne n'avait pas parlé de ma stupide audace masculine. La crainte que, malgré son silence, elle n'ait pu mettre de la distance et du dégoût entre nous s'évanouit lorsque, au moment de soulever une lourde poutre, elle posa une main sur mon épaule. Je la sentis chaude et amicale. Intime.

Le travail avança. Le toit était presque terminé : quelques planches encore et la maison de Jonathan serait enfin couverte. À l'heure de la pause, Marthe prit Marie par la main pour l'arracher à sa contemplation et l'emmena avec elle : elle voulait de l'aide pour transporter les repas. Nous restâmes seuls, Anne et moi. Sans la moindre gêne, elle me dit que, la veille, elle aurait voulu répondre à mon baiser. Elle s'était sentie retenue, non par l'embarras, mais par la nouveauté de mes avances et par le tumulte de ses émotions. Elle ne connaissait pas l'intimité des hommes et encore moins celle de leurs lèvres. Elle me raconta qu'elle s'était habituée aux corps souples de ses tantes. Depuis qu'elle était orpheline, elles dormaient dans le même lit. Souvent, elles s'étaient enlacées quand les nuits étaient froides. Il était arrivé que, par jeu, elles échangent des baisers et des effusions de gestes affectueux. Des lèvres, elle n'avait comme souvenir que les leurs et celles de sa mère. C'est pour cela qu'elle s'était enfuie de mon jardin : la tendresse de mon baiser avait réveillé en elle la nostalgie douloureuse de sa mère. C'est alors qu'elle posa ses lèvres sur les miennes. Puis, en s'écartant, elle m'avoua que ma barbe lui piquait le menton : ses tantes avaient le visage plus lisse, à coup sûr. Marthe et Marie nous trouvèrent en train de rire comme des fous, incapables de nous arrêter : moi, pour éloigner définitivement mon cauchemar de la nuit ; elle, pour surmonter sa gêne et le souvenir des baisers de sa mère.

Les jours suivants, nous continuâmes à nous embrasser en cachette, sur le toit presque achevé de la maison de Jonathan. C'étaient des baisers au crépuscule, quand Marthe traînait Marie vers la maison commune en attendant qu'Anne les suive. Nous regardions, toujours enlacés, le ciel de la fin de l'automne qui commençait à montrer les premières étoiles. Peu après, nous rentrions ensemble sans parler, avec l'accord tacite que nous nous verrions de nouveau après le repas du soir, pour mon récital de flûte dans le jardin.

Je me rendis compte que, chaque fois que j'entrais dans la maison commune, j'étais accueilli par des sourires complices et des clins d'œil. Les femmes, quand elles me croisaient, échangeaient des plaisanteries à mi-voix. Le soupçon qu'Anne et moi préparions en secret notre mariage devint pratiquement une certitude lorsque, un soir, alors que nous rentrions dans la maison, Anne, dans son ingénuité libre et authentique, me prit affectueusement le bras juste avant de passer le seuil. La nouvelle parvint immédiatement aux oreilles de ma mère. Tout de suite, le soir, elle me demanda quel projet j'avais avec Anne. « Aucun, lui répondis-je, nous sommes amis. »

Nous l'étions véritablement. Nous affinions notre complicité tout en travaillant sur le toit, nous échangions des divagations sur les mystères du monde et de la nature, nous nous racontions les secrets de nos vicissitudes personnelles et nous émoussions nos déceptions en nous trouvant tellement semblables, jusque dans la douleur, qu'il me tardait de la retrouver pour lui raconter la dernière pensée qui m'était venue. Mais nos silences aussi avaient la densité d'une conversation.

Je ressentais ce qu'éprouvait Anne quand les oiseaux curieux venaient achever leur vol à côté de nous sur les planches du toit à peine posées, quand le vent faisait parler les oliviers et que nous apercevions les champs dessinés selon la respiration des brises. Et nous riions. Enfin, nous riions. Notre respiration elle-même s'était faite plus ample, plus profonde, et nous nous remplissions des odeurs ordinaires du bois, de l'eau et de l'air comme de choses nouvelles et amusantes. Le soir, au jardin, le parfum de la végétation, de l'humidité, et le son de ma flûte renforçaient la tendresse que je ne pouvais exprimer sur le toit de Jonathan à cause des témoins trop nombreux. Jamais, même avec Delia, je n'avais atteint une telle intimité avec un être humain.

Ma mère accueillit ma réponse – un mensonge – avec un soulagement médiocre : elle allait pouvoir tenir en respect les médisances, mais je sentais du découragement chez elle. Avais-je détruit en elle l'illusion d'un mariage ? Ou l'avais-je ravivée ? Je ne le savais pas. Je n'avais jamais compris ce que ma mère souhaitait pour moi. Depuis toujours, ses desseins secrets quant à mon futur, ses espoirs et ses illusions m'étaient restés obscurs, ambigus. Jamais elle ne les avait exprimés clairement. Elle voulait que je trouve moi-même les réponses, que je les cherche tout seul en moi. Je l'ai fait, pénétrant jusque dans la consistance de ma chair. Et j'ai découvert que ma mère avait enfanté un agneau de sacrifice en pensant que c'était le Messie. Anne et moi continuâmes en cachette nos rencontres amoureuses, profitant de nos rares moments d'intimité.

Le toit de Jonathan était maintenant terminé. La famille se sentait rassurée : l'hiver approchait, et le froid réclamerait sous peu des maisons plus chaudes. Lazare, ses sœurs et Anne se mirent à arranger la maison. Moi, je réparais les rares choses qui avaient échappé aux flammes de l'incendie. J'arrangeai la table et les chaises, le lit, installai de nouveau le foyer. La maison était prête à être habitée. Sans luxe ni confort. Mais le toit, les portes et les fenêtres gardaient la chaleur. Lazare offrit une fête pour le retour de son père chez lui, et tout Nazareth se présenta pour l'occasion. Le vin et les cadeaux ne manquèrent pas et rendirent la maison de Jonathan plus accueillante. Ma mère apporta des couvertures auxquelles elle avait travaillé sans m'en dire un mot. Nombreux furent les voisins qui pleurèrent en voyant la maison de Jonathan enfin terminée : pour eux aussi, il y avait encore de l'espoir. Nazareth pouvait renaître.

Cette nuit-là, il neigea.

Je m'en aperçus au matin depuis ma couche. La fête chez Jonathan s'était terminée tard, et le sommeil nous avait retenus plus longuement sous les couvertures. À mon réveil, je fus surpris de l'absence de sons. Les voix de ceux qui étaient déjà sortis pour s'occuper des choses les plus urgentes – il fallait prendre soin des animaux – me parvenaient sans écho, sans profondeur. Sèches et joyeuses en même temps. Ce furent les enfants qui, regagnant vite la maison commune en un tourbillon de froid piquant, annoncèrent la neige. Elle était plutôt rare à Nazareth, et beaucoup d'entre eux ne l'avaient jamais vue. Les adultes, s'ils ne la considéraient pas tout à fait comme un malheur, la trouvaient gênante à cause du froid, des vêtements toujours humides, de la difficulté des déplacements. Les plus âgés, en revanche, semblaient contents. J'observais le dessin de leur sourire antique, esquissé mais profond et satisfait : les vieux savent que la neige cache toutes les traces du malheur – de même que son signe opposé, le feu, qui avait brûlé Nazareth –, que la neige apporte de l'eau dans les profondeurs de la terre pour enrichir les réserves permettant d'affronter les périodes de sécheresse, que la neige est comme une feuille de papyrus vierge, attendant qu'une nouvelle page s'écrive. L'illusion de la neige.

À l'extérieur, tout était blanc. Abondante, la neige avait dissimulé aussi bien les ruines des maisons détruites que l'empreinte noirâtre des flammes qui avaient ravagé le village. Tout était retourné à une sorte de stase régénérative, à la léthargie incubatrice d'une nouvelle saison. Seule la maison de Jonathan, à peine achevée, lançait un message humain : la fumée du bois qui s'élevait dans le ciel. Nous restâmes à la regarder en silence : c'était une promesse, elle était magnifique. J'étais satisfait et fier de mon travail. Et de celui d'Anne. Au moment précis où je pensais à elle, à notre labeur, à nos baisers sur le toit – où le ferions-nous maintenant ? –, la porte s'ouvrit. Lazare, ses sœurs, Anne et Jonathan sortirent dans l'allégresse de la neige. Nous jouâmes comme des enfants, avec les enfants, nous poursuivant, nous lançant des boules de neige en une guerre pacifique et festive. Nos rires résonnaient, parfaits, scintillants. Je pensais que la qualité de ce son serait bénéfique pour la musique de ma flûte. Et, alors que je m'éloignais en direction de la maison commune pour aller prendre mon instrument, la neige recommença à tomber en flocons énormes, persistants. Tout disparut du regard. Je me retrouvai seul tout à coup, sans aucune direction. Je jetai un coup d'œil circulaire en quête d'amis. Je ne voyais personne. À travers ce rideau glacé qui m'isolait de tout, une main apparut et saisit la mienne. C'était celle d'Anne.

Nous dépassâmes la maison commune en nous tenant par la main, puis les ruines de la mienne désormais effacées par la neige, et nous nous perdîmes dans ce désert blanc où il était impossible de reconnaître les arbres, les rochers, le jardin, ni le moindre sentier. C'était une promenade insolite, dans le silence absolu, le froid intense, la neige tombant d'un ciel bas et blanc, semblable au reflet aveuglant du manteau terrestre qui conservait toutes choses en les dissimulant.

Les tantes d'Anne lui avaient prêté des vêtements qui la couvraient jusqu'à la tête, ne laissant que les yeux découverts. Comme d'habitude, elles l'avaient vêtue par jeu, avec des étoffes colorées. L'espace d'un instant, il me sembla que je tenais par la main Delia voilée. Nous marchâmes en nous enfonçant dans la neige jusqu'aux genoux. À chaque pas, nous risquions la chute, et moi j'essayais, en chancelant, de soutenir Anne. Pour ne pas nous retrouver enfouis, nous marchions enlacés maintenant, et nos pas étaient à l'unisson. Je sentais le corps d'Anne sous mes mains, le mouvement de ses muscles, sa force menue, la contraction énergique de ses nerfs et sa détente soudaine quand je lui offrais une prise. Je sentais Anne de tout mon corps et m'arrêtai tant cela m'émerveillait. Je me rappelle que je lui pris la tête entre les mains et l'embrassai. Je me rappelle ses yeux écarquillés de surprise devant chacun de mes gestes, chacune de mes caresses. Je me rappelle chacun de ses gestes, la moindre intimité. Une à une, je lui ôtai toutes ses étoffes, et nous nous aimâmes encore dans ce monde immaculé et glacé.

11

Anne et moi allions nous marier. Nous l'annonçâmes à nos proches. Lorsque nous nous retrouvâmes dans les lieux glacés de notre intimité pour nous raconter leurs réactions – la neige couvrait encore une grande partie de Nazareth –, Anne m'apprit le bonheur de ses tantes, qui avaient immédiatement commencé à faire des projets de décoration pour le mariage et, pour leurs jeux, de coiffures nuptiales ; la satisfaction de Jonathan qui, par le biais de ce mariage, tisserait des liens encore plus étroits avec ma mère ; l'émotion de Lazare, qui avait laissé échapper de longs pleurs silencieux, exutoire de son inquiétude ancienne pour cette nièce orpheline, si différente des autres femmes de la famille et de toutes celles qu'il connaissait, tellement autonome et indépendante – il l'avait toujours imaginée seule et privée de toute perspective de bonheur familial, voire d'avenir. La fermeté d'Anne ne tranquillisait pas Lazare, même si, en cette occasion encore, elle lui expliqua combien elle serait heureuse de toute façon, mariée ou non, avec des enfants ou non, pourvu que ses décisions soient respectées. Elle se sentait libre de tout joug et de tout devoir – civil ou religieux – qui emprisonne les femmes en les liant au sort des hommes.

Quand vint mon tour de raconter comment ma mère avait réagi à la nouvelle, je répondis seulement qu'elle avait pleuré. Rien d'autre. Je me sentais gêné vis-à-vis d'Anne parce que je n'avais pas compris si les larmes de ma mère étaient la marque d'une émotion heureuse ou un nouveau signe ambigu et indéchiffrable – ma mère m'avait habitué à ses mystères – de ses visées quant à mon destin. J'avais beau lui demander si elle était contente de mon choix – j'avais depuis longtemps dépassé l'âge du mariage –, elle se cachait les yeux de ses mains, évitait mon regard, sanglotait, incapable de parler. Elle me laissait dans l'incertitude face à ces larmes que je ne parvenais pas à interpréter, en équilibre entre la joie et le désespoir.

J'avais tiré le rideau qui nous séparait de la partie féminine de la maison commune. Il n'y avait personne autour de nous. Je pris les poignets de ma mère et la forçai à me regarder. Je lui demandai si Anne ne lui plaisait pas, elle me répondit que si, elle lui plaisait, et que je ne pouvais pas trouver mieux. Je lui demandai si elle était contente du mariage proche, et elle me répondit une autre fois que oui, c'était toujours beau quand naissait une famille. Mais elle était troublée, me dit-elle, parce que je lui avais menti sur le compte d'Anne, que je ne lui avais pas révélé tout de suite mon amour pour cette jeune fille : il n'y a rien de caché qui ne sera dévoilé, ni de secret qui ne sera connu. Elle se libéra de ma prise, me demanda de m'écarter pour pouvoir se consacrer à ses travaux de couture, tout en continuant à pleurer.

Durant ces jours brouillés entre l'attente et le caractère concret des devoirs et des besoins – où allions-nous vivre ? dans quelle maison ? Lazare et ses sœurs posaient des questions de plus en plus pressantes –, Anne et moi trouvâmes du réconfort dans nos promenades solitaires. La neige s'entassait encore dans les coins où régnait l'ombre, et Anne avait froid. J'avais beau la serrer dans mes bras, je ne parvenais pas à la réchauffer et percevais ses tremblements internes. Il me sembla que la cause n'en était pas seulement le froid, mais que ce frémissement cachait sa peur. De nouveaux horizons s'ouvraient devant elle et ils n'étaient pas tous clairs ni rassurants.

C'était une femme indépendante. Peut-être son futur contrat matrimonial la rendait-il nerveuse. À ses yeux il était peut-être porteur de contraintes, sévère de menaces, exigeant en règles et devoirs. « C'est seulement une formalité, me répondit-elle, que nous saurons enfreindre. » Anne s'en remettait à moi, sûre de ma capacité à comprendre, de ma liberté. Pourtant, alors que j'avais passé mon bras sur son épaule, je m'aperçus que son tremblement n'avait pas cessé.

Le lendemain, à peine étais-je revenu d'un tour d'inspection dans la ruine qui avait été notre maison – l'idée que j'allais partager les pièces de mon enfance avec Anne et ma mère commençait à prendre corps –, ma mère me dit que Jonathan était passé pour nous convoquer : nous devions parler de l'avenir. Je fus surpris de cette annonce. C'était la première ingérence de la famille d'Anne dans l'intimité de nos sentiments. Jusqu'alors, ses proches avaient respecté tous nos choix et nos indécisions, ils avaient accepté avec un sourire le caractère vague de nos projets en évitant tout commentaire ou intervention. J'ai toujours craint le rappel aux aspects concrets de la vie : c'est par là que s'insinuent l'autorité et tous les prétextes d'ordre.

L'après-midi touchait à sa fin quand nous entrâmes dans la maison de Jonathan. Le soir tombait, et aucune lampe ne brûlait encore. Je me rappelle les visages méconnaissables dans la pénombre. Anne n'était pas là, j'aurais perçu son odeur, le parfum de sa respiration. Lazare fut le seul à parler. Il dit qu'il était temps de fixer une date pour le mariage, qu'il n'était plus possible d'ignorer les préceptes et les restrictions de la religion, que nous avions été vus enlacés dans la neige, qu'il ne voulait pas nous imposer une interdiction, mais que, malheureusement, les mauvaises langues avaient pris le dessus. Nous ne pouvions pas compromettre notre avenir dans la communauté. Il annonça qu'il partirait le lendemain matin pour Béthanie avec Anne. Ils allaient résoudre des problèmes de parchemins au Temple et rassembler les objets et les biens que la mère d'Anne avait laissés pour sa fille dans l'espoir

– lointain – qu'elle se marierait un jour. Ceci dans la certitude que seule la distance pourrait faire taire les rumeurs, apaiser les soupçons des cancaniers. C'est seulement à ce moment-là que Lazare appela Anne. Lorsqu'elle entra, je vis un instant, dans ces dernières lueurs du jour, son visage bouleversé, terreux. Elle confirma d'une voix méconnaissable le projet de son oncle et, de l'autre bout de la table, me dit au revoir et disparut.

J'aurais dû l'arrêter, l'entraîner dans nos cachettes de neige, la retenir près de mon corps, lui caresser le visage, l'imprimer dans ma mémoire. Anne, jeune fille frêle et forte. Anne, mon Anne libre.

À l'aube, lorsque je me présentai chez Jonathan pour un dernier salut, la lumière matinale semblait identique à la pénombre de l'après-midi. Anne sortit enveloppée de lourds vêtements parce que le voyage serait long et glacé, je ne pouvais qu'entrevoir son visage. Elle avait le teint blême des malades et les yeux éperdus de quelqu'un qui a subi la volonté d'autrui. Sans doute, pensai-je, était-ce dû à son tourment intérieur, aux renoncements qu'elle acceptait en décidant de m'épouser, aux chaînes qui allaient emprisonner son naturel indépendant, à la rigidité inattendue de la famille. La tenant par le bras – Lazare nous accorda cette entorse aux nouvelles règles – jusqu'à la sortie de Nazareth où attendait une petite caravane de gens en partance, je percevais encore le frémissement de ses muscles, le tremblement de son corps, sa peur. Un instant avant qu'elle ne monte sur le chariot, je pus enfin la regarder dans les yeux : ils étaient rouges et humides, fatigués. Je voulais la tranquilliser, la consoler, éloigner d'elle ce malaise. J'étais prêt à renoncer au mariage pourvu qu'elle retrouve la force et l'ironie de son regard. Mais je ne pus dire un mot. Anne, malgré la contrariété gênée de Lazare, leva une main et laissa sur mon visage une lente et tremblante caresse. Elle monta dans le chariot et partit aussitôt. Tandis que je la regardais s'éloigner, emmitouflée dans la chaleur de ses étoffes, je sentais encore cette caresse sur ma peau, chaude comme une blessure. Les ultimes lueurs de la jeunesse laissent une marque en forme de cicatrice.

Les jours suivants, pour ne pas me torturer dans le vide laissé par Anne, je commençai à travailler à la remise en état de notre maison. J'informai ma mère que j'allais faire des modifications, ajouter de nouvelles pièces – il fallait une chambre à coucher pour Anne et moi –, et que j'agrandirais la cour, l'atelier hérité de mon père, en vue de gagner plus d'argent et de manière plus sûre.

Nazareth renaissait, et j'en étais un des protagonistes. Chaque famille, suivant mon exemple, revenait à sa maison en ruine avec plus de conviction, plus d'espoir. Je travaillais avec rapidité et précision parce que je voulais que, à son retour, Anne trouve notre maison bien avancée, sinon tout à fait terminée. Nous finirions ensemble, avec notre complicité dans le travail, avec sa bonne humeur. Et, à la fin de chaque journée de peine, nous continuerions à écouter le crépuscule, à poursuivre les sons, le vol des oiseaux, les nuages : l'écriture du monde qui n'en finit pas de dérouler le parchemin de son récit.

Il m'était difficile de me concentrer sur le travail. J'avais programmé une quantité de tâches quotidiennes à accomplir. Mais mes résolutions étaient interrompues par la continuelle, incessante demande de conseils et d'aide. Les voisins, les familles amies et même celles avec lesquelles j'avais entretenu des relations moins cordiales se présentaient chez nous à tout moment. Pendant que je travaillais, il se formait une queue qui s'allongeait devant mon chantier, attendant que, pour un instant, je pose mes instruments, boive un peu d'eau, fasse une pause. Je répondais avec gentillesse à toutes les demandes, même les plus banales, les plus assommantes. Je comprenais que l'avenir de Nazareth dépendait aussi de moi.

Par petits bouts et avec beaucoup de retard sur les délais que je m'étais fixés, j'étais parvenu à remettre sur pied une partie de notre vieille maison. La pièce de ma mère, avec le foyer pour cuisiner, et une partie de la mienne étaient achevées. Je partageais l'espace de ma paillasse avec les bois, les outils et l'ânesse, qui n'avait pas encore son étable. Le mariage semblait loin : j'allais arranger un abri pour l'animal.

Le jour où j'accompagnai ma mère pour une visite à notre vieille maison – Jonathan à ses côtés, comme d'habitude – et où elle découvrit que l'ânesse passait les nuits glacées tout près de moi, son visage s'éclaira en un sourire doux et ironique : quand on connaît le début, inutile de s'inquiéter de la fin. Elle rappela une nouvelle fois ma venue au monde : une ânesse et un bœuf réchauffaient l'étable. De nouveau la mémoire mythique de ma naissance, les chapitres lointains de ma petite enfance que ma mère me racontait les nuits de tempête pour apaiser ma terreur. En l'écoutant, je réveillais ma tendresse pour cette mère et son enfant, pour ce père qui affrontait l'eau, le vent et l'obscurité dans ses circuits de surveillance. Comme il me semblait perdu, ce temps-là ! Il ne m'appartenait plus.

Ma mère, après avoir examiné les travaux, accepta de réintégrer sa vieille maison en mauvais état, où régnait encore l'odeur de l'incendie. Au moins pouvions-nous ainsi nous libérer des regards des autres qui partageaient encore la maison commune, des sourires entendus et des bavardages sur mes accouplements avec Anne, des allusions qui étaient devenues de plus en plus impudentes et mensongères. Offensantes, même. J'avais compris, grâce à ce don d'intuition mélancolique que j'avais, fruit amer de ma sensibilité, que des rumeurs couraient sur une possible grossesse. Raison pour laquelle – disait-on – Anne avait fui au loin, pour échapper au scandale, pour le cacher, pour décider ailleurs comment l'affronter. Je voulais tenir ma mère à l'écart de ces mensonges proférés d'ailleurs par les mêmes personnes qui venaient interrompre mon labeur pour me demander des conseils sur la façon de couper les pièces de bois, fixer les huisseries, clouer les planches au plafond.

Jonathan fut généreux avec ma mère : il lui offrit deux chaises et une table que Lazare avait fait venir de Béthanie pour meubler sa maison à peine reconstruite. Il n'en avait pas besoin, sa maison n'était que trop remplie d'objets. Je me hâtai d'arranger le reste des meubles nécessaires à notre vie simple de toujours et commençai à mettre de côté le bois dont j'aurais besoin pour ma nouvelle vie avec Anne.

Durant ces semaines où j'attendais son retour, j'avais commencé à travailler la nuit. À la lumière de la lampe, je m'occupais des petits travaux délicats, ceux qui exigeaient le plus de patience. J'aimais rester à la maison. Loin de l'hypocrisie des voisins, dans l'haleine chaude de l'ânesse, dans la lumière faible de la torche qui laissait un halo de pénombre à mes pensées, aux rêves qui sont les bases des changements et des choix des hommes.

J'entendais la pluie de ce timide printemps tambouriner sur les toiles qui protégeaient ma pièce du froid extérieur en attendant l'installation définitive de la chambre que je partagerais avec Anne et du préau où je travaillerais ensuite. Je réfléchissais sur la méchanceté des commérages, sur l'absence d'Anne qui semblait se prolonger au-delà du délai raisonnable, sur son visage las et affligé, le dernier salut d'une caresse grave. J'avais deviné que les murmures courant de bouche en bouche étaient devenus une rumeur qui enflait, de plus en plus méchante. Les plus fantaisistes racontaient que j'avais profité d'Anne contre sa volonté. Un viol ! Était-il possible qu'il y ait du vrai dans cette légende ? Seuls Anne et moi pouvions connaître la vérité.

Tandis que je cherchais à conserver un raisonnement ferme et lucide, une ombre se dessina sur la tenture qui s'agitait dans cette nuit venteuse. Cela m'inquiéta. Depuis le soir de l'incendie, j'avais toujours peur que les mystérieux hommes armés et sans pitié ne reviennent mettre fin à toute tentative de reconstruction et de renaissance de Nazareth. Nous n'avions pas pensé à armer un groupe pour défendre nos maisons et nos biens, avec des mercenaires même, pour déjouer de nouvelles attaques. Cela aurait pourtant été raisonnable et opportun.

Je posai mes outils et sortis pour m'assurer qu'il n'y avait pas de danger. Je repensai à mon père et à ses rondes. Nous marchions sur les mêmes traces. Je fis le tour de la maison. En revenant, juste devant la porte, je vis un homme. Il n'avait pas d'armes. Il se recroquevillait dans le tissu léger de sa tunique pour lutter contre le froid. Il avait des yeux intelligents et apeurés. S'excusant de m'avoir inquiété, il me dit que c'était mon cousin Jean qui l'envoyait. Il s'appelait Judas.

Je le fis entrer, lui donnai une couverture pour se protéger du froid qui régnait même à l'intérieur de la pièce, et le fis asseoir. Il n'eut pas la force de raconter la raison de sa visite, car il s'endormit, épuisé, la tête sur l'établi. Même s'il s'était présenté à moi au nom de mon cousin, je décidai de ne pas me fier à cet inconnu. Je le laissai seul dans ma pièce encore en travaux et me réfugiai dans la cuisine, où j'entendais la respiration de ma mère qui dormait, elle aussi. Par précaution, je plaçais une planche de façon que l'homme ne puisse pas pénétrer dans la maison. La moindre tentative de forcer la porte me réveillerait. Je m'installai sur la vieille table de la cuisine et m'endormis à mon tour.

Ce fut ma mère qui me réveilla à l'aube. Je lui parlai de l'inconnu qui dormait dans ma pièce. Elle dit que toute cette inquiétude était exagérée : qui venait au nom de Jean ne pouvait cacher de mauvaises intentions. Le nom de mon cousin ouvrait toujours la porte du cœur de ma mère. J'appelai Judas et l'invitai à la table commune pour manger du pain et boire du lait de chèvre à peine trait. Il fuyait les Romains. Il raconta que c'était Jean lui-même qui lui avait indiqué la route de Nazareth, lui avait recommandé de s'en remettre à ma mère et à moi afin que nous l'hébergions et le cachions à l'abri de la vengeance des Romains. Ce qu'il s'était passé, c'est que, en essayant de défendre mon cousin – désormais à la tête d'une compagnie importante de jeunes gens –, il avait blessé gravement un officier qui venait de gifler Jean. Cela avait été un coup de colère, il ne voulait pas blesser. Mais l'arrogance des Romains, probablement encouragée par certains prêtres du Temple, l'avait contraint, avec deux autres disciples, à opposer la violence à la violence : dans la bagarre, il avait subtilisé une épée et tranché d'un coup la main de l'officier.

Ils avaient tous les trois réussi à s'échapper dans la confusion, car les soldats ne s'attendaient pas à une réaction aussi hostile. Tandis que les Romains donnaient les premiers soins au soldat – Jean avait lui-même tenté de lui porter secours et d'arrêter le sang –, ils s'étaient cachés. Mais les Romains, vite remis de leur surprise, avaient commencé à les chercher maison après maison, menaçant de représailles ceux qui ne les livreraient pas. Effrayés, Judas et ses compagnons s'étaient cachés dans la campagne, au milieu des vignes. Le soir, ils étaient secrètement revenus chez Jean afin qu'il les éclaire sur leur avenir. C'est lui qui avait expliqué comment arriver jusqu'à la maison de son cousin, Jésus le charpentier.

Cela faisait dix jours maintenant qu'ils vivaient, traqués, au milieu des collines, pourchassés par les soldats qui avaient ordre de les tuer de manière spectaculaire, d'exposer leurs corps afin que tout un chacun soit convaincu que la violence à l'encontre des Romains ne resterait pas impunie. Ils se déplaçaient seulement la nuit, délaissant les routes signalées et les chemins fréquentés pour suivre des sentiers inconnus et escarpés. Plusieurs fois ils avaient eu la sensation qu'ils allaient être pris. C'était un miracle qu'ils n'aient pas encore été arrêtés, c'était par chance ou par la volonté de Dieu qu'ils avaient pu se soustraire à une mort certaine. Ils avaient décidé de se séparer. Chacun irait dans une direction différente pour tenter de tromper leurs poursuivants. Lui n'avait plus de nouvelles des deux autres. Il espérait qu'ils étaient saufs.

Maintenant, Judas était là, à notre table. Il était sûr que les Romains allaient arriver sous peu à Nazareth pour demander sa vie. Ma mère se mit tout de suite de son côté : nous allions le cacher et le protéger. Quant à moi, j'étais perplexe. Je n'avais jamais aimé le fanatisme et ses manifestations extrêmes. Il me semblait – mais je ne le dis pas – que la violence de Judas, la grave blessure infligée au soldat, aurait mérité une attitude plus prudente de la part de ma mère. J'étais habitué à douter d'elle. Cette adhésion irrationnelle aux désirs de mon cousin Jean me semblait le fruit d'une absence de raisonnement. Mais de son contraire, aussi. Pourquoi lier notre destin à celui de Judas, qui était déjà souillé de sang ? Cependant la voie était tracée : il nous fallait tenter de sauver la vie de l'ami de mon cousin.

Parmi les décombres des maisons de Nazareth encore en ruine – avec l'empreinte noire du feu comme une marque pour nous rappeler la nuit des incendies –, il y avait des espaces cachés, secrets, de vieilles citernes creusées dans la terre où les habitants, en attendant de recommencer à travailler, gardaient matériel et outils, charrues et harnais, en fait tout ce qui avait survécu aux flammes. Pour éviter d'impliquer des étrangers innocents, nous ne parlâmes de rien à personne. Nous allions cacher Judas à l'insu de tous. Je demandai à ma mère de garder le silence auprès de Jonathan. La vieillesse l'avait rendu distrait et il pouvait certainement, sans mauvaise intention, dévoiler notre secret.

Judas demeura toute la journée chez nous. Comme ses vêtements étaient déchirés et sales à cause de sa longue fuite, je lui donnai de quoi se changer. Ma tunique montrait elle aussi des déchirures et des traces de mon travail de charpentier, mais au moins, grâce à ma mère, elle était propre. Je me fis remettre les loques de Judas et allai les cacher loin de la maison, sous un tas de pierres, car elles étaient trop usées pour les conserver comme des vêtements m'appartenant. C'est seulement à la nuit tombée que je conduisis Judas jusqu'à son refuge, avec un panier de provisions et une réserve d'eau. Je lui recommandai de n'en sortir que pour des urgences et besoins corporels. Je m'occuperais de le ravitailler quand il ferait noir.

Il resta caché dans la citerne pendant trois jours, n'en sortant qu'à la nuit et seulement avec mon accord. Chaque fois, il me remerciait et s'excusait des soucis qu'il nous causait, à ma mère et à moi. Je lui disais de ne pas s'inquiéter, de tenir bon jusqu'au moment où le danger aurait disparu.

Durant ces nuits clandestines de printemps laborieux, il me racontait ses journées au côté de mon cousin Jean, les prédications, la vie communautaire consacrée aux autres, à l'aide, à l'écoute des plus misérables et affamés. Ils partageaient tout avec ceux qui n'avaient rien, sauf une vie qui était un poids et un malheur. Quand les compagnons les plus proches de Jean lui demandaient si c'était là leur mission, il répondait : oui, c'est cela, et aussi l'attente du Messie. Je pensai en moi-même qu'il leur faudrait attendre longtemps.

À l'aube du quatrième jour, les Romains entrèrent dans Nazareth. Aux premiers habitants terrorisés qu'ils rencontrèrent, ils demandèrent où se trouvait la maison de Jésus le charpentier. Ils savaient où chercher. Ils connaissaient les noms de leurs ennemis présumés ainsi que les familles et leurs liens de parenté. J'étais sûr qu'ils étaient informés sur les activités de chacun, sur les rapports qui nous liaient. Ils devaient même être au courant de mon refus persistant et tenace relativement à tout acte excessif, de ma répulsion pour toute sorte de fanatisme, mon horreur de la violence. Pourquoi, alors, étaient-ils à ma recherche ? Sans doute, me dis-je, sachant que j'étais le cousin de Jean avaient-ils reconstitué toutes les étapes de la fuite de Judas pour arriver sans difficulté jusqu'à moi et au refuge que j'avais imaginé pour le cacher. Peut-être l'avaient-ils suivi sans qu'il s'en aperçoive, avaient-ils retardé son arrestation pour prendre en même temps les complices et quiconque, par amitié ou par pitié, lui avait accordé sa protection.

C'est avec ces idées en tête que je regardais les soldats avancer vers notre maison, en rangs compacts et ordonnés, avec l'assurance sans hâte de l'empire quand il se déplace. Ils avaient laissé des véhicules et des animaux à l'extérieur de Nazareth pour ne pas être encombrés. Je demandai à ma mère de se réfugier dans la maison et de n'en sortir sous aucun prétexte. Je craignais qu'elle ne laisse échapper quelque chose à propos de Judas, qu'elle ne laisse filtrer sa colère contre l'autorité. L'officier était accompagné d'un homme qui parlait notre langue. Il me demanda si j'étais Jésus le charpentier. J'eus un instant la tentation de mentir, de raconter que Jésus était parti, loin, ailleurs, mais je compris tout de suite que cela aurait été une erreur. Je répondis que oui, c'était moi. Les paroles du Romain étaient paisibles et calmes ; le ton du traducteur, par contre, menaçant et agressif. Il voulait impressionner les Romains, montrer combien il était respecté, craint des gens de son peuple. Il dit que les Romains avaient besoin de mon aide, de mon habileté à travailler le bois. Il raconta qu'ils traquaient trois hommes, trois ennemis de Rome. Ce n'était plus qu'une question d'heures, ils allaient les attraper. Ils avaient osé lever leurs armes contre l'empereur, et la punition serait exemplaire : il y avait besoin de trois croix de bois pour justicier ces hommes et exposer leurs corps en manière d'avertissement. Ils me demandaient de les fabriquer rapidement, elles devaient être transportables et faciles à monter. Je répondis que les Romains étaient beaucoup plus habiles que moi dans ce genre de travail. Le traducteur me gifla. Sans réfléchir, je ripostai violemment. Nous commençâmes à nous bagarrer, à rouler dans la poussière sous les yeux amusés des Romains. Lorsqu'on nous sépara, l'officier s'adressa avec rudesse au traducteur, puis, péniblement, dans ma langue, s'excusa pour l'agression de l'interprète, promettant qu'il serait puni, et reformula aimablement la demande de trois croix. Je savais que les Romains avaient d'habiles menuisiers parmi leurs soldats et je demandai pourquoi ils ne pouvaient pas fabriquer les croix sans mon aide. L'officier ne répondit pas et observa ma maison presque terminée, regarda Nazareth noircie par les flammes et les chantiers de la reconstruction qui pointaient un peu partout. Il ouvrit les bras avec une grimace de regret, disant qu'ils avaient eu connaissance de l'attaque nocturne, des incendies allumés par des mains inconnues, de la pénible tentative de reconstruction. Il n'aurait pas fallu grand-chose pour effacer pour toujours toute espérance d'une nouvelle Nazareth. D'un geste il fit approcher ses soldats. Ils avaient à la main des torches prêtes à être enflammées. Il me regarda dans les yeux et, glacial, me dit que ces trois croix devaient être apprêtées de la main des Juifs. Ce n'était pas une requête, c'était un ordre qui arrivait de Rome. « À n'importe quel prix. » Il me donna deux jours. Les soldats prirent leurs quartiers aux portes de la ville. Les feux de leurs bivouacs étaient une menace toujours ardente.

Ce furent les Romains qui choisirent et coupèrent les cèdres qui étaient derrière mon jardin. Ils voulaient que les croix soient transportables, en deux morceaux, sur un chariot. Un soldat expert en machines de guerre m'expliqua qu'il suffisait de creuser de larges mortaises sur les deux troncs et qu'ensuite, au moment voulu, ils se débrouilleraient eux-mêmes pour les assembler en les liant avec des cordes. Il n'était pas nécessaire de dégrossir le bois ni de le dégauchir : ce n'étaient pas des objets destinés à la maison.

J'étais partagé entre l'envie instinctive de ralentir le travail – en fait, simple et rapide – en inventant quelque excuse pour éloigner l'occasion d'utiliser les croix, et la nécessité de faire partir les Romains le plus vite possible de Nazareth : s'ils découvraient la cachette de Judas, c'était la fin, pour moi, pour le village. Ce fut le seul moment où je me sentis soulagé de l'absence d'Anne. Son retard commençait à m'angoisser, mais il m'ôtait au moins l'inquiétude de son incapacité à accepter ordres et interdits. Je décidai de respecter le délai pour livrer les croix et me mis immédiatement au travail. Le bois tout juste coupé offrait la résistance de la résine. Je passai la nuit courbé sur mon travail. À l'aube, j'avais quasiment terminé, il ne manquait qu'une finition. J'étais fatigué et voulais dormir. J'allais m'allonger sur mon lit lorsque l'officier apparut : il voulait voir à quel point en était le travail. Il était accompagné d'un soldat expert en supplices qui contrôla les bois travaillés. Il confirma qu'il ne restait pas grand-chose à faire et ils me laissèrent dormir.

C'est ma mère qui me réveilla, blême d'inquiétude. Elle me raconta qu'une rumeur courait : on avait retrouvé les vêtements d'un fugitif cachés sous un tas de pierres. Nazareth était parcourue de frémissements de terreur, les Romains étaient en train d'organiser des perquisitions, maison par maison, à la recherche de l'homme. Ils avaient commencé leur ratissage dans les décombres des maisons détruites, dans les citernes et les abris remis en état après l'incendie. Je n'avais pas été malin. Je compris à ce moment-là seulement que, habitués à la chasse à l'homme, conscients des besoins des fugitifs, tout à fait habiles pour imaginer les tanières préférées par ceux qui sont traqués, les soldats commenceraient à chercher les traces précisément dans les lieux que je considérais comme les plus sûrs et insoupçonnables. Ils auraient vite fait de découvrir Judas, c'était certain.

Il faisait presque nuit maintenant. Seules la lueur du couchant et les torches des Romains illuminaient Nazareth. Depuis la porte de la maison, je pouvais voir où les soldats concentraient leurs recherches. Ils étaient encore loin de la cachette de Judas, mais le mouvement des lumières indiquait qu'ils avançaient lentement en direction de la citerne. Il ne me restait pas beaucoup de temps. Je décidai d'affronter le danger.

Dans les maisons, pour rendre plus compliquée l'avancée de la troupe, personne n'avait allumé la moindre lumière. Tout le monde attendait dans le noir l'irruption des Romains qui ne s'arrêteraient pas tant qu'ils n'auraient pas leur proie. En me fondant sur la distance de leurs torches, je calculai le temps et les sentiers qui me permettraient de rejoindre la cachette de Judas sans être vu. Je fus obligé de faire de grands détours, par prudence, m'arrêtant plusieurs fois pour surveiller à quelle distance étaient les chasseurs, m'assurer que personne ne m'avait remarqué. Je fus surpris par l'arrivée soudaine d'une petite troupe de soldats qui avançaient dans le noir, sans torches. Le cliquetis de leurs armes – les épées accrochées aux ceintures, le métal de leurs uniformes – m'avertit à temps qu'ils étaient tout proches. Je me découvris vigilant, lucide. Je me cachai derrière le mur d'une ruine couvert de broussailles. L'obscurité scella ma cachette. Ils passèrent à côté de moi sans remarquer ma présence. Je réfléchissais sur la possibilité pour ces soldats et leurs chefs d'imaginer les mouvements et replis des fugitifs et de tous ceux qui s'employaient à les sauver. Ils avançaient en silence dans l'hypothèse que quelqu'un pourrait profiter de l'obscurité et des ruelles non encore surveillées pour faire fuir la proie. Ce que j'étais en train de tenter.

J'attendis que les soldats s'éloignent jusqu'à disparaître complètement, puis je repris mon chemin avec la plus grande prudence. J'eus un instant de terreur : dans la dernière lueur du couchant, un reflet scintilla dans le noir à quelques pas de moi à peine. J'imaginai les Romains postés là, ils avaient deviné ma présence et s'étaient arrêtés, prêts à refermer le piège. Je me dis que c'était fini, et la seule chose à laquelle j'arrivais à penser était le déchirement de ma mère. Je voulais fuir, revenir en arrière, mais cela aurait été pire : en me poursuivant, ils se serviraient de leurs armes. Ils me tueraient. Je choisis d'avancer dans leur direction, de tenter le coup d'un mensonge que j'essayai d'inventer en faisant quelques pas. Mais lorsque j'arrivai à l'endroit où j'avais entrevu l'éclat de ce reflet, je trouvai seulement par terre le casque d'un soldat romain. Peut-être l'avait-il abandonné, ou alors il avait glissé sans qu'il s'en aperçoive.

Après ces quelques secondes d'angoisse, rien ne me freinait plus. Rapide, déterminé, j'arrivai au refuge de Judas. Il avait deviné que les Romains étaient sur ses traces et s'était caché tout au fond de la citerne en obstruant l'ouverture avec tout ce qu'il avait pu trouver à l'intérieur. Il me fallut du temps pour le convaincre de sortir et de se frayer un chemin à travers ce qu'il avait accumulé devant l'ouverture. Quand je pus enfin voir son visage, j'y lus une terreur hébétée et muette. Je fus obligé de le traîner par la main tout le long du chemin de retour.

Nous ne rencontrâmes pas d'autres obstacles. Dans l'obscurité de la nuit, il était plus facile de repérer les patrouilles romaines qui marchaient à la lueur de torches. J'eus un instant d'angoisse lorsque les soldats arrivèrent à la citerne où j'avais caché Judas. Ils s'y arrêtèrent longuement. L'un d'entre eux s'était probablement glissé à l'intérieur pour vérifier. J'avais bien fait d'effacer toute trace de son séjour, tous les déchets de nourriture, de recouvrir les empreintes de pas et de remettre les objets dans le désordre propre à un lieu abandonné. Nous étions arrivés chez moi, mais ce n'était pas fini. J'étais sûr que les Romains, après avoir contrôlé toutes les cachettes possibles à l'extérieur, allaient commencer à ratisser les maisons. Ma mère dormait, et je ne voulais pas la mettre dans le coup. Je me mis à réfléchir au moyen de cacher Judas, qui restait sans réaction, figé par la peur. Les travaux en cours dans la ruine de notre maison avaient rendu tous les espaces visibles ; il n'y avait pas de creux, ni de cave, ni de porte, sauf celle vers l'extérieur et celle qui séparait ma chambre de la pièce de ma mère. Il n'y avait pas de coffres, ni d'armoires, ni d'autres endroits où cacher un homme. Plus je réfléchissais, plus je risquais de me laisser envahir par la panique et de ne plus pouvoir raisonner. Je m'occupai de Judas, essayant de le faire sortir de son état de terreur avec un peu de pain et quelques verres de vin. Il semblait paralysé. Moi aussi, je cherchai un peu de courage et de chaleur dans le vin. Les heures passèrent vite, et bientôt l'aube fut proche. Le ciel bleu clair promettait un avant-goût de printemps, mais ce jour nouveau n'annonçait que de nouvelles peurs. Qui savait si nous verrions le prochain crépuscule. J'ouvris la porte de la maison pour trouver de l'inspiration, une idée me permettant de sauver Judas. Je vis alors les soldats romains qui marchaient en direction de notre maison. Derrière eux, un chariot traîné par des bœufs. Il ne restait plus de temps pour réfléchir. Je devais cacher Judas. Je revins dans la maison, l'entraînai dans l'atelier et le fis s'allonger à côté de l'établi, par terre, à côté des planches pour les croix que j'avais terminées : l'une d'elles lui était destinée.

Je le recouvris de copeaux que j'avais rabotés, de sciure, de petits morceaux et échantillons de bois qui traînaient par-ci, par-là. Deux soldats entrèrent sans frapper. Un instant plus tôt, ils auraient vu les yeux terrorisés de Judas qui m'adressaient un appel implorant tandis que je jetais sur son visage une dernière poignée de copeaux.

Pendant que les soldats faisaient le tour de la pièce, je me mis à rire. Cette bizarre et surprenante réaction était sans doute due à la crainte d'être découvert, à la peur de ce qu'on nous ferait, à moi et à Judas, à la certitude que, s'ils prenaient Judas, il n'y aurait plus aucun avenir pour Nazareth. Quoi qu'il en soit, je n'arrivais plus à retenir les spasmes qui agitaient mes lèvres en un rire irrépressible et provocant. Un rire qui devint encore plus sonore lorsqu'un des soldats, arpentant la pièce, écrasa de ses lourdes chausses la main de Judas qui, contractée par la peur, était sortie de son léger manteau de copeaux. Il réussit à rentrer et à dissimuler sa main douloureuse tandis que, pour ma part, je ne parvenais pas à bloquer mon rire. Ce qui était en train de se passer sous mes yeux – tellement entre la vie et la mort, tellement extrême – avait un caractère comique qui me paraissait plus effrayant que ma peur.

Les hoquets m'obligèrent à m'asseoir. Les deux soldats s'approchèrent, menaçants. Ils ne comprenaient pas la raison de ce fou rire irrépressible. Ils se dressèrent devant moi, prêts à me punir de mon insolence suspecte, quand l'un des deux aperçut le pichet de vin que j'avais laissé sur l'établi. Alors seulement ils se détendirent et commencèrent à sourire eux aussi, me croyant ivre. Ils se passèrent le pichet et y burent une gorgée. Puis, décontractés, ils me firent comprendre qu'ils étaient venus chercher les trois croix. Ce rappel à la réalité et la possibilité inespérée d'en réchapper me rendirent tout à coup la raison. Cessant de rire, je les aidai à charger les pièces de bois sur le chariot. Ils me firent un geste de salut en s'éloignant, et moi, sur le pas-de-porte, je leur répondis, tremblant.

Quand Judas sortit de sa cachette, il me dit que j'étais fou. Il n'avait jamais vu quelqu'un jouer comme cela avec la mort. Hagard, il tenait sa main écrasée dans l'autre pour la protéger, mais il était sauf, finalement. Je le rassurai : les Romains n'allaient pas revenir. Ma mère s'était levée et nous rejoignit. Elle n'avait pas besoin de poser de questions : nous voir vivants lui suffisait. Nous ne lui parlâmes pas de cette nuit folle. Elle nous donna à manger ce qu'il y avait dans la maison, puis nous nous endormîmes, Judas et moi, d'un sommeil qui dura jusqu'à l'après-midi.

Judas décida alors de s'en aller dans la direction opposée à celle des Romains. Il nous remercia de l'avoir caché et sauvé. Ma mère lui dit au revoir affectueusement, certaine qu'ils se rencontreraient de nouveau. À la nuit, je fis un bout de chemin hors de Nazareth avec lui, nous nous étreignîmes longuement en nous souhaitant de nous revoir dans des circonstances moins dramatiques. Tout en le regardant s'éloigner, je me dis que, la nuit précédente, j'aurais pris moins de risques si je l'avais dénoncé aux Romains. Mais je n'aurais pas pu trahir Judas.

12

Après l'aventure avec Judas et les soldats romains, après leur départ, certain du retour imminent d'Anne, j'avais tenté d'embellir notre intérieur pour le rendre moins sévère et moins pauvre. Il m'était revenu en mémoire le plafond de notre maison d'Égypte – un refuge durant notre fuite –, un souvenir si ancien qu'il avait tout l'air d'une invention ou d'un rêve. Au-dessus du lit d'enfant où ma mère me prenait dans ses bras pour éloigner le démon de la peur – chaque nuit plus vigoureux, pressé de solder les comptes – en chantant cette chanson qui parlait de petits d'animaux qui allaient bientôt dormir, il y avait des voiles, des gazes légères et transparentes, des ornements égyptiens. Je me les représentais comme des nuages qui se déplaçaient dans le ciel de la pièce selon un trajet mystérieux et hypnotique. Comme elle était rassurante, leur marche haute, inaccessible, si lointaine, et d'une candeur que ne souillaient pas nos angoisses, notre peine, la permanence de nos privations ! Avec ces tissus qui avaient, qui sait comment, résisté au temps et à l'incendie, j'avais voulu reconstituer ce ciel au plafond de la chambre matrimoniale en attendant le retour d'Anne. Je voulais partager avec elle cette illusion de vol, ce semblant de légèreté.

C'était enfin un matin de printemps évident, tiède et lumineux. J'avais fini de construire un nouvel abri pour l'ânesse qui s'adaptait avec bienveillance à tous les changements. Je travaillais maintenant à terminer la cloison de la chambre que fermaient encore des tissus provisoires. J'admirais la poussière de bois qui flottait dans les rais du soleil matinal. Moi-même, j'harmonisais les gestes de mon travail avec la danse en spirale de la poussière : je participais à la beauté des choses. Ma mère ouvrit la porte qui séparait nos espaces et, les yeux baissés, me demanda de la suivre. Elle me conduisit sur le pas de la porte, où je fus obligé de couvrir mes yeux pour les protéger de l'excès de lumière. Alors, je vis Jonathan et Lazare. D'un pas lent, officiel, ils marchaient vers notre maison. Forçant mon regard, je cherchai Anne derrière eux. Je ne vis personne, rien que l'herbe nouvelle du printemps. Lorsqu'ils furent plus près, je compris. Ils portaient tous les deux une bande de deuil, à droite, sur leur tunique. Je rentrai : je n'avais pas besoin d'explication. J'allai m'asseoir sur la chaise à laquelle je travaillais et continuai à regarder la poussière. Anne n'était plus. Et cela ne m'aurait servi à rien d'écouter les détails de sa mort dits par la voix funèbre de Lazare, de lire dans le regard de Jonathan la pitié pour tout ce qui ne serait pas. Anne ne reviendrait pas, jamais plus nous ne regarderions sur les toits des maisons le jour se défaire, nous ne pousserions nos regards à l'unisson jusqu'aux limites de l'horizon.

Ma mère, par compassion, accueillit Lazare et Jonathan à l'extérieur de la maison, elle expliqua que j'avais compris, qu'il fallait me laisser seul, le moment viendrait. Elle les raccompagna. Je repris mes instruments et me remis au travail. Je continuai ainsi, pendant des jours, à faire avancer le projet inutile de notre maison, à l'embellir en suivant mes rêves et les solutions de confort que j'avais imaginées pour Anne. Souvent, dans la torpeur née de la répétition des gestes – la fatigue était comme un sédatif –, je me rappelais l'ultime salut, l'ultime regard qu'Anne et moi avions échangé. Tout était déjà là, sa mort et ma solitude, sa caresse si extrême et tremblante, ses drôles de vêtements lourds comme un suaire qui l'accompagneraient pour toujours dans mes souvenirs. Et, tout en travaillant, je sentais l'étau de la faute m'écraser : j'aurais dû l'arrêter, ne pas la laisser partir, la retenir avec moi. Je me reprochais de ne pas avoir été plus courageux. J'aurais dû apprendre quelque chose de sa volonté téméraire qui n'acceptait pas de compromis, de son naturel entêté et indépendant. J'aurais dû lui dire : « Non, ne pars pas. Tu es libre de tout contrat matrimonial, mais reste près de moi. » Au contraire, cette première fois justement où Anne avait cédé aux obligations, où elle avait partagé le destin féminin prescrit par d'autres, moi je n'avais pas été à la hauteur de son originalité, de sa liberté.

Les jours suivants, lors d'un de nos repas du soir tristes et silencieux, ma mère me prit la main et me raconta ce qu'elle avait appris de Lazare. J'eus beau lui dire que je ne voulais pas l'écouter, elle continua de parler. « La vérité est le seul remède », me dit-elle. Alors, elle me raconta le dernier voyage d'Anne.

Dès le matin où elle avait quitté, à l'aube, Nazareth pour Béthanie, elle n'allait pas bien. Elle couvait un malaise qui l'affaiblissait physiquement et la terrifiait dans l'âme. Elle avait pris froid les jours précédents – nos étreintes heureuses dans la neige –, et la crainte de la promesse de mariage l'avait rendue fragile. Le voyage avait été terrible. Fatal. La neige entravait la route glacée et escarpée. Les animaux s'arrêtaient souvent, butés, devant la difficulté de chaque pas. Plusieurs fois, ils avaient dévié du chemin perdu sous la neige. Les nuits avaient été encore plus difficiles, souvent passées dans le chariot, sous les couvertures humides et glacées. Ils avaient trouvé deux fois seulement un abri de fortune, un grabat arrangé comme ils pouvaient dans des étables abandonnées même par les animaux en cet hiver si rigoureux. Lazare avait écouté les plaintes nocturnes d'Anne dans son sommeil, qui s'étaient muées en divagations dues à la fièvre. Quand il essayait de la réveiller, il la trouvait en sueur, les yeux ouverts sur son rêve indicible. Il l'entendait prononcer des phrases privées de sens, chantonner des mélodies de son enfance, conduire des dialogues avec des présences qu'elle seule pouvait voir. Des conversations véritables, des litanies de questions qui ménageaient des silences avant les réponses. Il avait imaginé qu'elle parlait avec sa mère morte. Ils étaient encore loin de Béthanie lorsque Anne s'était perdue dans le délire.

Ils voyageaient côte à côte dans le chariot, mais les tissus épais qui enveloppaient la tête de sa nièce empêchaient Lazare de voir son visage. Il l'écoutait sans comprendre ce qu'elle disait. Sa voix était devenue ténue, faible, épuisée. Il avait beau lui demander d'être plus claire, Anne continuait à parler d'une voix imperceptible. Au cours d'une énième et violente averse de neige, ils avaient été obligés de s'arrêter parce que les animaux ne voulaient plus avancer. Lazare était descendu du chariot, avait tenté de les traîner par le mors, mais ils refusaient d'aller plus loin dans cette tourmente. Levant les yeux vers le chariot, il n'avait plus vu Anne. Il l'avait cherchée, mais la neige lui brouillait la vue. Il s'était éloigné en l'appelant, mais seuls lui répondaient le silence ouaté de la neige et l'haleine lasse et suppliante des animaux. Elle ne pouvait pas être loin. Il avait commencé à dessiner des cercles de plus en plus larges autour du chariot, jusqu'au moment où il l'avait vue, à flanc de colline. Il l'avait appelée de nouveau, mais Anne continuait d'avancer vers la cime, indifférente à ses appels. Avec peine, il avait tenté de la rattraper, mais ses pieds, ses jambes s'enfonçaient dans la neige jusqu'aux genoux, et le sol, en dessous, était impraticable et dangereux, plein de trous et de pierres acérées dissimulées sous la neige. Ne voyant plus Anne, Lazare avait voulu accélérer le pas, mais il avait les jambes lourdes, comme entravées. Il avait tout de même réussi à atteindre le sommet, où il y avait un petit bois d'yeuses et d'oliviers brûlés par le gel. Il continuait d'appeler Anne, sans réponse. Finalement, il l'avait vue, allongée sur le sol, presque entièrement recouverte par la neige qui tombait dru. Mais je n'étais pas là pour l'étreindre, moi. Elle s'était évanouie. S'il était arrivé quelques minutes plus tard, il ne l'aurait pas trouvée. Il était parvenu à la transporter jusqu'au chariot et avait repris la route. Anne se réveillait pendant quelques minutes, puis retombait dans une léthargie maladive et fébrile. Il essayait de la faire manger, mais elle s'y refusait. Elle ne voulait même pas de la neige fondue qu'il lui offrait pour la désaltérer.

Ils étaient arrivés à Béthanie au terme d'une longue et éprouvante nuit de voyage. Anne ne pouvait plus se tenir assise, elle retombait sur le côté. Aidé des voisins, Lazare l'avait portée dans la maison et avait appelé le médecin, lui promettant toute sa fortune s'il la guérissait, mais celui-ci avait bientôt secoué la tête : sa fortune ne suffirait pas pour sauver Anne. Peut-être était-ce un châtiment de Dieu pour son excès d'indépendance, pour son refus obstiné des préceptes et des devoirs religieux. Le médecin – un ami de la famille – la connaissait depuis qu'elle était enfant. Plusieurs fois, il avait chapitré Lazare pour la trop grande liberté qu'il laissait à la jeune fille, laquelle n'avait pas de pudeur ni de timidité et se disputait avec les garçons de son âge dans des bagarres de rue, se roulant dans la poussière comme une sorcière, répondant sans gêne et sans mâcher ses mots aux adultes qui tentaient de la calmer. Lazare avait même été convoqué au Temple et s'était vu demander de mettre fin à ces intempérances, à ce refus de la prière qui risquait de mettre sa nièce hors de la communauté. Il avait promis de mieux s'occuper de l'éducation d'Anne, d'en faire une femme et une épouse selon les règles, mais il n'avait jamais réussi à entamer la volonté de la jeune fille. Alors, chaque fois qu'il avait tenté de la persuader, il avait fini par céder, par paresse, par le fait de l'intelligence d'Anne. En devenant adulte, elle avait de moins en moins manifesté publiquement son indépendance, mais n'avait jamais renoncé à ses droits ni à ses choix qui étaient devenus, à l'intérieur de la maison, des règles auxquelles les autres étaient invités à s'adapter. Anne, mon Anne était incorrigible.

Après avoir écouté Lazare, ma mère l'avait laissé repartir chez lui pleurer sa douleur avec Marthe et Marie, et elle était restée avec Jonathan. Selon lui, me confia ma mère, Anne avait souffert d'une infection respiratoire qui s'était étendue au cerveau, la rendant folle d'abord, puis absente. Lazare avait tenté d'envoyer des messages pour nous informer de son état, mais le temps affreux avait rendu cela impossible, et, après sa mort, Lazare avait voulu apporter lui-même la nouvelle.

Anne était morte au matin. Après une nuit d'agonie, me dit ma mère. À l'aube, sortant de son délire, elle avait reconnu Lazare et la chambre qu'elle avait partagée avec Marthe et Marie. Elle avait demandé comment était le temps dehors, s'il neigeait encore. Lazare lui avait répondu que le soleil brillait enfin, que la neige commençait à fondre. Je ne sais pas ce qu'Anne a pensé en ces derniers instants, si j'y étais moi aussi, dans ses pensées, comme un tourment, une inutile et illusoire promesse de vie. Lazare racontait qu'Anne avait souri à la nouvelle du soleil et s'était laissée mourir en silence et sans souffrance. Étaient venues ensuite les litanies funèbres, la lente procession vers le cimetière que Lazare avait suivie seul. D'Anne, de son intransigeance, de sa fermeté et de son intelligence qui lui avaient permis ce qui était nié aux autres femmes, de ses mains travailleuses et fines, de son sourire ironique, il ne reste rien. La mort est injuste. La mort efface toute chose. Le temps d'Anne n'est pas celui-ci.

« À chaque jour suffit sa peine », c'est ainsi que ma mère termina son récit. Puis elle se mit à ranger, à mettre de l'ordre : au chaos de la vie – et de la mort –, elle opposait ses gestes simples, le vieux balai contre la poussière et la terre qui cherchent obstinément à pénétrer dans la maison, son espace avec toutes ses affaires à portée de main, ses instruments pour la couture, les marmites, la table avec le pichet au milieu, ses vêtements pliés et immaculés. Ma mère. Son visage est celui d'une divinité païenne, primordiale. Un sphinx égyptien, comme celui que nous avons rencontré lors de notre première fuite. Mon père s'amusait à trouver des ressemblances, à se moquer de ma mère pour sa vocation dictatoriale qui s'exprimait en dogmes laconiques, en paroles synthétiques, phrases brèves et précises qui ne laissaient pas de place à la contradiction. En Égypte, il l'appelait « la pharaonne » à cause du caractère naturel de son pouvoir, mais aussi de son regard transcendant sur le monde et les événements. Ma mère prévoit les pluies et les sécheresses, sans erreur. À l'avance, elle reconnaît le futur. Elle m'a étonné le jour où, sur le seuil de la maison, elle a observé un voyageur qui passait avec un âne attaché à une corde. « Il va faire une bêtise », a-t-elle dit. Je l'ai rejointe sur le seuil pour comprendre de quoi elle parlait. L'homme s'est approché du puits où les femmes de Nazareth étaient en train de remplir leurs cruches qu'elles avaient soigneusement alignées les unes à côté des autres avant de les charger sur leurs épaules. Alors, l'âne, peut-être effrayé par les jeux des enfants, s'est mis à ruer et il a cassé toutes les cruches. Et l'eau s'est répandue comme un lac. Mon père craignait le regard de ma mère. Moi aussi, je le crains. Un regard de petite fille, candide comme une colombe, qui cache la ruse antique du serpent.

Son récit de la mort d'Anne me laissa perplexe. J'étais encore glacé par la nouvelle, incapable d'une pensée qui ne fût pas de colère. Contre Lazare qui, effrayé par les médisances, la méchanceté et les accusations bigotes envers Anne et moi, l'avait obligée à ce voyage fatal, à cette fuite au cœur de l'hiver – elle qui n'avait jamais fui – pour protéger sa renommée. Colère contre ma mère. Et soupçon. Par désespoir peut-être, ou par un besoin d'espoir, je me raccrochai à l'illusion que, en réalité, Anne n'était pas morte. Lazare l'avait amenée ailleurs, loin de moi, pour éviter les noces. Ma mère, sa complice – comment pouvais-je oublier ses longs pleurs ininterrompus lorsque je lui avais annoncé mon mariage ? –, avait inventé le mensonge. Dans un vertige de douleur, de folie, il me vint à l'idée qu'elle avait même pu prier pour la mort d'Anne. C'était une pensée folle, obscène, nauséeuse. Je la fis disparaître, mais il resta en moi un léger souffle de rancœur à l'égard de ma mère. Pourquoi ne s'était-elle pas opposée au voyage fatal ? Pourquoi n'avait-elle pas jeté sur la table de la famille de Jonathan son indignation de mère devant les mensonges et les médisances qui souillaient son fils ? Elle avait laissé la mort étendre sa toile d'araignée habituelle, elle avait sacrifié Anne, mon Anne qui aurait changé – détourné ? – le sort de ma vie. Mais c'était moi qui me sentais prisonnier au centre de cette trame.

Le printemps était déjà bien avancé et, ce soir-là, il ne faisait plus froid. Après le repas et les révélations imposées par ma mère, je sortis dans le jardin. Grappillant un peu de temps sur les travaux de la maison, j'avais, les jours précédents, arraché les herbes desséchées par le froid, défriché la terre en la préparant pour une nouvelle saison de semence. Je m'assis et pris ma flûte. Voilà bien longtemps – depuis les jours de stupeur avec Anne – que je ne faisais plus de musique dans le jardin. Je soufflai dans mon instrument et entonnai mes harmonies mélancoliques et tristes, enchevêtrées dans la nostalgie qui conserve tout ce que l'on a perdu. J'eus alors la certitude que les morts continuent à vivre dans la musique seulement.

Les jours suivants, seule la détermination de ma mère parvint à me faire surmonter mon dégoût pour le travail. Elle voulait que je termine la cloison de ma chambre. Je comprenais que cela n'avait rien d'urgent : le printemps s'avançait, tiède, et les tentures auraient suffi, mais elle voulait que je reste occupé, concentré, attentif. Elle craignait, et elle n'avait pas tort, mon naufrage. La mort d'Anne ne me tourmentait pas seulement à cause de la liquidation forcée et inattendue de l'affection, de la tendresse – le vide de la perte –, du regret incommensurable pour une personne chère et unique. Elle venait confirmer ce que je savais depuis l'enfance sans l'avoir jamais avoué : mon destin est la solitude. Et non la famille, ni les soins attentifs portés aux enfants et à l'épouse, ni le projet partagé par presque tous les hommes d'une vie en communauté, avec des joies et des angoisses semblables, les biens et la pudeur à la vue de tous, la survie matérielle et les préceptes religieux. Moi, j'étais en dehors, repoussé loin de cette chaleur parfois étriquée et dérisoire, mais commune et protectrice. Je restais étranger à tout cela. Et la mort d'Anne était l'acte final, intime et douloureux de cette représentation.

Je fis bien de mettre en pratique les conseils de ma mère. La cloison fut vite fermée, et ma pièce – la chambre que j'avais préparée pour Anne – définitivement et inutilement prête.

À Nazareth commencèrent à arriver des voyageurs qui avaient été attaqués par des meutes de chiens errants et affamés. C'étaient des animaux sans maîtres, mais aussi des bêtes fuyardes qui avaient, pour chercher de la nourriture et des proies – et la liberté –, abandonné la surveillance des troupeaux, la chaleur des foyers, les jeux avec les enfants dans les cours des maisons. Ces chiens vagabondaient aux marges des villages, se cachaient à l'ombre des oliviers pour se reposer en attendant le moment le plus propice – ils semblaient préférer la nuit – aux rapides assauts. Ils choisissaient les victimes les plus désarmées, des paysans solitaires, surtout des personnes âgées. Ils attaquaient en groupe, faisaient irruption dans les maisons où ils engloutissaient tout ce qu'ils pouvaient arracher de comestible. Ceux qui essayaient de les en empêcher, en brandissant des bâtons ou des outils de travail, étaient mordus et blessés. Ceux qui avaient, avec un peu plus de force, organisé une résistance avaient été déchirés et tués. Et si ces chiens ne trouvaient pas de quoi manger dans les maisons prises d'assaut, on racontait qu'ils s'en prenaient à quiconque se trouvait par hasard, par le fait d'habiter là, à portée de leurs gueules. Peut-être étaient-ce des légendes. Mais il parvenait à Nazareth des récits tellement concordants d'attaques souvent mortelles que nous commençâmes à les prendre au sérieux.

Un jour, les bergers annoncèrent que des brebis avaient été dévorées au cours de la nuit. Ils avaient entendu les hurlements désespérés des bêtes, qui se croyaient en sécurité derrière les solides portes des bergeries – certaines fabriquées par mes soins –, mais ils n'avaient pas eu le temps d'intervenir. Aux premières lueurs de l'aube, ils avaient découvert les bois arrachés par la violence des attaques et quelques restes des animaux tués. À coups de dents, les chiens avaient coupé les cordes qui fermaient les poulaillers et y avaient fait des massacres. Ils n'avaient même pas épargné les œufs. Les paysans et les bergers racontaient l'intelligence, l'organisation lucide et préméditée derrière ces tueries. Certains dirent que c'étaient des chiens domestiques, désormais libérés de toute fidélité, qui menaient les meutes, traîtres aux brebis des troupeaux et profitant de leur confiance, comme ils profitaient de leur habitude des bergeries pour ouvrir des passages à leurs compagnons. Parfois, l'ennemi le plus fourbe se cache au sein des familles. D'autres soutinrent que ce n'étaient pas des chiens, mais des loups qui n'avaient pas peur des hommes ni de leurs instruments.

Nous accueillîmes dans nos maisons ces rescapés qui racontaient les voyages paisibles – le temps était devenu chaud et il ne pleuvait pas depuis des mois – interrompus par la férocité soudaine de ces attaques qui semblaient se multiplier le long de tous les chemins et routes. Les chiens sautaient sur les chariots, montrant les crocs, et faisaient déguerpir les voyageurs. Ceux qui revenaient en arrière pour tenter de récupérer leurs bagages étaient accueillis par des morsures. Les chiens pouvaient ensuite dévorer tranquillement les bœufs empêchés de fuir par leur joug.

Ces hommes et ces femmes qui venaient trouver soins et réconfort à Nazareth fuyaient des lieux où s'annonçait une saison de disette. Les fruits du printemps tardif avaient séché par manque des pluies qui avaient jusque-là, ponctuelles, assuré chaque année les récoltes. On vivait de ce qu'il restait de l'année précédente, mais ces réserves n'étaient pas exemptes de risques. D'abord, ce furent les moisissures qui attaquèrent les céréales conservées dans les citernes. La puanteur de pourriture avait envahi les rues et contaminait jusqu'au goût de l'eau. Les rats commencèrent à infester les campagnes, dévorant les rares plantes qui avaient résisté à grand-peine. Ils se mirent à pénétrer dans les maisons. Les sacs de blé, les fruits secs, le pain et les fromages étaient engloutis en quelques minutes. Beaucoup de gens trouvèrent des rats noyés dans les brocs de lait fraîchement tiré. Certains furent mordus pendant leur sommeil et en portaient les cicatrices sur le visage. Il ne restait rien après le passage des rats, on n'avait que les yeux pour pleurer. La nature, disait-on, se rebellait contre les hommes de la région.

J'étais tellement affligé par la mort d'Anne que je ne compris pas immédiatement la clarté de ce message, de ces signes prémonitoires : la disette se répandait comme une inondation et allait bientôt arriver à Nazareth. J'avais un sommeil tourmenté. Des cauchemars, dont je ne me rappelais rien, m'éveillaient au cœur de la nuit. Il m'en restait l'impression d'une alerte, d'une urgence qui m'obligeait à me lever, à sortir et, souvent, attendre l'aube comme une libération. Mais l'arrivée du grand jour ne dissipait pas les fantômes. Je ressentais à l'intérieur de moi-même un besoin que je ne savais pas combler et auquel je ne savais pas donner de nom, une peine à vivre que j'associais à la mort d'Anne, imprévisible et absurde, si injuste.

Une nuit où ce malaise semblait tenace et indissoluble au point de me couper la respiration, je décidai de monter sur le toit de la maison pour mieux respirer. Une fois sur le dernier barreau de l'échelle, je me trouvai face au faîte. Je vis Anne. Je crus que je rêvais les yeux ouverts. Mais j'étais éveillé et lucide, submergé par l'angoisse. Elle était assise comme durant nos pauses d'émerveillement à la fin de nos journées de travail. Elle fixait un lieu de l'horizon qui, dans l'obscurité de la nuit, ne semblait clair que pour elle. Elle se retourna pour me regarder, et je vis dans ses yeux la tristesse des morts quand ils sont appelés à porter des messages aux vivants. Elle m'indiqua un point entre ciel et terre, comme dans nos jours heureux, et elle me demanda : « Tu vois, toi aussi ? » Moi, je n'apercevais que le noir compact de l'obscurité, les légères lueurs des étoiles comme des scintillements cosmiques, tremblotants à cause des halos de chaleur qui promettaient une journée étouffante. Lorsque je me retournai pour lui répondre que l'obscurité cachait tout, Anne n'était plus là. Je restai sur le toit pour attendre l'aube. Mais ce ne fut pas une libération.

Les chiens étaient arrivés à Nazareth. Des bergers les avaient aperçus au petit jour. Ils se reposaient tranquillement et se bagarraient par jeu parmi les oliviers, à la limite des pâturages. Ils semblaient inoffensifs. Certains seulement, sans conviction, tentèrent de s'approcher des troupeaux, plus curieux qu'agressifs, mais ils furent facilement éloignés par les hommes et les chiens de garde encore fidèles. La horde devait être rassasiée de ses dernières incursions.

L'alerte secoua le village. Une réunion se tint dans ce qui était encore pour beaucoup la maison commune : nombre de familles n'avaient pas encore achevé leurs travaux sur les décombres laissés par l'incendie et dormaient toujours côte à côte dans la grande pièce, hommes et femmes séparés par une tenture. Alarmés par les récits de ceux qui étaient arrivés blessés à Nazareth – beaucoup étaient présents à la rencontre, leurs histoires seraient utiles, nous informeraient des stratégies et des hiérarchies de la horde –, nous décidâmes de former des groupes de garde, des rondes armées de bâtons, haches, serpes et râteaux pour surveiller les routes et les limites du village. Chacun devait limiter ses activités à l'extérieur, ceux qui ne pouvaient se dispenser de travailler dans la campagne – c'était le temps des semailles – seraient escortés et protégés à vue. Les portes des maisons furent renforcées, fermées avec des verrous supplémentaires. Postés sur les toits les plus hauts de Nazareth, des vigiles signaleraient toute approche suspecte. Pour certains, il s'agissait là d'inquiétudes exagérées : ce n'étaient que des chiens affamés et sans maîtres. Ils proposaient des systèmes de perches pourvues de nœuds coulants pour les capturer et les attacher sans recourir à des violences extrêmes.

Je rentrai ensuite à la maison pour me livrer à quelques petits travaux de sécurité. Par bonheur, j'avais terminé la cloison de ma chambre. Toutes les entrées semblaient solides et infranchissables. Je demandai à ma mère de faire très attention et la convainquis de renoncer à sa visite du soir chez Jonathan. Lazare et ses petites-filles suffisaient pour s'occuper de lui et le protéger. La journée se passa sans alertes. Le soir, je fis une ronde avec les autres, armé d'un bâton taillé dans du cèdre. Nous nous souhaitâmes une nuit sans inquiétude. J'avais repris mes récitals dans le jardin. Je ne voulais pas renoncer à ce moment que j'attendais tant pour me réconforter d'une journée de travail. En outre, la mort d'Anne, ma douleur et l'incertitude du passé et de l'avenir exigeaient solitude et recueillement. Après le repas, je pris ma flûte et, savourant le crépuscule, me mis à jouer dans les dernières lueurs. C'est seulement à la nuit tombée qu'un bruit rauque, menaçant, s'ajouta au son de mon instrument : c'étaient les chiens.

Je ne m'étais pas aperçu de leur arrivée. Ils étaient à quelques pas de moi et grognaient, prêts à l'attaque. La peur me coupa le souffle, le silence se fit, et les chiens avancèrent un peu. Instinctivement, je me remis à jouer, mais c'était seulement le halètement de ma respiration terrifiée qui se matérialisait dans la flûte en notes involontaires. Cependant, les chiens s'immobilisèrent. Je compris que la musique pouvait, sinon les arrêter, du moins les ralentir. C'était un son qui leur était étranger, peut-être les effrayait-il, ou alors les ensorcelait-il en les hypnotisant. Je continuai à jouer en les regardant, rempli d'inquiétude.

Je me souvins de mon unique face-à-face avec un féroce chien errant le jour où, encore avide d'aventures et d'indépendance, je m'étais éloigné de la caravane, en route pour la Pâque à Jérusalem, et avais grimpé une colline sous les yeux inquiets de mon père. Je me rappelais l'étau de la terreur, les yeux méchants de la bête, ma course folle dans la descente, le chien à ma poursuite, et mon soulagement quand j'avais rejoint le convoi. Le sourire rasséréné de mon père lorsqu'il m'avait revu à son côté.

Maintenant, c'était différent. Aucune possibilité de fuite ne semblait envisageable : les chiens étaient trop nombreux, ils m'auraient facilement entouré. Ils m'auraient mordu, et les hurlements seraient arrivés jusqu'aux oreilles de ma mère, mettant également sa vie en danger. Tout en continuant à jouer de la flûte – sans aucune harmonie, c'était la musique de la peur –, je réfléchissais à la façon de m'en tirer. Je percevais à la fois le danger que je courais et le caractère drolatique de ce moment : je tenais ces chiens féroces en respect comme un charmeur de serpents.

Quand j'étais enfant, à l'époque où nous vivions en Égypte, mon père m'avait emmené au marché. Un vieux, très applaudi, jouait de la flûte pour un cobra qui semblait suivre le rythme en sortant de l'ouverture d'un panier. Pendant des jours entiers, j'avais demandé à mon père comment il était possible d'apprivoiser les serpents. Je les craignais à cause des récits – des contes – des mères de mes camarades, lors des journées passées au bord du fleuve, que je superposais aux légendes religieuses de la maison, le serpent qui nous avait détournés de l'Éden pour nous conduire en cette vie de peine et de douleur. Je les pensais bien audacieux, ces hommes qui avaient réussi à amadouer les serpents et à les faire danser au son de la flûte. Aujourd'hui encore, je joue de mon instrument pour apprivoiser mes démons. Ils sont tenaces, ou alors je ne sais pas les charmer.

Mais en cet instant, le danger ne venait pas des serpents. Lentement, je me mis debout et commençai à reculer vers la maison sans cesser d'émettre des sons. Les chiens me laissèrent m'éloigner de quelques mètres, puis s'avancèrent à leur tour, circonspects. Ils craignaient de perdre leur proie, pourtant la musique de la flûte les inquiétait, ils restaient à distance. La porte de la maison était désormais à quelques pas – par bonheur et par imprudence, je l'avais laissée entrouverte –, et les chiens étaient suffisamment loin. J'émis soudain le son le plus fort que mon souffle pouvait me permettre, un sifflement strident qui les fit reculer de quelques mètres. J'en profitai pour m'élancer vers la porte et la refermer derrière moi. Je parvins à bloquer le verrou au moment où les pattes des chiens – et leurs crocs – griffaient et secouaient le bois.

Je rassurai ma mère qui m'accueillit, inquiète : les chiens n'entreraient pas dans notre maison. Je l'avais construite solide, avec des huisseries résistantes. Les bruits à la porte s'espacèrent, jusqu'au moment où le silence revint. Les chiens s'étaient éloignés et cherchaient des proies plus faciles. Je voulais maintenant donner l'alarme et me demandais comment le faire rapidement et sans danger. J'eus l'idée de monter sur le toit – qui sait, peut-être était-ce cela justement que voulait m'annoncer la vision d'Anne – pour attirer l'attention des rondes nocturnes avec une torche et des cris. Pendant que je versais de l'huile dans la lampe, j'entendis les braiments de l'ânesse. Je lui avais construit un abri provisoire que je comptais terminer à la fin de la belle saison, en vue des nouveaux froids. Il était seulement fermé par une simple porte faite de quelques planches croisées, qui n'avait pas résisté aux chiens. J'entendais hurler l'ânesse. Désespérée, elle m'appelait, me demandait de la récompenser de toute la peine des années passées, de son dévouement, de son pas lent et tenace malgré les fardeaux que je lui imposais. Je ne pouvais pas accepter qu'elle soit dévorée. Je devais la sauver. Je pris mon bâton. Ma mère comprit ce que je m'apprêtais à faire et elle s'agrippa à ma tunique pour m'empêcher de sortir. Je fus obligé de l'éloigner de force. Je parvins à ouvrir la porte et courus, prêt à combattre. Lorsque j'arrivai à l'abri, je vis que la fragile porte avait été arrachée. Terrorisée, l'ânesse brayait et ruait. Les corps de deux chiens avaient été projetés au loin par la violence de ses sabots, tandis que les autres, je ne savais combien dans l'obscurité de la nuit et de l'abri, la mordaient aux pattes et aux flancs. Ils essayaient de la saisir à la gorge pour l'achever. L'ânesse se secouait à chaque nouvelle morsure et se cabrait pour écarter les chiens de son poitrail, mais elle semblait sur le point de succomber. Le sang coulait de ses blessures, excitant la férocité des bêtes qui sentaient tout proches la fin du combat et leur repas, enfin. Je hurlai pour les effrayer, ils me virent. Je ne sais pas s'ils s'éloignèrent de l'étable parce qu'ils jugèrent que j'étais une proie plus facile ou un simple dérangement qu'il fallait faire fuir pour continuer à s'acharner sur l'ânesse. Ils se jetèrent sur moi. Je brandissais mon bâton en essayant de les tenir à distance, je les frappais sur le museau, sur les pattes, sans parvenir à les faire reculer. Je les voyais à peine : protégés par l'obscurité, ils surgissaient soudain en grognant.

Je ne comprenais d'où ils venaient qu'à leur halètement avide qui les faisait ressembler à des loups, tandis qu'ils poussaient des gémissements de chiens battus et blessés, fragiles et apeurés quand je les frappais à l'aveugle. Mais ils étaient trop nombreux. Toujours brandissant mon bâton, je reculai pour ne pas me laisser surprendre par l'arrière. La tactique semblait fonctionner, je sentais les museaux plus lointains. Jusqu'au moment où une violente douleur dans un mollet me fit tomber à genoux. J'essayai de me dégager et de frapper avec mon bâton l'animal qui m'avait attaqué, serrait les crocs, déchirait la chair, mais un autre me mordit au bras qui tenait le bâton. Je ne pouvais plus me défendre. Les autres s'élancèrent aussi. Je me rappelle seulement mon visage sur la terre déjà aride et dure, l'odeur des bêtes qui me torturaient de leurs morsures, les braiments de l'ânesse qui continuait d'appeler à l'aide – pour moi, peut-être – et la certitude que j'allais mourir d'une mort horrible. J'espérais seulement qu'elle viendrait vite et m'épargnerait de nouveaux tourments.

Je peux maintenant raconter le sentiment intime et profond que j'éprouvai en ces instants-là. Oui, la peur, la douleur des morsures, la pensée de ma mère abandonnée à son destin de veuve sans son fils. La tendre nostalgie pour ma flûte, pour la beauté des crépuscules et les promesses de l'aube, pour la saveur de l'eau et du pain. Oui, la frustration pour cette vie de privations et de peine à caresser le bois, gâchée dans ma solitude d'homme adulte, sans enfants ni famille. Mais aussi, au fond de mon âme, une sensation de libération, une légèreté d'oiseau, la certitude qu'on ne vient au monde que pour l'abandonner. Voilà ce que j'éprouvais. Je peux aujourd'hui le dire sans honte : j'étais heureux. Je garde encore le souvenir de ces instants, de ce bonheur effleuré mais non assouvi, dans le désir – quelle gêne, quelle honte j'ai ressentie jusqu'à aujourd'hui à me l'avouer à moi-même ! – de le faire mien définitivement. Une volonté de disparition, de mémoire vidée, de suppression de toute angoisse. Torturé par les morsures des chiens, dans le vertige de cette révélation, se présenta au fond de ma conscience une question que j'avais posée à ma mère quand j'étais petit et que, assis à table à son côté, je balbutiais les passages les plus ardus des Textes qu'elle m'indiquait d'un doigt. Interrompant ma lecture, je lui avais demandé tout à coup, sans raison : pourquoi m'as-tu mis au monde ? Elle m'avait regardé dans les yeux, mais n'avait pas su ou pas voulu répondre. Et, en cet instant où j'étais certain et heureux de mourir, il me revint à l'esprit la même question : pourquoi m'as-tu mis au monde ?

Parfois, je me réveille avec la même interrogation sur les lèvres. Encore dans le flou du sommeil, elle se superpose à la question sans cesse posée à ce père désormais absent et perdu : pourquoi m'as-tu abandonné ? Peut-être est-ce la même question. Chaque matin, dès que j'ouvre les yeux, je perçois dans mon lit cette odeur de chien sauvage, de bête féroce, comme si elle avait dormi à mon côté, avec son râle avide et terrible. Alors, profondément, je désire disparaître. La matrice sauvage de la nature répond à sa façon à nos questions, en les renversant : il n'y a plus le temps de s'interroger parce qu'une seconde possibilité ne nous est pas accordée.

Je me rappelle les coups de bâton, les gémissements des chiens, les cris des hommes, la douleur des morsures qui devenaient blessures. Ce fut la ronde nocturne que nous avions mise sur pied pour patrouiller dans Nazareth qui me sauva. Ce fut ma mère qui défia la meute des chiens et s'aventura dans le noir pour trouver de l'aide. Elle raconte qu'elle eut de la chance : les hommes l'entendirent crier et accoururent. Mais peut-être est-ce sa faculté de voir plus loin qui nous sauva. On me porta dans la maison : les morsures n'avaient pas été fatales. Seule la blessure au mollet semblait profonde. Ma mère nettoya les plaies et arrêta le sang avec des bandes. Je pouvais marcher et, malgré la douleur, j'allai consoler l'ânesse qui s'était calmée. Au fond de ses bons yeux s'agitait encore un frémissement de terreur. Mais la nuit n'était pas finie. D'autres attaques se succédèrent, d'autres blessés furent soignés. Avec nos torches nous éclairions les rues de Nazareth, à la recherche des chiens. Nous en trouvâmes beaucoup, nous les tuâmes. Ces chiens – souvent déjà blessés et estropiés – avaient beau savoir qu'ils allaient au-devant de la mort, ils se jetaient sur nous dès qu'ils nous voyaient, gueules ouvertes, prêts à mordre et à déchirer par faim ou pour faire la guerre aux hommes. Nous les achevions à coups de bâton, nous les transpercions avec les outils des paysans. Nous entassâmes sur la place les corps qui obstruaient les ruelles et les portes des maisons. Nous ne pouvions nous expliquer cette colère entêtée et suicidaire qui ne s'atténuait pas même au moment de la mort : frappés, transpercés, les chiens continuaient à mordre l'air et à grogner de ressentiment. Contre nous, contre tout.

Le vieux Jonathan lui-même faillit être dévoré. Une ronde parvint à l'arracher aux chiens qui s'étaient jetés sur lui. Sorti sans avertir Lazare ni ses filles, il voulait retrouver ma mère pour voir si elle allait bien, car il avait manqué l'habituelle visite du soir et, dans cette angoisse de catastrophe où nous vivions à Nazareth, il s'était imaginé qu'il lui était arrivé quelque chose. Étourdiment, sans défense, il s'était aventuré vers notre maison lorsque les chiens avaient lancé leur attaque. Il eut de la chance, lui aussi : les gens entendirent ses cris et accoururent pour le sauver. Il était blessé à un bras, hagard de peur. Il marchait en boitant, car il était tombé sous l'assaut, et sa hanche avait heurté le sol. Lazare décida qu'il allait emmener son père à Béthanie : il était trop vieux et trop fragile pour continuer à vivre seul. La famille venait de perdre Anne, elle ne pourrait pas supporter un autre deuil. Ils allaient partir tout de suite, le lendemain, dans la matinée, dès que les bagages seraient faits. Lazare s'occuperait plus tard d'emporter les meubles de son père et de fermer la maison.

Nous allâmes, ma mère et moi, leur rendre visite peu avant leur départ. Jonathan était silencieux.

Nous comprîmes qu'il n'avait pas envie de quitter Nazareth, qu'une dispute avait séparé le père et le fils. Lazare était expéditif, laconique, presque offensant. Ma mère et moi comprîmes qu'il nous considérait en partie coupables de leurs malheurs. Si Anne n'avait pas décidé de m'épouser, probablement ne serait-elle pas morte, et par ailleurs l'amitié de Jonathan pour ma mère l'avait dressé contre son fils. Nous les regardâmes entasser leurs bagages sur le chariot. Marthe et Marie vinrent nous faire leurs adieux. Nous nous embrassâmes en espérant nous revoir. Lazare fut aimable mais distant. Jonathan s'approcha de ma mère et lui prit les mains. Ils se contemplèrent longuement avant de se saluer. Ils étaient tous deux en larmes. Nous regardâmes partir la famille. En revenant chez nous, nous n'échangeâmes pas un seul mot. Nous voyions la fumée qui montait du bûcher des chiens que nous avions décidé de brûler par peur des épidémies et pour éviter que d'autres animaux n'en profitent pour venir se nourrir. En silence, côte à côte, ma mère et moi éprouvions la même détresse : nous étions définitivement seuls à présent. Ma mère et moi.

13

Quand l'obscurité m'accorde quelques heures de soulagement en me délivrant de l'asphyxie de la journée, de l'air brûlant et aride, des hurlements des chiens – peut-être suis-je le seul à les entendre encore –, de l'obligation de pourvoir à nos besoins, je regarde, allongé sur ma paillasse, le ciel de la chambre que j'avais construite pour partager avec Anne mes nuits matrimoniales. Les nuages imaginés pour le plafond. Ce sont à présent des étoffes usées qui pendent, des tentures poussiéreuses et obscènes, festons macabres d'une fête nuptiale jamais consommée.

La nuit dernière, j'ai vu des feux trembloter au loin. Nombreux sont les habitants qui, comme moi, ont renoncé au sommeil. Des bûchers de purification – peut-être faisaient-ils brûler d'autres cadavres de chiens, d'autres animaux, des immondices, car la peur des maladies est grande –, des feux sans espérance. Certaines lueurs proches, d'autres plus lointaines. Tout le regard semble brûler. Ici aussi, à Nazareth, nous fréquentons les flammes. Les restes des récoltes précédentes – conservés pour prévenir la disette en cas de sécheresse –, qui seraient aujourd'hui nécessaires et salvateurs, sont pourris par des moisissures d'animaux infinitésimaux et inconnus. Des croûtes grises enveloppent les sacs de blé. La contagion s'étend au bois, aux cloisons des maisons, aux herbes qui résistent habituellement à l'aridité, aux arbres. Nous craignons que des moisissures enveloppent aussi nos corps. Nous n'avons pas d'eau pour nous laver.

Les légumes sèchent sur pied. J'ai vu mes voisins s'arracher les cheveux en voyant leur récolte perdue. Seul le raisin prospère. Les vignes ont trouvé de la lymphe dans les profondeurs. Le vin se fera. Une autre promesse d'oubli. Même l'eau du puits est rare. Il est difficile de la tirer du fond, et celle que je récupère dans mon seau est pleine de sable, elle a un goût de boue. Dieu doit être un enfant riche et capricieux. Il s'amuse à nous faire souffrir. Ma mère ne veut pas entendre mes commentaires blasphématoires sur le caractère hautement despotique de notre Dieu. Elle me met une main sur la bouche et me regarde, fâchée. Elle se réunit avec les autres femmes de Nazareth pour prier. Elles demandent l'aumône d'une pluie. Mais leur foi chancelle, elle aussi.

Des familles entières disparaissent dans la nuit. J'erre dans ce village éreinté par la soif, assiégé par la poussière du désert qui a trouvé place en chacun de nous. Souvent, je me réveille avec, sur la langue, le goût de la poussière. Ma mère tente comme elle peut de l'endiguer avec son balai de paille, à l'extérieur d'abord, puis dedans, dans nos pièces. Je découvre des maisons abandonnées. Voilà des semaines que, silencieusement, les habitants que nous connaissions depuis notre vie entière s'en vont. Ils choisissent de s'enfuir dans le noir, lorsque tout le monde dort, pour ne pas se laisser persuader de rester. Cela s'était déjà produit il y a des années, après l'incendie. Maintenant, je devine qu'il n'y aura pas de retour. J'entre dans leurs maisons vides. Il n'y a plus de serrure pour fermer les portes. Les gens ont emporté tout ce que leurs animaux et leurs épaules pouvaient transporter. Il reste des objets impersonnels laissés à l'honnêteté – à la nostalgie – des voisins, et les empreintes fraîches de sandales et de sabots d'animaux s'impriment profondément dans la poussière qui a recouvert toutes les rues, tous les sentiers qui mènent ailleurs, loin de Nazareth. J'erre parmi leurs foyers éteints désormais, leurs couches défaites. Je n'étais jamais entré dans ces maisons. Je m'étais toujours demandé comment leurs habitants vivaient dans ces espaces : exactement comme tous les pauvres, comme ma mère et moi.

Encore un mort de faim, un enfant de quelques jours à peine. Il n'était pas né sain, la mère n'arrivait pas à le nourrir, et la dernière femme qui allaitait les nouveau-nés est partie depuis longtemps. Il n'a pas résisté. Le rite funéraire fut la dernière cérémonie pour de nombreuses familles. Voilà longtemps qu'elles se demandaient s'il fallait encore parier sur Nazareth ou choisir le voyage, en quête de nourriture, d'eau et d'hospitalité. La mort de cet enfant a été un signal : il n'y a pas d'avenir dans ce village.

On cherche l'eau sans illusions. Nos dernières sorties vers les collines, où nous pensions trouver des sources encore humides, ont été des échecs. Nous sommes revenus encore plus assoiffés. Nous avons décidé de creuser un nouveau puits dans le village, mais plus haut et plus loin. Nous savons que sous nos pieds courent des ruisseaux souterrains et impétueux. Les pèlerins, les voyageurs nous disent que, loin d'ici, plus bas vers la plaine, les champs sont verts et cultivés, l'eau jaillit dans les sources, la sécheresse ne règne pas – ces habitants n'y pensent même pas. L'eau doit nous traverser, mais nous n'arrivons pas à comprendre où. Nous avons payé des gens pour la chercher, de vieux experts de l'hydraulique de la nature pour guider nos forages avec plus de précision, pour épargner nos forces de jour en jour épuisées de désespoir.

Le dernier qui est venu en était certain. Il nous a indiqué un point précis où creuser : l'eau est ici, affirmait-il, sûr de lui. Nous nous sommes donné de la peine avec nos bêches. Nous pensions avoir réussi lorsque quelqu'un a crié de joie : la terre semblait humide. Mais ce n'était qu'une nappe en train de se tarir : à peine ouverte, elle s'est asséchée en se perdant parmi les pierres. Le sourcier était sans voix. Il ne s'expliquait pas cette erreur. Il nous a rendu l'argent que, dans ces instants d'euphorie d'eau, nous lui avions donné et s'en est allé en marmonnant des phrases pour conjurer la malédiction qui nous frappait.

Je suis rentré à la maison, épuisé, souillé de terre et de boue et me suis jeté sur mon lit pour me reposer, pour endormir mon désespoir. Ma mère n'a pas dit un mot. Rien ne la trouble jamais. Elle m'a laissé me reposer jusqu'au matin. À mon réveil, je l'ai trouvée qui attendait dans la cour. Elle avait installé une chaise et préparé une bassine d'eau prélevée sur la dernière réserve précieuse qu'elle gardait à la maison, bien cachée pour se prémunir des incursions violentes des plus assoiffés. Il est déjà arrivé que des voisins exaspérés par la férocité de la sécheresse s'affrontent dans la rue avec leurs bâtons après que l'un d'eux avait, en rentrant chez lui, surpris l'autre en train de lui voler une jatte d'eau pour apaiser la soif qui le torturait. Il n'y a pas de pitié parmi les assoiffés.

Ma mère a ce pouvoir de m'épater par son optimisme naturel et injustifié. À l'évidence que nos forces sont insuffisantes pour combattre la méchanceté de la nature devenue folle, elle oppose un espoir qui parvient à renverser tout sentiment négatif, toute éventuelle reddition à l'anéantissement. Elle conserve cette confiance dans ses silences. Elle voulait me raser et me couper les cheveux. Nous vivons depuis des mois une existence extrême. Extrême aussi est mon apparence. Pour ma mère, abondance ou sécheresse, cela ne fait pas de différence : elle est toujours propre, digne. Moi, par contre, je ne m'occupe plus de mon corps ni de mon aspect. J'ai laissé ma barbe et mes cheveux pousser au-delà du bon sens. J'ai cessé de changer mes vêtements quand ils sont sales de la peine de survivre. Cela ne sert à rien. J'ai dépassé la mesure de la tolérance de ma mère. Elle m'a accompagné jusqu'à la chaise, m'a tendu un morceau de pain pour que je me tienne tranquille – juste comme faisait mon père pour que je reste calme pendant qu'il me tondait –, et elle a commencé à me laver. Elle m'a arraché un sourire de nostalgie : sans même s'en apercevoir, elle s'est mise à fredonner la mélodie des petits d'animaux effrayés par le tonnerre qu'elle me chantait autrefois pour m'endormir. Pour elle, je suis encore un petit enfant effrayé. Elle a raison. Pendant qu'elle me rasait, je regardais le désastre du jardin, le ciel jaune de canicule et de poussière, les oliviers accablés et vides de fruits : notre monde qui agonise bouche ouverte. Et je comparais avec le souvenir de quelques années auparavant, lorsque cette sécheresse n'était même pas imaginable : Nazareth resplendissait de la verdure des jardins potagers, des oliviers chargés de fruits et des vergers. On entendait le murmure de l'eau qui coulait en abondance le long des rigoles, les puits remplis, et les nuages blancs de beau temps couraient dans le ciel. Le bonheur ou son contraire : il s'en faut de peu. D'une goutte.

Mes cheveux en bataille. Ils sont longs, ébouriffés, sales et pleins de nœuds. La poussière et le sable de cette longue saison aride – tellement étrangère même aux manifestations les plus hargneuses de Dieu quand il est irrité – s'y sont agglutinés en tresses blanches.

Mon aspect ne m'intéresse pas. Je pense que j'offre aux autres ma face la moins horrible. S'ils savaient combien mon âme est déchirée, figée. Seul le visage blessé, trahi, de ma mère me sépare du naufrage extrême. Elle souffre de mon état. Me couper les cheveux n'est qu'un prétexte pour arriver jusqu'à moi, car j'ai mis entre nous de la distance, des silences, un regard courroucé, parfois hostile, une pilosité sale et hérissée de chien hargneux.

Je la surprends à m'épier. Elle m'observe pendant que je travaille la terre durcie et agonisante du potager, pendant que je mets à l'équerre les morceaux de bois sec des commandes de plus en plus rares – de menus travaux d'entretien –, tandis que j'essaie d'exprimer les dernières gouttes d'eau des outres désormais vacantes.

Sa curiosité n'a pas changé depuis l'époque où elle cherchait sur mon visage d'enfant des signes et des ressemblances qu'elle était la seule à pouvoir deviner. Maintenant, elle cherche autre chose. Je perçois parfois du regret dans ses yeux, parfois un appel silencieux, parfois de l'exhortation. Souvent une simple résignation endurcie. Elle aussi, elle erre sans but entre les murs de notre maison. Inutilement, elle range, raccommode mes vêtements déchirés par négligence et nervosité, cuisine ce qu'elle trouve encore dans les champs, cherche des grains et de la farine dans les sacs de provisions envahis par les mites, en proie aux vers. Je regarde ma mère et je me vois. Nous avançons, l'un à côté de l'autre, vers un carrefour où nous nous rencontrerons ou nous perdrons. Et ma mère – comme Delia, Anne et toutes les femmes connues et inconnues –, pour parvenir à ce croisement en suivant un sentier escarpé de pièges et d'obstacles, menaçant d'hommes, de maris, de maîtres et de leurs interdictions et de leurs règles, devra parcourir le double du chemin.

À Nazareth, nous ne cherchons plus l'eau. Du moins, pas de manière solidaire et partagée. Ces gouttes trouvées lors de nos recherches communes ne peuvent pas suffire pour tout le monde. Chacun survit grâce aux flaques personnelles dénichées qui sait où et jalousement dissimulées aux autres. Moi aussi, j'ai une petite source humide, ténue, que je cache aux regards étrangers. Égoïsme de nécessité. Nous partageons tous le secret de nos sources et nous nous absolvons tous. Même les bagarres pour l'eau, les larcins de n'importe quel liquide ou de nourriture ont cessé. Tout touche à sa fin désormais, et aucune bataille n'en vaut plus la peine.

Nous partons au matin, chacun sur son propre animal, dans des directions différentes, à l'opposé du point cardinal de notre but réel, afin de ne pas révéler trop d'indices. Nous nous surveillons. Nous avons étudié des stratégies pour brouiller les pistes, emmêler les itinéraires, rendre impossibles à retrouver les traces qui sauvegardent notre source. C'est seulement après nous être assurés d'être hors de portée des regards curieux des autres assoiffés que nous nous dirigeons enfin vers notre eau secrète.

Il est arrivé que, après des tours et détours à dos d'ânesse pour dissimuler notre direction, nous nous croisions encore une fois en revenant sur nos pas. D'un geste muet, rendu nerveux par la gêne, nous nous saluions, et il fallait alors inventer de nouveaux parcours camouflés. Aucun d'entre nous n'a saisi l'ironie de nos inutiles efforts.

Mon eau est derrière la montagne. J'ai retrouvé une grotte au fond d'un boyau, un viscère de roche que je parcours à la lueur de ma torche, à quatre pattes, avec les outres sur le dos. Il y a là une flaque d'eau propre, distillée par les stalactites qui pleurent de lentes gouttes d'humidité très ancienne. Je laisse les outres dessous, comme des bouches ouvertes, béantes de soif. En attendant qu'elles se remplissent, je m'étends et contemple le ciel obscur de cette grotte que mon père m'a montrée quand j'étais enfant et qu'il ressentait l'urgence de m'expliquer les mystères du monde, comme s'il avait deviné dès ce moment-là son absence précoce, sa fuite.

Mon père. J'ai découvert que je ne me rappelle ni son visage ni le son de sa voix. Je suis trop loin de lui dans le temps. Dans l'espace. Cette certitude terrible que jamais plus, en aucun lieu, je ne le rencontrerai. À la lueur fluctuante de la torche, je reconnais comme autrefois des dessins sur la voûte, des profils élégants, synthétiques, d'hommes sans langage et sans écriture, des animaux en fuite tracés au charbon. Graffitis de l'enfance des hommes – m'expliquait mon père en me les montrant du doigt –, sans lien avec des mots, sans instruments : à peine plus que des bêtes, mais avec le besoin, peut-être le plaisir, de se raconter dans l'infinie, irrémédiable ronde de proies et de prédateurs qui de tout temps partagent le besoin de survivre. Voilà ce que me disait mon père. Moi, je voyais dans la faible lumière ses yeux pleins de tendresse – les yeux de mon père voilés par la mort – et de curiosité devant mon émerveillement. « Besoin de survivre », commentait-il. Mais survivre n'est pas un choix. C'est l'instinct, l'urgence primordiale, celle de l'espèce. Il en savait long, lui, sur ce besoin, sur nos voyages fugitifs, sur nos repaires cachés, sur son habitude anxieuse de surveiller, scandée en pérégrinations nocturnes, pour contrôler que personne ne nous tendait de piège, qu'il n'y avait pas de soldats dans les environs. Survivre. Il n'y a pas de volonté, de décision, de discernement.

Je me sens comme ces hommes antiques – ou ces animaux rupestres – qui se représentaient fins, tremblants, abandonnés dans un monde de pierre, mâchés dans la gueule de leur propre désespoir, de la souveraine injustice, de l'éternelle solitude, de l'inaltérable peur. Qui pourra donc jamais briser cette chaîne de solitude ? Qui brûlera jamais le chapiteau de cette foire obscène où nous donnons en spectacle l'hypocrisie de notre intelligence ?

Voilà des mois que le ciel de Nazareth n'a pas accueilli un nuage. Jamais, de mémoire même des plus anciens du village, celui-ci n'a par le passé subi sécheresse aussi longue et absolue. L'eau est finie. Celle de nos réserves clandestines aussi. Au fond des seaux, on ne recueille qu'un mélange de boue et de sable. Toutes les plantes sont mortes. Avec des larmes, j'ai essayé de les arroser. En vain. Pour survivre, nous allons chercher l'eau de plus en plus au nord, de plus en plus haut, là où de maigres sources crachent quelques seaux de pitié. Mais le voyage est une souffrance et une aventure. Nous partons en groupe, chacun sur son âne. Moi, sur ma vieille ânesse qui m'a vu naître. Elle est fatiguée. Un filet blanc coule de sa bouche quand, chargée d'outres, elle gravit les pentes des collines. Sa respiration est un ahanement de frissons. Je m'arrête. D'un geste, j'invite les autres, mes voisins assoiffés, à continuer. J'allège sa charge – je transporterai moi-même quelques outres –, je la laisse se reposer. J'ai emporté un tout petit fond d'eau, pour elle plus que pour moi. J'en verse quelques gouttes sur sa langue brûlée et gonflée. Elle me regarde de ses bons yeux résignés. Je sens qu'elle voudrait repartir, sortir de cette pénible montée, m'être encore utile. Je lui caresse le front. Nous ne reprendrons pas notre route tant que son souffle ne sera pas devenu moins cruel.

Le retour est une hallucination. Je n'ai pas le cœur de monter sur son dos. Elle a déjà le poids des outres. J'ai construit un balancier que je pose sur mes épaules pour l'aider dans ce transport. Un fardeau inique. Nous marchons l'un à côté de l'autre, d'un pas désespéré plus proche de la paralysie que de la marche. J'ai pris la décision : c'est son dernier voyage. Il est temps que mon ânesse se repose. Nous arrivons à la nuit à la maison. Une nuit chaude de maladie. Ma mère est encore debout, elle m'attendait. Il y a de la nourriture sur la table. Peu. Du pain pétri avec la vieille farine d'autres époques, quand il pleuvait, un peu de fromage échangé avec les bergers de passage, car ils cherchent l'herbe fraîche des prés qui ne peut pousser ici.

Chaque fois que je reviens de ces expéditions à la recherche d'eau, ma mère me scrute à la dérobée. Je la surprends d'un brusque mouvement de tête. Mon regard aigu, sa gêne. Cela ne suffit pas à repousser ses assauts : elle a recommencé à me demander l'obole d'une coupe de cheveux. Comme d'habitude, elle a installé la chaise dans la cour. Elle a apporté dans une bassine un tout petit peu d'eau prise qui sait où. Cela me paraît une folie, un gaspillage que d'utiliser ce trésor pour me laver les cheveux. Mais je ne dis rien : je ne veux pas lui causer de nouvelles douleurs, agrandir la distance qui nous sépare désormais. Pendant qu'elle me rince les cheveux en entonnant à mi-voix la petite chanson de mon enfance – aujourd'hui, je la trouve niaise : comment pouvais-je me laisser enchanter, assommer jusqu'à l'endormissement par ses petits d'animaux apeurés et illusoires ? –, je découvre que la boue et la poussière cachaient d'autres dépôts : mes premiers cheveux blancs. Une saison de ma vie, la plus forte, la plus audacieuse – décisive –, est passée à présent : elle n'a laissé que ce signe de neige. Mon corps se rend lui aussi. Je suis en train de m'engager sur le sentier déjà tracé par mon père et par d'autres avant lui. Ma mère, avec sa manie têtue de me couper les cheveux, tente de me retenir dans l'enfance, d'allonger cette saison d'inertie dans l'attente d'un réveil. Pourquoi ne se résigne-t-elle pas ?

De partout monte une puanteur insupportable de nourritures gâtées et fermentées. Il ne reste plus qu'à entasser les sacs de blé gonflé de moisissures et de tout brûler pour réduire aussi en cendres la puanteur. Nous raclons les moisissures des murs et ensuite, à la flamme, nous désinfectons. Il est arrivé que, en l'absence d'eau, le feu nous échappe des mains et atteigne les champs cultivés, brûlant d'inattendues et maigres pousses. J'ai assisté à la tentative d'un paysan aussi courageux que désespéré, qui voulait affronter les flammes de son propre corps, comme s'il pouvait les faire reculer en hurlant, comme s'il pouvait leur faire barrière. Je l'ai vu s'embraser à la manière d'un papyrus et courir enveloppé de feu dans la nuit, parmi les oliviers exténués, jusqu'au moment où il s'est écroulé, au loin. Nous avons couru à son secours, mais ce n'était plus qu'une loque entièrement consumée.

C'était un homme âgé qui vivait avec son fils dans une petite maison au fond de la campagne. Tout le monde le connaissait parce qu'il venait avec ce fils vendre de porte en porte les produits de son potager. À l'époque où quelque chose prenait encore racine, croissait, fleurissait. Nous avons recouvert d'un suaire ce qu'il restait de lui et l'avons porté. Il avait laissé son fils endormi. Les derniers temps, le vieux ne l'emmenait plus, il ne voulait pas qu'il assiste à sa bataille perdue contre la nature, à ses efforts vains. Il ne voulait pas amoindrir à ses yeux sa science d'agriculteur. Le garçon était destiné au labeur de la terre, et son père ne voulait pas lui révéler à quel point étaient inutiles toute habileté, toute érudition, tout savoir que de tout temps la famille se transmet de père en fils. Il voulait qu'il soit heureux d'embrasser ce métier si avare de présents et si riche de déceptions. Il espérait que son fils ne s'enfuirait pas de Nazareth comme tant d'autres en quête de pain, tant d'hommes, des familles entières qui, les derniers mois, avaient chargé tout ce qu'elles possédaient, chacune sur son chariot, pour partir à la hâte au petit matin.

Nous avons réveillé ce garçon pour lui remettre les restes de son père. Les yeux secs – les larmes, comme l'eau, sont asséchées maintenant –, nous l'avons regardé dans son soudain et inaccessible désespoir, nous l'avons écouté dans la litanie de son sentiment de culpabilité : s'il n'avait pas dormi, s'il était allé avec son père malgré la volonté de celui-ci, il aurait éteint toutes les flammes, il l'aurait sauvé à coup sûr. Il était inconsolable, ce garçon, et nous n'avions pas de mots pour le consoler. Nous l'avons aidé à préparer les funérailles et le deuil. Nous l'avons quitté à l'aube, il pleurait encore dans un demi-sommeil douloureux. Nous allions revenir le lendemain, avant le repas de midi, pour lui offrir de quoi manger et pour prier avec lui.

J'ai été le premier à me présenter à sa porte. J'ai eu beau frapper et appeler, le garçon n'ouvrait pas. J'ai pensé qu'il s'était endormi, anesthésié par la douleur. Ou qu'il voulait rester seul pour veiller son père avant l'inhumation. J'ai fait le tour de la maison. J'ai trouvé sur mon chemin de vieux outils rouillés pour défricher, des charrues inutilisées désormais, des objets et des instruments abandonnés, désœuvrés. Mis de côté : la disette les avait ramenés à la forme de la simple matière. J'ai regardé par la fenêtre, cherchant à l'intérieur un mouvement, une lumière, j'ai essayé de percevoir un bruit, un gémissement d'orphelin. Je suis revenu à la porte. Elle n'était pas verrouillée. Une simple poussée et je suis entré. Le fils était là, pendu à une corde accrochée à une poutre du toit, mort. Il avait choisi de suivre son père.

J'ai réussi à déposer le corps au sol. Et je suis resté seul, à l'observer. Une grimace sur le visage. Pourtant les yeux, mi-clos, avec une expression de nostalgie résignée, trahissaient une extase de paix, d'éloignement : il me regardait maintenant depuis l'ailleurs, libéré de notre tourment. Il me paraissait enfin serein. J'ai examiné la corde qui marquait son cou. Un nœud, simple et efficace, de ceux qu'on fait pour tirer les bêtes rétives. Il avait les jambes raides, les pieds glacés dans l'agonie d'un effort, comme se hissant sur la pointe pour voir plus loin, au-delà de l'horizon. Les mains, au contraire, abandonnées le long du corps, lisses et légères, prêtes pour une caresse.

Les autres sont arrivés. Ils sont restés silencieux eux aussi, sans faire de commentaires. Nous les avons ensevelis ensemble, le père et le fils, sans autre veille, sans suivre les règles du deuil. Nous n'en avons plus la force. Le monde est devenu féroce ; la vie, une exaspération. Nous n'en avons plus le temps.

J'ai vu les feux follets de la nuit émerger de la terre craquelée de soif, durcie à force de ne pas être travaillée et couverte de végétation. Des animaux morts d'épuisement, des chiens qui ont survécu à notre massacre et sont allés mourir dans la solitude à cause des coups de bâton, des restes non enterrés de brebis. Il y a un univers de cadavres ici, sous mes pieds. Qui s'étend.

Je vis en léthargie, maintenant. Depuis ma chambre, j'écoute ma mère qui s'affaire. Qui sait à quelle inutile urgence, illusion d'ordre, de propreté. Je ne veux pas la gêner. Elle a des yeux hagards. Pour la première fois, je l'ai trouvée dépeignée. Avec des mèches grises sur le front. Ses vêtements ne sont plus immaculés. Des traces de gras, de petites déchirures ont échappé à sa digne tenue habituelle. Elle n'a pas d'eau pour laver. Elle n'a pas l'envie ni la force de lutter contre la dégradation. Elle ne me demande plus l'obole de mes cheveux. Ils poussent, épais, en bataille. La barbe – que de poils blancs ! – couvre mon visage. Quand je vois par hasard mon reflet sur du verre, je peine à me reconnaître. Je ne suis plus moi, Jésus disponible, fils prévenant, voisin aimable et accueillant. Les gens de Nazareth ne me reconnaissent plus. Quand je suis obligé de sortir pour des affaires imprévues, même les voisins que je fréquente depuis des années me regardent avec perplexité. Ils ont l'impression de voir un étranger, un de ces innombrables fous, abandonnés sur la route par leur famille, qui semblent ces derniers mois avoir envahi Nazareth. Je passe mes journées enfermé dans ma tanière. Sur ma couche ou dans mon atelier du préau pour me livrer à de petits travaux de plus en plus rares et mal payés. C'est seulement la nuit que, sans me faire voir, j'affronte l'extérieur. Comme un fantôme ou un prédateur. Je m'occupe de la vieille ânesse, je caresse ses cicatrices laissées par les morsures des chiens, je la désaltère d'un tout petit peu d'eau, je lui offre les mêmes racines qui constituent notre repas. Souvent séparés. Il est rare que je m'assoie à table avec ma mère. Je mange solitairement le peu qui reste, dans ma pièce, ou dehors, quand il fait noir. Je me sens vidé, une bête. Pourtant, je continue à jouer de la flûte. Plus au crépuscule, mais dans la nuit, caché. J'entonne mes mélodies toujours plus faibles, plus évanescentes, plus mièvres. Parfois, je sens qu'elles sont inutiles, de vieilles harmonies doucereuses, tellement éloignées de l'urgence et de la dévastation où nous vivons. Consolatoires sans consolation.

Avec les gens que je connais, les voisins, nous nous regardons d'un air soupçonneux. Ceux qui me reconnaissent me saluent, mais seulement par habitude et pour ne pas faire naître de motifs de dispute. On a découvert des vols – de nourriture et d'eau, surtout. Des prises de bec ont éclaté avec des accusations sans preuves, des bagarres violentes se sont transformées en vengeances entre familles. Du sang, beaucoup, des morts. Des parents à la gorge tranchée ont été retrouvés dans les campagnes. Puis les enfants, les petits-enfants. Des disparitions sans cadavres d'hommes, de femmes et même d'enfants. Le déchirement des parents n'a reçu aucune consolation ni solidarité de la part des voisins. La douleur et la peur sont en train de gagner Nazareth, sous un ciel infatigable, sans un nuage de réconfort. L'aube arrive trop tôt. Ces derniers jours, quelqu'un a volé dans les poulaillers, dernière réserve de nourriture pour ceux qui ont de l'espace et connaissent la science de l'élevage. Les grillages ont été cisaillés. De nombreux animaux manquent à l'appel.

Quand nous sommes obligés de marcher dans les ruelles du village, nous restons bien au milieu. Personne ne veut plus risquer d'être soupçonné de vol ou vu à proximité de l'entrée d'une maison qui n'est pas la sienne. Nous ne savons pas quel désespoir se cache derrière ces portes : les représailles peuvent frapper n'importe qui. Nous ne nous réunissons plus. Le propriétaire de la maison commune, où nous avions trouvé refuge après l'incendie de Nazareth, où nous nous rencontrions pour décider comment affronter les calamités et les dangers, en a chassé les derniers occupants. Les moins chanceux, ceux qui n'avaient pas encore pu reconstruire leur propre maison ni même un refuge de fortune, sont partis pour de nouveaux lieux, de nouvelles villes. Ceux qui avaient des familles ailleurs sont allés les retrouver. Des autres, on ne sait rien.

C'est avec surprise qu'un matin déjà torride j'ai entendu des voix joyeuses et des échanges de plaisanteries le long de la route. Ma mère a fait semblant de ne pas entendre. Elle veut éviter les rencontres indésirables et ne conserve de l'amitié et de l'estime que pour peu de personnes. J'ai regardé par la fenêtre. Par groupes, certains avec une chaise sur l'épaule, les gens se dirigeaient vers la place où l'on allait autrefois tirer l'eau du puits. Par curiosité, cet instinct que je n'ai pas encore appris à réprimer, je suis sorti en plein jour. Je voulais comprendre où ils allaient, ce qui les poussait à s'assembler. Voilà longtemps que l'on ne marchait plus ensemble dans les rues.

Je devais avoir l'air d'un fou. Avec ma longue barbe hirsute, mes cheveux collés en mèches sales, mes yeux rouges d'excès de soleil, les cernes de mes nuits sans sommeil, avec ma tunique qui, depuis si longtemps, n'avait plus été lavée, souillée désormais de restes de nourriture et de travail, maculée d'auréoles, j'avançais en chancelant, car voilà des semaines que je ne bouge pas et que je peine à marcher. Une grande partie des hommes de Nazareth étaient réunis autour du puits sec. Il y avait aussi quelques femmes, peu d'enfants. Tant de monde que je n'arrivais pas à voir le motif de tout cet intérêt. De la musique arrivait jusqu'à moi, des flûtes et d'autres instruments indéchiffrables. Écartant la foule – en réalité, c'étaient les autres qui s'écartaient, car je n'ai pas une odeur agréable –, j'ai réussi à me frayer un passage pour observer. Un groupe d'artistes ambulants avaient mis en place un spectacle. Ils jouaient de la musique, quelques-uns dansaient, les gens applaudissaient. Au fond : le chariot. Je le reconnus immédiatement. En dépit des bois et des ferrures mal en point, en dépit des couches de peinture qui l'avaient recouvert plusieurs fois pour masquer les outrages du temps et des aventures, c'était le chariot de Barabbas ! Je connais le moindre de ses grincements, chacune de ses planches, chacun de ses clous. Je savais où Barabbas cachait le butin de ses larcins. Je suis sûr que, si j'avais cherché dans le creux secret près des roues, j'aurais trouvé les restes des poules volées dans les poulaillers de Nazareth.

Comme dans une hallucination, je suivais le spectacle que j'avais tant de fois admiré et ensuite, en tant qu'acteur, mis en scène : le temps semblait me proposer de nouveau des gestes déjà vécus, des mélodies plusieurs fois écoutées ; les odeurs même me transportaient en arrière, dans mon adolescence fugitive. À mieux regarder, les acteurs n'étaient plus ceux d'autrefois. Sur la scène, les colosses avaient des visages nouveaux, comme les musiciens.

Je cherchais des yeux la caisse de la contorsionniste, qui n'y était pas, mais aussi quelque trace du mage égyptien et de ses illusions de filou. J'essayais de deviner dans l'ombre du chariot la silhouette de Barabbas. J'espérais voir virevolter les voiles de Delia. J'attendais. Mais ce fut un jeune qui apparut et conquit la scène. Le visage maquillé des mêmes crèmes colorées qui avaient tant de fois dissimulé ma timidité. Il avait un air solennel et authentique en même temps. Il se plaça au centre de l'espace et, d'une voix profonde d'acteur, se mit à raconter. C'était l'histoire d'un garçon qui s'était enfui de chez lui. Un garçon né ici précisément ou dans les parages, disait le narrateur. Qui s'était enfui pour chercher son vieux père.

Et il raconta au public attentif les aventures de ce jeune, sa solitude, le mal qu'il avait eu, ses joies et ses déceptions. Un garçon généreux qui avait travaillé comme charpentier et puis comme musicien, un joueur de flûte, un garçon plein de nostalgie pour sa mère abandonnée, le cœur brisé par un amour trahi, un garçon qu'on avait volé, frappé, abandonné. C'était mon histoire ! Comment était-il possible que ce saltimbanque connaisse mon passé avec une telle précision de détails et d'états d'âme ? Personne ne pouvait savoir. À part Delia. Dans nos heures à l'écart du chariot, quand, dans la simplicité de l'adolescence, nous échangions des secrets et de rares baisers, je lui avais révélé – sans jamais entrer dans les détails – les peines qui me troublaient, mes désirs et mes nostalgies. Et elle, elle avait fait commerce de mon histoire en la racontant aux autres – à Barabbas, sans doute – qui l'avaient arrangée pour le public. Delia m'avait tout volé – mon amour – en faisant de ma vie une farce de foire. Le récit se poursuivait avec le garçon devenu un guerrier, un héros. Il avait mis sur pied une armée de misérables en les transformant en soldats, il avait combattu les usurpateurs et les puissants. Mais, à la fin, il avait été trahi, crucifié, tué. Ce final ne m'appartenait pas. Je n'étais ni un soldat ni un héros. Je comprenais qu'ils avaient réinventé ma vie en la falsifiant selon la fantaisie de l'auteur, avec les trouvailles les plus réclamées par le public. Mais malgré ce final, je me sentais bafoué, trahi. Après de longs applaudissements, le jeune homme remercia le public et annonça le numéro suivant : la femme la plus belle du monde. Les musiciens commencèrent à jouer et, venant de derrière le chariot, entra en scène une femme voilée. Delia ! Ce ne pouvait être qu'elle. Mêmes pas de danse, même légèreté suave, la grâce des bras et des chevilles. Le visage voilé dessinait la beauté des yeux clairs et allongés. Le même enchantement qui m'avait captivé était en train de subjuguer le public qui frappait des mains à l'unisson. Je forçai le passage et, incapable de me retenir, je fis irruption sur la scène. La stupeur du public et des comédiens me permit de m'approcher de la danseuse qui s'immobilisa, consternée : j'avais Delia juste en face de moi. D'un geste rapide, j'arrachai son voile : je ne sais pas ce que je voulais, peut-être lui faire honte devant tout le monde, l'obliger à me faire des excuses, la démasquer. Mais ce n'était qu'un visage anonyme et terrifié, et le public, ricanant de mon entrée en scène maladroite et gauche, m'incitait à continuer. Personne ne me reconnaissait : je n'étais pour eux qu'un clochard fou qui voulait agresser et faire sienne, là, devant tout le monde, la belle voilée. Les colosses du cirque reprirent vite leurs esprits et, en dépit des protestations ironiques du public, se saisirent de moi. Je tentai de me dégager, de dire que je m'étais trompé, que c'était une erreur sur la personne, mais ils me traînèrent de force hors de la scène, derrière le chariot. Et je revis Barabbas.

Les colosses le mirent au courant de mes exploits et, sans lever les yeux de la bourse pleine d'argent qu'il avait dans les mains, Barabbas les renvoya. Il dit qu'il pouvait comprendre pourquoi j'avais perdu la tête : la femme la plus belle du monde faisait souvent cet effet. Finalement, il me vit. Son sourire s'élargit encore. Je pensai qu'il m'avait reconnu, qu'il avait toute prête quelque excuse pour le vol de l'argent que m'avait offert mon cousin Jean, pour sa fuite en compagnie de Delia. Au contraire, il s'approcha de moi et me prit par le bras. Il avait de nouvelles cicatrices qui lui tailladaient le visage et des rides profondes qui n'appartenaient pas à la vieillesse, des sillons creusés par sa vie errante et extrême. Ses cheveux semblaient factices ; sous les lotions teintées – des maquillages de scène –, je découvrais des racines blanches et clairsemées. Delia avait préféré cet homme à moi. Cet idolâtre de petite monnaie, avide et escroc, ce voleur de poules, souillé dans l'âme et dans le corps, préféré à un garçon naïf et peut-être trop candide, mais amoureux et avec la vie devant lui. C'était la seule pensée qui m'occupait l'esprit pendant que Barabbas parlait. Je devais le regarder avec dégoût, car sa main serra mon bras plus fort, méchante, menaçante. Si je voulais faire taire le scandale suscité par mon agression de la jeune fille sur la scène, disait-il – en fait, cela avait été pour tous un intermède divertissant : même le scandale ne pouvait entamer l'âme de Nazareth –, si je voulais que ma famille ne soit pas mise au courant de ce qui s'était passé, il me suffisait de verser une petite obole. Si je n'avais pas d'argent, un peu de nourriture pouvait suffire, et, vu que j'étais jeune et visiblement plutôt mal loti, même du pain seulement.

Je me mis à le regarder dans les yeux. Vraiment, il ne me reconnaissait pas ? L'homme qui, par sa traîtrise, avait tué mon adolescence pouvait-il m'avoir si facilement oublié ? Et Delia, sa complice, qu'était-elle devenue, où était-elle ? Il tenta de me convaincre de payer en me racontant que le même fait s'était déjà produit : un jeune homme du public avait tenté d'agresser une autre jeune fille sur la scène, la femme la plus belle du monde, et cherché à abuser d'elle en l'entraînant derrière le chariot. Elle s'était débattue, avait crié, les spectateurs eux-mêmes étaient intervenus pour la sauver. Le spectacle avait été interrompu, la jeune fille consolée, cependant elle restait compromise par la tentative de viol. Défendu par ses amis qui étaient accourus pour lui prêter main-forte, le jeune homme avait pris la fuite. Mais Barabbas et les colosses de la troupe s'étaient présentés chez lui, un fils de famille, et avaient obligé le père à verser une forte somme d'argent. Pour effacer le déshonneur public de la jeune fille, ils avaient imposé le mariage au jeune homme. Ils vivaient encore ensemble, qui sait où, accablés d'enfants et de pauvreté. La famille les avait éloignés, les petits-enfants n'étaient pas reconnus. Le jeune homme avait gâché sa vie. Il me dit qu'il pouvait m'arriver la même chose. Ce devait être l'histoire de Delia, vendue comme une bête au marché.

D'une bourrade, je me libérai du bras de Barabbas. Je lui répondis que, mon obole, je l'avais déjà versée. Je le laissai sans un mot tandis qu'il tentait de comprendre à quoi je faisais allusion, de se rappeler lequel de ses innombrables chantages, menaces et trahisons nous avait déjà mis face à face. D'un ton moins assuré, il me hurlait des malédictions, promettait des représailles, ça n'allait pas se terminer comme ça. En m'éloignant, je fis volte-face pour le regarder. Il était retourné à sa bourse pleine de pièces, ombre souillée de mon adolescence.

Sur l'esplanade, les gens commençaient à s'en aller, chargés de leurs sièges. Les numéros du cirque de Barabbas s'étaient vite dissipés dans la déception : le désespoir régnait encore en maître dans Nazareth. Je cherchais dans les yeux des retardataires la confirmation que quelqu'un m'avait reconnu dans le récit du saltimbanque. J'espérais que cela n'avait été qu'une idée à moi. Personne ne me prêtait attention. Après la parenthèse de mon irruption sur la scène, ils m'avaient oublié. Un début de vent chaud soulevait la poussière brûlante de la journée, troublant ma vue. Une figure se distinguait par moments : ma mère. Elle m'attendait. Elle m'avait suivi, avait écouté le récit du saltimbanque, m'avait vu disparaître derrière le chariot de Barabbas. Elle avait une mante bleue pour protéger ses cheveux de la poussière et du vent, le regard des mères qui cherchent dans leur fils des signes du futur. Moi, immobile, incapable de faire un pas, crucifié au scénario du saltimbanque, sale de résignation et de divagations, las. Ma mère s'approcha avec un sourire et me donna un baiser sur la joue. Que pouvait-elle lire de rassurant sur mon avenir ?

Nous rentrâmes ensemble à la maison. C'était elle qui me poussait, me traînait, me soutenait. Elle m'aida à m'étendre sur ma paillasse et m'apporta de l'eau. Elle me laissa me reposer. Je pensai à Delia. Pourquoi ne m'avait-elle pas choisi ? Ce n'était pas par amour que je me torturais de questions. Avec Anne, j'avais épuisé tout ce que j'avais d'amour en moi, et le temps avait effacé mes sentiments pour la balafrée. Pour elle ne me restait que de la peine. Dans la décision de Delia, dans sa trahison et sa fuite, j'avais éprouvé à quel point j'étais inacceptable pour cette fille. Elle avait vu chez moi quelque chose d'obscur et d'inadmissible qui m'échappait à moi-même. Quelque chose de tellement intolérable qu'elle en avait préféré le destin malheureux et prévisible qui l'attendait en compagnie de Barabbas. Voilà ce qui me tourmentait tandis que je regardais le plafond de ma chambre où pendaient les voiles mités et déchirés. Et je pensais que la maladie et la mort d'Anne, son voyage fatal vers Béthanie, étaient les symptômes d'une intuition identique : Anne elle aussi, un instant avant de se lier à moi par l'engagement du mariage, voulait me fuir. Elle aussi avait senti combien j'étais menaçant, dangereux. Désespéré. Elle avait choisi de mourir. Et mon père. Il m'avait abandonné tant lui avait semblé insupportable ce qu'il avait deviné en moi. Moi aussi, j'avais commencé à me détester. Mon abrutissement – pas seulement dans l'aspect –, c'était moi qui l'avais voulu. Il ne me reste que ma mère. C'est le cordon ombilical qui nous unit, le mystérieux nutriment mâché d'abord par elle, puis, par petites doses, instillé en moi. Que sa volonté soit faite.

La soif ne nous quittait pas. Je m'en aperçus lorsque je décidai de partager une fois encore le repas avec ma mère. Peut-être par besoin de consolation. Elle versait son eau goutte après goutte pour l'économiser. Quand je lui dis de ne pas lésiner et d'étancher sans crainte cette soif brûlante, elle me répondit qu'elle n'avait pas soif. J'allai vérifier ce qu'il restait d'eau dans notre réserve. Ne restait au fond du baquet qu'une mince couche liquide qui pouvait suffire, si on la consommait avec parcimonie, pour deux jours. Cela faisait longtemps que je ne me lançais plus avec l'ânesse dans mes parcours clandestins pour éviter d'être suivi jusqu'à la grotte dans la montagne où, du ciel de pierre aux fresques dessinées avec des charbons d'avant le Temps, ne coulaient plus que des larmes d'eau et de sable. Le moment était venu de trouver une nouvelle eau.

Je partis bien avant l'aube. Pour éviter la canicule de la journée et les regards des autres assoiffés. L'ânesse me suivait avec les récipients vides. Je l'aiderais au retour, en transportant moi-même une partie de la charge. Ce trajet, je ne l'avais parcouru qu'au jour, et je ne parvenais pas à retrouver dans l'obscurité l'itinéraire labyrinthique que j'avais imaginé pour garder secrète la piste me conduisant à l'eau. Je le reconnaissais seulement par instants. Je continuai à avancer pendant des heures, persuadé de marcher dans la bonne direction. Mais lorsque les premières lueurs de l'aurore, voilées d'une chaleur malade, opalines de poussière en suspens, me surprirent en chemin, je compris que je m'étais trompé de route. Les étoiles, cachées par des nuages stériles de vapeur, ne m'avaient pas aidé dans la nuit.

Cette route n'était pas celle de l'eau. J'étais perdu. Non sans irritation, car il me fallait retrouver le bon sentier, me consumer encore sous le soleil de plus en plus ardent. En regardant autour de moi, je ne reconnaissais pas les lieux. Je devais être assez près de Nazareth, mais il n'y avait pas une colline, pas une tache d'oliviers pour m'indiquer les distances. Tout m'était étranger, la couleur de la terre rouge de fer, le ciel d'un bleu jamais vu qui se dégradait vers l'horizon. Un désert. Des nuages solitaires le traversaient, poussés par un vent si haut qu'il ne pouvait me caresser. C'étaient des nuages de beau temps qui ne s'accumulaient pas et ne promettaient pas de pluie. Plus j'aiguisais mon regard, plus je m'apercevais qu'il n'y avait personne autour de moi. Pas même une bâtisse en ruine, pas un champ cultivé pour me laisser espérer une rencontre qui aurait pu m'aider à m'orienter et à retrouver mon chemin. J'avais beau regarder vers l'arrière, vers l'endroit par où il me semblait être venu, je ne discernais même pas le chemin qui m'avait conduit là. Il me vint à l'idée de me fier à l'intuition familière de l'ânesse, qui m'avait bien des fois ramené à la maison, endormi d'épuisement sur son dos. Mais elle était immobile, harassée. Trop vieille désormais pour me suivre et m'aider. Pour la première fois, je la trouvai distraite, absente, le regard éteint, définitivement résigné. Je décidai de poursuivre ma route vers les brumes de l'horizon. J'allais bien à la fin arriver quelque part, rencontrer quelqu'un. Je n'avais emporté aucune réserve d'eau pour ne pas laisser ma mère sans les quelques gouttes demeurées au fond du baquet. J'étais persuadé que je n'en aurais pas besoin : je me désaltérerais à la première source. Je commençais à souffrir de la soif.

Plus je m'enfonçais dans le désert qui semblait n'avoir jamais été foulé par un pied humain, plus je comprenais combien j'étais profondément séparé des autres. J'éprouvais la qualité compacte et imperméable, toute-puissante, de la solitude qui m'accompagne depuis toujours. J'étais un homme seul, et ceux qui m'avaient connu avaient, sans le comprendre, saisi à quel point j'étais inaccessible dans cette profondeur, à quel point j'aurais pu les contaminer. Delia, Anne, mais aussi mon père. Mon père. Il avait été le premier à comprendre qu'il ne pourrait jamais me sauver, qu'il ne parviendrait jamais à m'arracher à mon silence : c'est pour cela qu'il m'avait abandonné, par pitié. Tous avaient vu les pustules infectées de ma maladie. Moi, je n'avais rien perçu.

Il me fallait maintenant traîner l'ânesse. Ce n'était pas un caprice qui la rendait rétive, ce n'était pas chez elle ce têtu et incompréhensible refus d'avancer qui, souvent, saisit brusquement les animaux : par épuisement, par vieillesse, elle ne pouvait plus faire un pas. Elle émit un timide braiment de défaite, ploya les genoux et se laissa mourir. Je ne lui infligeai pas cet acharnement des muletiers qui essaient jusqu'au dernier souffle de remettre la bête debout et de la forcer à avancer. Je pris au contraire sa tête dans mes bras, caressai son museau et sa croupe marquée de tant d'années de silencieuse peine. Puis je la regardai dans les yeux, jusqu'au moment où je la vis finalement libérée de toute inquiétude, de sa servitude ancienne, de sa fidélité mal rendue, de l'attachement à la vie.

Je marchais sans projet, seul, dans la douleur d'avoir abandonné le cadavre de l'ânesse au banquet du soleil et des animaux, sans aucun sentier tracé, aucune indication. C'était à moi que revenait d'être le premier à ouvrir la voie. J'avançais, espérant que la chaleur féroce me tuerait – je demandais seulement la grâce d'un étourdissement prompt et indolore – en m'arrachant moi aussi à cette soif, à la peine, à l'illusion d'un futur. Je ne m'étais pas rendu compte qu'un front noir de nuages s'accumulait rapidement à l'horizon. Il avançait dans ma direction, comme un secours certain : l'eau de la pluie allait me désaltérer ! Je m'arrêtai, excité de bonheur et d'espoir. Mais plus ces nuages approchaient à toute vitesse, plus la déception me paralysait. Ce n'était pas de la pluie qui roulait dans le ciel. Une tempête de sable, noire, énorme, était là. Ma joie d'avoir échappé à la mort avait embrumé mon regard et brouillé ma raison. Il n'y avait aucun salut. Quand la poussière et le vent me frappèrent, je dus m'allonger au sol pour offrir moins de prise à cette violence. C'était un coup de fouet, et la douleur, comme un écho, ne cessait jamais, continuait à torturer toutes les parties de mon corps que j'opposais à la force du vent. Je tentai de m'aplatir le plus possible sur la terre rouge, de protéger mon visage et ma tête de mes mains, de n'offrir que mon dos en repliant les genoux vers le menton. Le sable et la poussière frappaient cruellement, et le seul fait de respirer provoquait douleur et angoisse. Je tirai un pan de ma tunique jusqu'au nez afin que l'air arrive filtré dans les poumons, mais ce faisant je découvris mes jambes, les laissant nues sous cette torture. J'étais cependant lucide, présent à moi-même. Je me rendais compte qu'il n'existait aucun abri ni fuite possible : j'étais exposé à cette intempérie sans remède. Je tentai de lever les yeux, en quête d'un monticule, d'un rocher, d'un ressaut qui puisse me servir de bouclier, de refuge, mais il était quasiment impossible de soulever les paupières. Malgré moi, forcées de se protéger du sable et du vent, elles laissaient à peine une fente pour observer. Je savais, de toute façon, qu'il n'y avait pas d'échappatoire. Avec la poussière était descendue une pénombre crépusculaire qui avait calmé l'ardeur du soleil mais pas la chaleur. J'entrevoyais, les yeux mi-clos, des zones plus claires brusquement voilées par de nouvelles et violentes rafales plus denses. Même si je défiais la tempête et la douleur, je me déplacerais comme un aveugle. Dans la tourmente qui s'amassait et se déchirait en nœuds de poussière, je commençai à apercevoir des animaux, des choses, des visages, des objets familiers. Comme quand, sur le toit, au côté d'Anne, nous découvrions le dessin caché et capricieux des nuages et souriions de trouver nos divagations identiques. Maintenant, je voyais des corps, l'un derrière l'autre, s'opposant à la furie du vent, courbés, portant des tuniques effilochées comme des drapeaux. Parfois, ils se perdaient, mais reprenaient ensuite la file compacte. Ce n'étaient plus là inventions ou chimères : une caravane d'ombres affrontait la tempête du pas sûr de ceux qui connaissent leur route. Ces êtres apparaissaient et disparaissaient comme des spectres dans les tourbillons de sable. Je décidai de m'élancer, malgré la tempête, pour ne pas les perdre. Je parvins à me mettre debout. Je les rejoignis avec peine. J'étais le dernier de la file, à la traîne. Parfois, ils s'estompaient pour reparaître avec la tunique du dernier tendue dans le vent. Par la quantité de tissu qu'elle offrait aux rafales, par sa couleur – difficilement déchiffrable dans ce chaos ocre de poussière –, la silhouette devait être une femme. Plusieurs fois, j'eus l'impression qu'elle s'était aperçue de ma présence, et par son profil, entrevu un instant, elle ressemblait à ma mère. Elle s'était retournée pour me regarder, pour m'inciter à la suivre, pour accélérer le pas. Il me sembla même qu'elle me faisait de la main un geste pour me rassurer. Je continuai à marcher en la suivant sans jamais la perdre de vue. Je tentai d'attirer son attention en l'appelant et, quand je pensais qu'elle s'était retournée pour me regarder, je lui faisais signe de ralentir : j'espérais qu'elle me désaltérerait. Mais elle continua d'avancer pour ne pas perdre contact avec ceux qui la précédaient.

Je n'arrivais plus à suivre. Exténué, épuisé par la soif, j'avais l'impression d'être un fantôme suivant d'autres fantômes. Qui sait, peut-être était-ce vraiment la caravane des morts perdus dans une plaie de l'enfer.

C'était hier. Cela me paraît pourtant un souvenir lointain. Je suis encore vivant. La tempête de sable a peu à peu diminué. J'avais peine à suivre, j'ai ralenti et ai fini par m'arrêter. J'ai vu la femme qui me précédait se retourner pour un ultime regard, un sourire peut-être, puis sa tunique s'est estompée dans la poussière, toujours plus loin, jusqu'à disparaître. Je me suis allongé. Il faisait nuit à présent. J'ai laissé les dernières rafales, exténuées elles aussi, me tourmenter un moment encore. Je me suis réveillé ce matin à l'aube. J'avais dormi la tête appuyée sur une pierre. Ce coussin austère m'a laissé la mâchoire engourdie et, sans doute, une marque profonde sur la joue. Lorsque j'ai ouvert les yeux, la journée était déjà brûlante. Autour de moi la chaleur faisait vibrer l'air, comme un mirage. Lorsque je me suis mis debout, j'ai reconnu les lieux : au-delà des rochers, il y avait Nazareth, ma vie stérile, le jardin qui est devenu mon seul espace d'illusion, l'étable vide désormais.

Je suis arrivé en vue de la maison. Ma mère balayait devant la porte : le sable avait frappé ici aussi. Sans me faire voir, je l'ai observée dans ses gestes las, faisant le ménage, le regard rivé à l'intérieur d'elle-même, dans la contemplation de son horizon affligé. Je me suis rappelé la première fois où je l'avais abandonnée et où, luttant contre la peur de partir, j'étais resté à l'observer longuement dans cette aube-là, avec tendresse et nostalgie. Encore une fois je te salue, mère, encore une fois je te laisse seule, je te délivre définitivement du poids de ma naissance tant annoncée, si inutile.

J'ai attendu qu'elle rentre dans la maison. Pour échapper à tout regard, j'ai fait un grand détour, prudent. J'ai traversé le jardin réduit maintenant à un cimetière végétal, avec ses plantes pétrifiées par manque d'eau. Mon public du crépuscule est sourd désormais. Avant d'entrer dans l'étable, j'ai senti la grâce d'un souffle de vent frais et inattendu : la nature elle aussi me pousse. Voici les cordes longues et robustes destinées au bât de l'ânesse, pour fixer sa charge. Elle ne sentira plus aucun poids, aucun encouragement. J'avais observé attentivement le nœud ultime autour du cou du garçon qui s'était tué. J'ai grimpé jusqu'à la poutre la plus haute. J'ai fait plusieurs tours avec la corde en calculant la bonne hauteur pour dissuader mes pieds de chercher un appui : il me faudra réprimer l'instinct de survie qui voudra, sans raison, se maintenir. Mon nœud est prêt. Je m'attarde encore sur la beauté de cet air neuf qui siffle à travers les fentes des bois : il veut me dire quelque chose qui restera à jamais incompréhensible. La lumière s'éteindra dans mes yeux.

Je comprends en cet instant seulement que ma vie, si tant est qu'elle ait été à moi, ne m'appartient plus. Je n'ai pas la liberté de me suicider : sur la porte de l'étable se détache une silhouette d'homme. Il entre. Dans la pénombre, avec la lumière qui filtre depuis l'extérieur, je ne vois pas son visage. Il s'approche. Je descends de ma position précaire que je pensais ne jamais plus quitter. Je le reconnais : c'est Judas. Il m'étreint. Il est encore reconnaissant pour l'aventure et les dangers que nous avons affrontés ensemble. Je l'ai sauvé des Romains, de la certitude de la mort. Lui, à moi, il ne me l'a pas accordée. Il est revenu, courant le risque d'être arrêté, par la volonté de Jean, mon cousin. « Un temps est terminé. Un autre commence. » Voilà ce qu'il dit tandis qu'il dénoue la corde de la poutre, la roule, range le harnais de l'ânesse.

Mon cousin Jean a besoin de moi. Judas est pressé. Il me voit désorienté, indécis. Sur la balance de ma perplexité silencieuse, il dépose le souvenir du jour où Jean est venu à mon secours, avec la générosité d'une somme d'argent, il y a si longtemps, à Jérusalem. Il demande maintenant que ce service lui soit rendu en échange. Nous devons rejoindre Jean sur les rives du Jourdain où, avec la promesse d'un temps nouveau, suivi par une foule de très pauvres, de misérables, il accomplit des rites d'initiation avec l'eau. « Il a promis à tout le monde que tu allais arriver. »

Nous sortons de l'étable. Je lui demande comment il savait où me trouver. « Ta mère m'a dit que tu étais dans l'étable », me répond-il. Ma mère est sur le seuil de la maison. Elle m'observe tandis que nous approchons. Elle a une lumière nouvelle dans les yeux, de lassitude satisfaite. Elle veut encore me couper les cheveux avant que je parte. Je suis assis dans la cour comme je l'ai toujours fait pour ce rite que nous avions interrompu. D'autres cérémonies le remplaceront. Judas y assiste, amusé. Ma mère, sans s'en apercevoir, entonne à mi-voix sa vieille berceuse où tous les petits d'animaux vont s'endormir. Le ciel est noir de nuages, maintenant : il commence à pleuvoir. La terre, déshabituée de l'eau, ne parvient pas à l'absorber. Des rigoles de plus en plus impétueuses se jettent dans les pentes, tentent de fuir au destin de l'irrigation. Mais il en restera quelque chose : ce sera une pluie longue qui rendra notre chemin plus difficile. Je me sens enfin désaltéré.

Ma mère a déjà préparé quelques vêtements de rechange, un peu de nourriture dérobée à sa propre faim et de l'eau à peine recueillie pour le voyage. Elle me met dans les mains la sacoche que mon père avait cousue pour transporter mes jouets d'enfant. Elle me salue, assurée que je ferai sa volonté.

« Raconte à tout le monde que tu es mon fils, le fruit de mes entrailles. »

Retrouvez toutes nos publications sur
www.leseditionsnoirsurblanc.fr

COMPOSITION ET MISE EN PAGES
NORD COMPO À VILLENEUVE-D'ASCQ

CET OUVRAGE A ÉTÉ ACHEVÉ D'IMPRIMER
SUR ROTO-PAGE
PAR L'IMPRIMERIE FLOCH À MAYENNE
EN AOÛT 2022

N° d'impression : 100794
Dépôt légal : août 2022
Imprimé en France